古典日本語の世界

漢字がつくる日本

東京大学教養学部
国文・漢文学部会――［編］

東京大学出版会

Horizons of Classical Japanese:
The Japan that *Kanji* Built
The Department of Japanese and Classical Chinese Literature,
University of Tokyo, Komaba
University of Tokyo Press, 2007
ISBN978-4-13-083045-4

はしがき

高校の「古文」の教科書は、『源氏物語』『枕草子』など、かなの和文で書かれた作品を中心に構成されています。文学史も、古語辞典も、それと同じで、かなの和文を中心にして作られています。そうした常識的な「古文」観を見直そうというのが、ここでの目的です。端的に言えば、このような「古文」は、実際にあったものとは違うかたちで、近代国家によって作られた制度ではないかということです。

現実に読み書きされていたのは、圧倒的に漢字・漢文でした。それが古典日本語の世界なのです。近代以前の文化は、漢字・漢文のなかに生きていたと言うことができます。考えてもみてください。日本にはもともと文字がありませんでした。漢字を受け入れて、書くこと、読むことができるようになったのでした。ことは文化の根本にかかわる問題です。漢字で読み書きすることが文化形成の基盤だったということです。その読み書きの世界の実際に即して見ることが必要なのではないでしょうか。

ただ、どのようにして、かなの和文が「古文」だということになってしまったのか。文学史の成立という点から、その問題を振りかえってみましょう。明治時代の後期になると、「文学史」と名付けられた書があいついで刊行されます。それは、この時期の現実的実践的問題にこたえるものでした。落合直文の「日本文学の必要」(明治二二年〔一八八九〕)と題する文章に、そのことがよくうかがえます。

予輩の日本の文学に熱心なるは、我国いにしへの史典に遡り国体にまれ、道徳にまれ、風習にまれ、そのよりて来る所をきはめ、それによりそれにたよりて文明の基本をたて、世人と共に真正の文明に向て進行せんとするにあるのみ、

明治の文章なのでむずかしい言いまわしもありますから、大意を示しておきましょう。「われわれが日本の文学に熱意をもつのは、わが国の古来の歴史的テキストに遡って、国家としてのありようであれ、道徳であれ、風習であれ、そのよってきたるところを見きわめ、それによって文明の基本となるべきものをすえて、人々とともに真正の文明に向かってすすもうとすることにかかってあるにほかならない」。

欧米文化の受容の急であったことへの反省とともにこう言うのですが、「文明の基本」となるべき「よりて来る所」を確かめるために「日本文学」が必要だと言います。こうした「必要」が文学史に向かうのは当然と言えますが、実際落合直文は、もっともはやい文学史テキストの一、『日本文学史』（三上参次・高津鍬三郎、明治二三年〔一八九〇〕）に「補助」としてかかわっていたのでした。

それは、「国語」の問題と通じあうものでもありました。有名な、上田万年「国語と国家と」は、明治二七年（一八九四）、日清戦争の最中に行なわれた講演ですが、国家の同一性の保障となる言語としての「国語」というテーゼを鮮明に提示しました。そのなかに、こうあります。

われわれ日本国民が協同の運動をなし得るは主としてその忠君愛国の大和魂と、この一国一般の言語とを有つ、大和民族あるに據りてなり。故に予輩の義務として、この言語の一致と、人種の一致とをば、帝国の歴史と共

に、一歩も其方向よりあやまり退かしめざるべからず。

大意は、「われわれ日本国民が国民としての一体性を保持してありえるのは、忠君愛国の大和魂と、一国に普遍的な一つの言語とをもつ大和民族があるからだ。故に、われわれの義務として、この言語の一致と人種の一致を、帝国の歴史とともに一歩でも後退させてはならない」ということです。

ひとつの民族・ひとつの言語においてあるという「日本国民」の一体性の条件を確認するのです。また、「日本語は日本人の精神的血液」であり、「日本の国体」を維持し「日本の人種」を保存する「鎖」であったとも言います。要するに、「日本国民」としての一体性を保障する「日本語」です。

そのことを、歴史的に確証するものとして文学史は意味をもちます。明治期のもっともよく知られる、標準的とも言える文学史『国文学史十講』（芳賀矢一、明治三二年〔一八九九〕）が、文学の歴史には「国民の思想、道徳、感情」があらわれるものだとして、

我国は太古から建国数千年の久しき、少しも外国の侵略を受けたことがない、万世一系の天子様を戴いて、千古不易なる国語を話して居ります。漢学や仏学が這入つて来て、漢語、仏語が混つたり、文法上の構造が多少変つたりするのは、時勢の変遷で、自然のことでありますが、日本語はどこまでも日本語です、かやうに数千年来、代々相続いて、日本語を話してきて、其日本語で綴つた文学が今日吾々の手に残つて居るといふことは如何にも貴い幸福なことです。

と言い、「我国民の歴史が認められる」ものとしての「文学の歴史」の必要を強調することは、それをよくあらわしています。

この文意はもう説明なしでわかってもらえると思いますが、文学史は、「日本語」によって一体性を保ち続けてきたことを、文学の歴史のなかに確かめ、「国民」の一体性を保障するためにもとめられたということが明らかです。「漢語、仏語」(ここでいう「仏語」は仏教語のことです)が入ってきて多少混じっても根本は変わらなかった「日本語」であり、「日本語を話してきて、其日本語で綴つた文学」を示そうとするとき、必然的に、かなの和文中心の枠組みとなります。『国文学史十講』の見出しを、中古文学の章まで書き出してみると、

上古文学の一　記紀の歌、祝詞
上古文学の二　人麿の歌、山部赤人、万葉集、古事記、風土記、宣命
中古文学の一　神楽歌催馬楽歌、六歌仙、伊勢物語、竹取物語、紀貫之、古今集の歌、土佐日記、後撰集、拾遺集
中古文学の二　大和物語、住吉物語、落窪物語、とりかへばや物語、うつぼ物語、紫式部、源氏物語、紫式部日記、清少納言、枕草子、栄華物語、大鏡、今昔物語、後拾遺集、今鏡、朗詠

のようになります。これを見ると現在の「古文」につながる枠組みがすでにそこにあることがわかります。

いまもわたしたちを規制している、古代からあり続けた固有の民族の言語=「日本語」による文学、という「古文」観は、近代国家のイデオロギーが成り立たせたものにほかなりません。この国の全社会の「文明」化は室町時代にいたって果たされたのだという歴史学の認識(義江彰夫『日本通史I　歴史の曙から伝統社会の成熟へ』山川出版社、一九八六年)からいえば、古代以来、固有の言語のもとに連綿としてあった「文明」として擬装することにほかなり

ません。それを離れて、読み書きの世界の実際に即してみて、古典の世界の認識を作り直していきたいと思います。

（神野志隆光）

参考文献

落合直文「日本文学の必要」一八八九年（『明治文学全集四四　落合直文・上田万年・芳賀矢一・藤岡作太郎集』筑摩書房による）。
上田万年「国語と国家と」一八九四年、『国語のため』冨山房、一八九五年所収。同右。
芳賀矢一『国文学史十講』冨山房、一八九九年。

目次

第Ⅲ部　近世・近代

第Ⅰ部 古代

ユーラシア大陸の東に位置するこの列島に、読み書きの世界はいかにして成立したのか。『古事記』『日本書紀』『万葉集』はほんとうに「日本の古典」なのか。古代の列島社会に出現した多様な書記方式を検証することで、漢字による読み書きが作り上げたことばの空間が浮かび上がります。書記言語を副次的なものと見なし、古代の口頭言語こそ「国語／日本語」の出発点であるとする通念が、大きくゆさぶられるでしょう。

文字の文化世界の形成
東アジア古典古代

神野志隆光

一　文字と政治

この列島に、どの段階で、どのようにして文字(漢字)が受け入れられ、広がっていったか。それは、この列島の歴史において、どのように文化世界が形成されたかということにほかなりません。この列島、などと言うと、もってまわったような言い方に聞こえるかも知れませんが、「日本」は、七〇一年の大宝令で、「日本天皇」というかたちで王朝名として設定されたものだと考えられます。その「日本」の成り立ちに鑑みると、いま、どのように文字の世界が形成されるかを述べるときには、「日本」は使わないほうがいいと思われます(なお、「日本」の成立については、わたしの『「日本」とは何か』講談社現代新書を参照してください)。

発掘があって、あたらしい資料が発見されると、これが最初の文字ではないかというふうに話題になることがあったりしますが、そうした問題のとらえかたが、文字の本質からはずれたものだということをまずはっきりさせましょう。文字らしいものが刻まれてあったとしても、一、二の文字があるだけでは、文字が社会的に機能していたという証にはなりません。大事なのは、文字が、社会的に機能しているかどうかということです。そうした観点から言えば、列島の人々が文字に触れること自体は、紀元前からありえたかも知れませんが、接触しているうちに自然に文字を用いるようになるというものではありません。単発的に書いてみたということはあったかも知れませんが、それと、社会にとっての文字ということとは別問題です。

文字がただ存在するだけのものでなく、用いるべきものとして意味をもつようになるのは、一世紀のことでした。それは、この列島の社会の成熟とは関係なく、外側から否応なくもたらされたものでした。五七年に、倭(倭というのは、中国からこの列島の人種を呼んだ名ですが、その意味は実はよくわかりません)の王が、後漢王朝に使いを派遣し、冊封をうけたことはよく知られています。冊封というのは、中国王朝が王として任じて君臣関係を結び、その地域の支配を認めることですが、王であることを証する印綬を与えます。後漢王朝から倭の王に与えられたのが、有名な志賀島出土の金印でした。そして、王に任じられることによって中国王朝に対して朝貢の義務を負うことになるのですが、朝貢の際には印を使用した国書を携行しなければなりませんでした。つまり、中国王朝のもとに文字の交通のなかに組織され、文字を用いなければならなくなったということです。

そういうかたちで文字を用いることがはじまりますが、五世紀までは、こうした中国王朝との関係という限られた場で、社会の外側で用いられたにとどまりました。列島の内部で文字が機能したと認められる資料が五世紀までは見られないのです。文字が、外部でしか意味をもたないものでなく、社会内部で機能し、意味を持つようになることを、わたしは、文字の内部化と言いたいのですが、そのメルクマールは、五世紀におくことができます。

A千葉県稲荷台古墳出土「王賜」銘鉄剣、B埼玉県稲荷山古墳出土鉄剣(図1)、C熊本県江田船山古墳出土鉄刀の、三つの鉄剣・鉄刀の銘が、五世紀における文字の内部化を証してくれます。Aは、古墳の年代が五世紀中葉から後

（裏）　　　　　　　　（表）

図１　稲荷山古墳出土鉄剣

半のはやい時期と見られ、Bに「辛亥年七月中記」とある「辛亥年」は四七一年と見られます。CにはBと同じ大王の名があります。それらは、地方の族長に下賜することによって、服属関係を確認するものだったと考えられます。

これらのなかで、とりわけBの最後に、「時に天下を治むるを左《たす》けむが為に此の百練の利刀を作ら令め、吾が奉事の根原を記せしむる也」とあることが注意されます(「時」の下の字は「吾」のように見えますが、「為」と見る説によります)。「天下を治めるのをたすけるために、この精錬を重ねた刀を作らせ、奉事の由来を記させた」という意味ですが、だれが「天下」を治めているかというと、文中に見える「獲加多支鹵大王」(ワカタケル大王。雄略天皇にあたるのではないかと考えられています)です。列島の王を「大王」と言い、その治めるところを「天下」と言うのです。しかし、元来「天下」とは中国皇帝の世界を言うのであり、冊封を受けることは、その世界の中に組み込まれることにほかならなかったのです。自分たちの大王の世界を「天下」というのは、中国のそとにあって、みずからひとつの世界であろうとすることを意味します。その世界を組織することが、文字によって(厳密に言えば、レガリアとして刀剣を授与し、その上に服属関係を確認する文字を刻むことによって)になわれています。文字の内部化も政治の問題だったのです。

さらに、七世紀後半には内部化は一挙にすすんで、列島全体に広く文字が浸透すると言っていい状況となり、文字による行政が行われていることが、木簡によってうかがわれます。そして、八世紀初頭に律令国家を作り上げることにいたりつきます。言うまでもなく、成文法に基づき、文字によって運営される国家です。

要するに、文字は、政治の問題でした。文字を用いることは、文字にふれているなかで自然発生的に行われるようになるといったものではありません。文字(漢字)の交通を作り上げることで、国家が作られる――、それが、七世紀から八世紀にかけて一挙に果たされた文字の文化世界の形成であったということです。

二　中国を中心としたひとつの文化世界

いま考えたいのは、その文字世界の形成です。それは政治の問題であったと言いましたが、さらに踏み込んで言うと、その文字世界は、古代の東アジアにおいて、中国を中心としたひとつの文化世界が、政治関係をベースとした文字（漢字）の交通として成り立つなかにあるということです。文化世界が、政治構造として成り立つのです。この古代東アジア世界の本質について、もっとも明確に示してくれたのは、西嶋定生です。西嶋は、漢字文化圏という文化的領域が、自然発生的な広がりではありえず、政治的関係をベースに成り立つと見るべきだとして、こう言います。

漢字が伝来修得されると、外交文書の解読・作成に限らず、漢字を媒介にして中国文化が広範囲に受容されることになる。後代における律令の受容、儒教思想や仏教思想の受容などのすべてが漢字を媒介とするものであったことはいうまでもない。このようにして中国文化が受容消化され、これを契機として日本文化が形成されていくのであるが、その発端となる漢字の受容事情が上述のように（冊封を受け、中国を中心とした文字の交通のなかに組み込まれるということです――神野志）理解されるとすれば、日本における中国文化の受容は、ただ海を隔てた大陸に先進文化が存在していたためというよりも、受容を必然化させた国際的政治事情、およびそれに対応する国内的政治事情が先行していたということに留意せざるを得ないのである。

『日本歴史の国際環境』

わたしは、全体がひとつの文化世界として作られるという点で、この見方をうけとめたいと思います。もちろん、中国大陸で先進的に形成されていた文化を中心とするのですが、それを延伸して、共通の文字(漢字)、共通の文章語(漢文)により、教養の基盤と価値観とを共有してあらしめられる文化世界です。古代の問題として、一世紀から九世紀の範囲で(冊封を受けたときから、唐の滅亡で区切ってみます)考えることにしますが、そのとき、「中国」「日本」といった、つきつめれば、近代の国民国家の単位であるものを立ててとらえることは、有効ではないということです。

それを、ヨーロッパの古典古代世界に擬して、東アジア古典古代世界と言うこともできるかも知れません。それぞれの地域に固有の言語が存在するなかで、その世界の共通言語として貫く漢字・漢文の位置と意味は、ヨーロッパの古典古代世界におけるギリシャ語やラテン語のそれにも相似たものがあります。

同じ教養を共有しようとするものですから、「中国文学」の「影響」といったとらえ方が適切とは言えません。もちろん、もともと何もなかったのではありません。固有の文明の存在は考えていいでしょう。しかし、いま、文字の世界においてあるのは、それとは別なところで、ひとつの文化世界につながってみずからもあろうとする営みです。大事なのはそのことであり、漢字の文化世界の東のはてのローカルな営みとして、この列島の文字世界は、あったということです。

それを成り立たせているのは学習です。たとえば、ある字をどう用いるかは、実際の用例に即して知らねばなりませんから、典籍を読むことが必須です。また、何かを書くというときには、文章としてのかたちを学ぶことがなければなりません。文字によって書くということは、教養を身につけることによるほかないのです。そして、その教養は、同じ文化世界にあることを保障するものにほかなりません。

三　文字学習の実際

ともあれ、古代の人々の読み書きの現場に立ち入って文字学習と文字の運用の実際をうかがうことにしましょう。出土した木簡のなかに、習書木簡と呼ばれる類があります。『論語』『千字文』によったものが目立ちますが、それらを文字学習のテキストとして、同じ字をいくつも書いたりしたもので、字を練習したと思われるものです。そこに文字学習の実際をまざまざと見ることができます。

いくつか、並べて掲げてみます(図2)。

同じ字をいくつも書いたeは「売買」という熟語を練習したということがわかります。これはべつに何かをもとにしたというわけではなさそうですが、あとのものは、『論語』『千字文』によっていることが注目されます。

aは、『論語』公冶長《こうやちょう》篇に「糞土之墻不可杇也」とある一節をもとにしています。その文字通りの意味は「腐った土で築いた牆は上塗りができない」ということですが、心根の腐った人物には教育も無駄だという、弟子の宰予に対する批判のことばです。すごく強烈なことばですね。教師の嘆きは昔も変わらないと実感させられます。最後の「賦」はこの一段には出てきませんが、この段の前に出てくる字だということを、東野治之「『論語』『千字文』と藤原宮木簡」(『正倉院文書と木簡の研究』)が注意しています。なお、「糞」も「墻」も普通に見る字形とは異なります。異体字と言われていますが、活字の字形規範とは違う字形意識のなかにいるのだと受けとめてください。

bも、表は『論語』為政篇の有名な一節、「子曰学而不思則罔、思而不学則殆」によるものでしょう。むやみに読みあさるだけで思索しなければ混乱するばかりだし、ただ思索するだけで読書しなければ独断におちいってしまう、という意味で、孔子の学問論とも言えます。

a
糞土墻墻糞墻賦
（藤原京跡出土）

b
〈表〉子曰学而不□□
〈裏〉□水明□□
（藤原京跡出土）

c
慮慮慮慮慮逍□
（藤原京跡出土）

d
〈表〉池池天地玄黄
宇宙洪荒日月
霊亀二年三月
〈裏〉（略）
（平城京跡出土）

e
売売売売売
買買買買買買
（平城京跡出土）

図2　習書木簡

cは、『千字文』の「散慮逍遥」の句(こころの憂さをはらし、のびのびとする、の意)を書いたと見られます。dの「天地玄黄宇宙洪荒日月」は、『千字文』の冒頭そのままです。「日月」から「盈昃」と続きますが、途中で切ってあります。『千字文』は、その名のとおり、基本となる文字千字を、四字一句に組み立て、覚え易くした、学習テキストです。「天地玄黄、宇宙洪荒、日月盈昃」は、「天の色は黒く、地の色は黄色である。空間・時間は、広大で茫漠としている。日や月は、満ち欠けする」という意味です。よくできたテキストですから、古代からずっと長く初歩の教科書として生き続けました。本文だけでなく、はやくから注をつけてさまざまなテキストを関連させながら(たとえば、「天地玄黄」の注は『易』『老子』をあげます。注の意味についてはは後にまた述べます)学ばれるものでした。なお、「霊亀二年」は、七一六年にあたります。

『論語』や『千字文』をもとに書いた木簡はほかにいくつも発見されています。そのことの意味については、先にあげた東野治之の論文「『論語』『千字文』と藤原宮木簡」が、明快に教えてくれます。この二つは、東アジア古典古代世界では、最初に学ぶべきテキストだったのです。『論語』は言うまでもなく基本中の基本というべき書ですし、『千字文』は文字を学習するためのテキストとして作られたものです。初級読本をもとにした文字学びのありようがこれらの木簡にうかがえます。その学び方は中国でも同じことでした。大事なのは、文字は、一字ずつ切り離して覚えるようなものでなく、こうしたテキストの学習とともに学ばれるものであったということです。

文字の習得ということからして、教養を共有することにおいて果たされるのであり、ひとつの文化世界として成り立つ基盤がそこに認められます。

四　字書

読み書きの現場というとき、忘れてならないのは、字書や類書、詞華集であり、また、注の意味です。教養・知識と、運用を実際にになう、読み書きの基盤として、その役割はきわめて大きかったことに注意したいと思います。

まず、字書は、字形・字義・字音によって文字を分類したり解説したりするものですが、いま注意したいのは『玉篇』です。六世紀半ば、南朝の梁の時代に成ったものです。『大広益会玉篇』という、同じ『玉篇』という名の字書が現存しますが、後代に大きく改変されたものであり、古代の問題としては、いまは失われた元来の『玉篇』について考えねばなりません。ただ、原本も、成立後間もなく改められており、伝来されたのは原本ではなかったわけですから、正確には、原本系『玉篇』と呼ぶべきだと言われています。この字書の特徴は、所収の文字数が多く、先行の字書を取り込み、諸書から原文を引いて掲げるという体裁にあります。つまり、原典によらずに知識を得ることができるという、便利なもので、ひろく用いられたのでした。

幸いに、一部ですが、原本系の残巻が高山寺や石山寺に残っています。それによって、元来の姿をうかがうことができます。たとえば、以下の例を見てください(図3)。相互参照をもとめられることは、すぐわかりますね。

・謡　与昭反。毛詩、我歌且謡、伝曰、徒歌曰謡。韓詩、有章曲曰歌無章曲曰謡。説文、独歌也。

・歌　古何反。説文、咏歌也。或為謌字。在言部。古文為哥字、在可部。

・謌　葛羅反。尚書、謌詠言。野王案、礼記、謌之為言也説之故言々之々不足故長言之。毛詩、我謌且謡、伝曰、曲合楽曰謌。或為歌字、在欠部。古文為哥字、在可部。

・哥　古何反。説文声也。古文以為歌字。野王案、尚書、歌詠言、是在欠部。或為謌字、在言部。

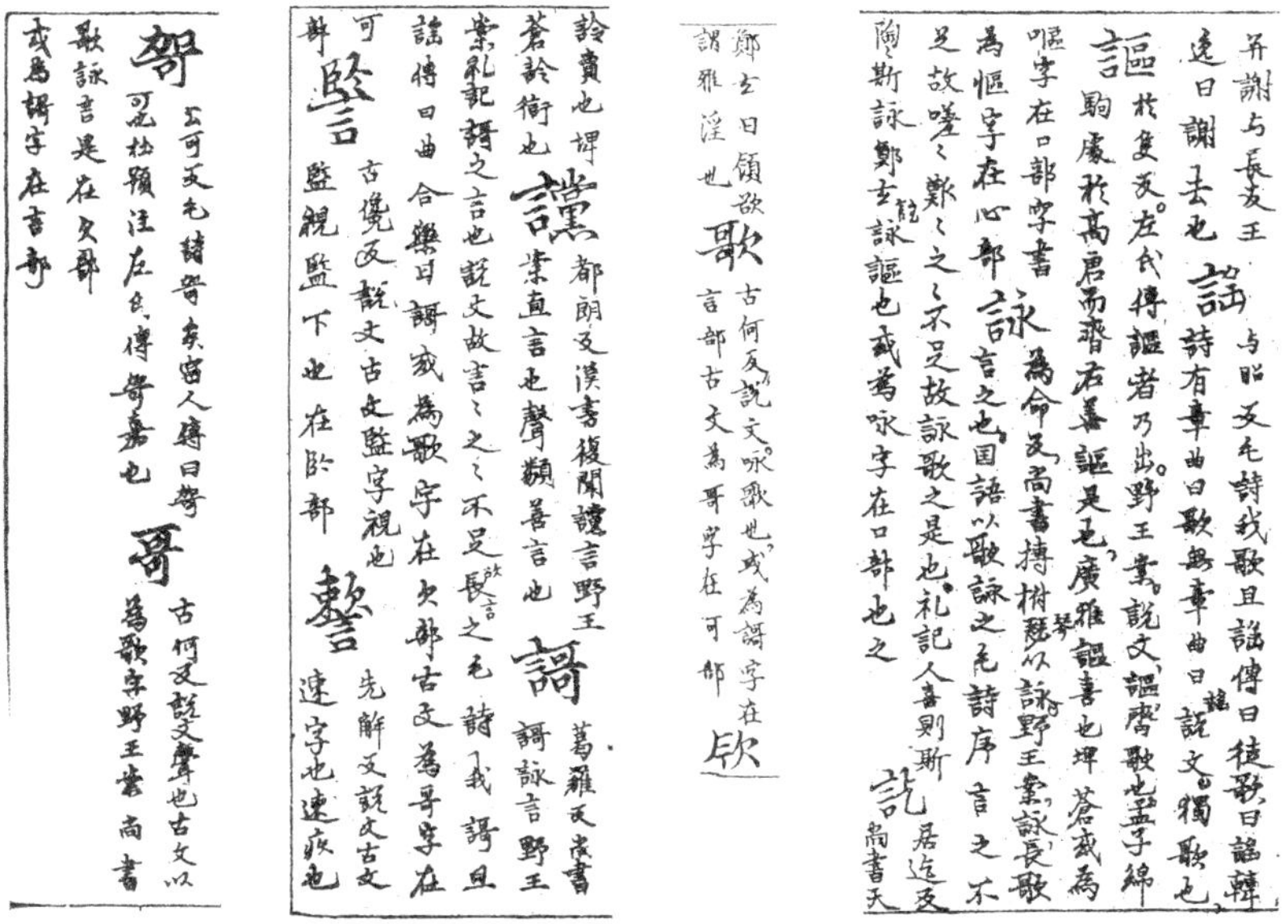

図3　原本系『玉篇』

「謌」の項の『礼記』の引用は、図版だと「説文」となっているところは、「文」は「之」の誤りですから、訂正しました。字形が似ているので誤ったのです。これらを見ていくと、「謡」の項に、「毛詩」「韓詩」が引かれ、それによって、「歌」と「謡」とが対比的であることが示されます。「謡」は「徒歌」であり、「韓詩」によれば「章曲」のないもの、つまり楽器を伴わないで歌うものだといいます。それが「独歌」だと「説文」によって確認するのでもあります。それに対して、楽器に合わせて歌うのが「歌」だというのです。

そこから、「歌」に関連させて見ていくことは容易です。そして、「歌」を見ると、「謌」でも「哥」でも同じだとあります。さらに、「謌」では「歌」「哥」への、「哥」では「歌」「謌」への参照をうながされるというかたちで、三者を見合わせることが相互にもとめられます。その見合わせのなかに「尚書」「毛詩」が繰り返しあらわれます。それを「歌」に関する基本文例として、字体が通用するということとともに、学ぶわけです。「謌」の項で、「謡」と対比をなすことが、「毛詩」及びその「伝」を引いて言われることは、「謡」の項と同じです。なお、「野王案」というのは、『玉篇』の編者顧野王のコメントであることを意味します。

一字ずつ切り離して見ることもできるとともに、相互連関のなかで（これは他の字でも同じです）、基本的な問題を、『毛詩』とその注である「伝」等によっておさえることが、原典によらずにここで果たされます。

ちなみに、この『毛詩』の文は、「国風」のうちの「魏風」「園有桃二章」の歌いはじめにあたります。

園有桃　　園に桃有り
其実之殽　其の実を之れ殽《くら》ふ
心之憂矣　心の憂ふるや
我歌且謡　我は歌ひ且つ謡ふ　（以下略）

大意は、園に桃あれば食らい、心に憂いあれば歌いかつ謡う、ということですが、その「歌且謡」に対して、「伝」は、「曲の楽に合はすを歌と曰ひ、徒歌を謡と曰ふ」と注をつけます。

『玉篇』は、その「伝」を、「謡」「歌」にそれぞれ分けて引用することがわかります。引用は分断的だけれども、『毛詩』とその「伝」という基本は、効率よく学ぶことができるという仕組みです。

しかし、字義だけ知ろうとすると、こうしたありようは迂遠かも知れません。実際、そのために、簡略版をつくることになりました。空海編の『篆隷万象名義』（図4）は、原本系『玉篇』をもとに、反切と字義だけにしてしまっ

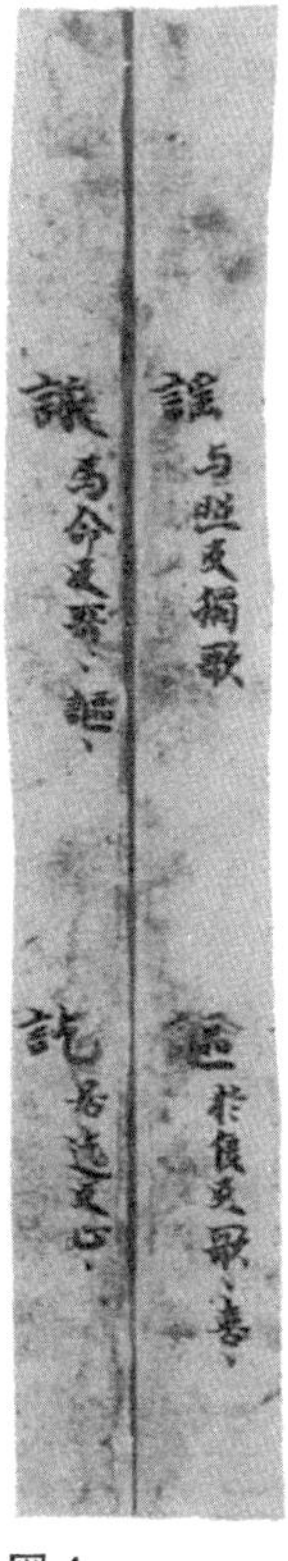

図4
『篆隷万象名義』

たと言われるものですが、たとえば、「謡」は、

謡　与照反。独歌。

という次第です。これはこれでまた極めて効率的に用を足すことになるでしょうけれども、質の違うものになっています。元来の『玉篇』の有していた教養学習的な意味を、ここから逆に見なおすことができるでしょう。

五　類書、詞華集

類書と詞華集とは学ぶべき実作例文集という点で、字書より、運用の点では実用的で大事だったと言えるかも知れません(『玉篇』の挙げる用例も、文例になったでしょうが、規模も質も違います)。

類書は、主題別にさまざまな典籍から記事をあつめて、いわば切り張りするものです。ある事柄について、どの典籍にどういうかたちで載り、それにかかわる詩などにどのようなものがあるかということなども知ることができるようにしています。この列島に伝えられたものとして、『日本国見在書目録』(九世紀末に現存した漢籍の目録)には、「雑家」の部に、『華林遍略』六二〇巻、『修文殿御覧』三六〇巻、『類苑』一二〇巻、『芸文類聚』百巻、『翰苑』三〇巻、『初学記』三〇巻等の名が見えます。『北堂書鈔』一六〇巻の名はありませんが、確実に伝来されていたと認められます。文字世界の形成におけるそれらの役割は非常に大きいものがありました。

いま残るのは、『芸文類聚』『初学記』『北堂書鈔』の三つだけです。規模もかなり異なりますが、作り方も特色があり、ちょうど用途に応じていろいろな辞典や事典があるのに似ています。類書は、知識・教養を身につけるための、絶好の学習事典だったのです。

そのことを実感するには、実見に如くはないので、これらの部立てを一覧化して示し、あわせて、巻頭の記事(図5―7)を紹介することとします。

『北堂書鈔』――帝王、后妃、政術、刑法、封爵、設官、礼儀、芸文、楽、武功、衣冠、儀飾、服飾、舟、車、酒食、天、歳時、地

『芸文類聚』――天、歳時、地・州・郡、山、水、符命、帝王、后妃、儲宮、人、礼、楽、職官、封爵、治政、刑法、雑文、武、軍器、居処、産業、衣冠、儀飾、服飾、舟車、食物、雑器物、巧芸、方術、内典、霊異、火、薬香草、宝玉、百穀、布帛、菓、木、鳥、獣、鱗介、虫豸、祥瑞、災異

『初学記』――天、歳時、地、州郡、帝王、中宮、儲宮、帝戚、職官、礼、楽、人、政理、文、武、道釈、居処、器物、宝器、果木、獣、鳥・鱗介・虫

それぞれの特色は、図版を見てわかるとおりですが、『北堂書鈔』は、その事柄にかんする熟語・短文を連ねてゆくという体裁です。内容的には、帝王部二〇巻(『芸文類聚』帝王部は四巻、『初学記』帝王部は、一巻のみ)をはじめとして、政治制度に偏るところがあり、詩や賦の実作を備えません。

それに対して、『芸文類聚』は、事項説明に続いて、詩・賦を主に、賛・銘・碑・序・表など、豊富な実作例をあげます。

『初学記』は、巻数を少なくした簡略版ですが、「事対」(故事の対)の項を立て、それに実作例を示して詩文の制作のために備えるというように、実用性を重んじたものと言えます。

図 5 『北堂書鈔』

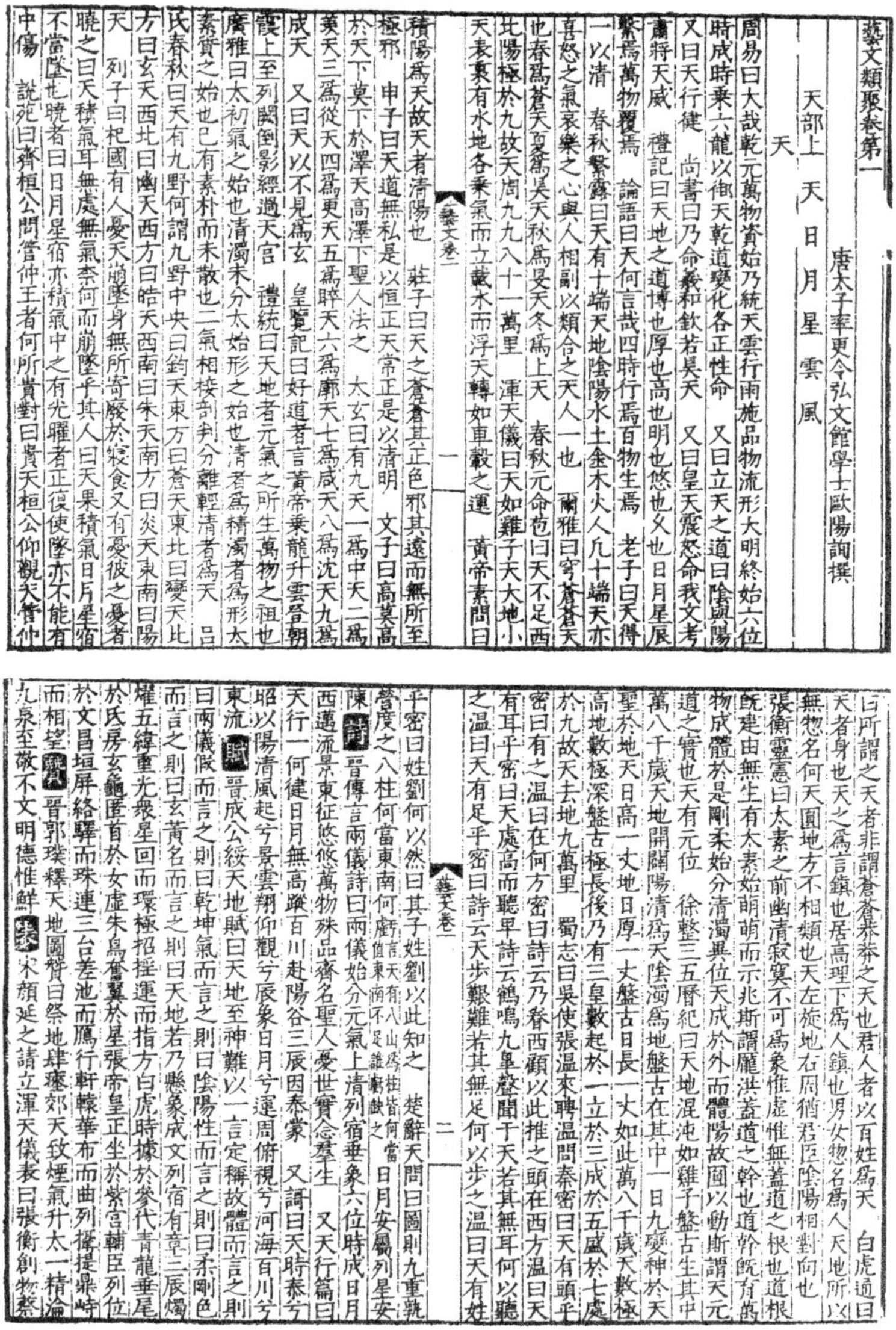

藝文類聚卷第一
唐太子率更令弘文館學士歐陽詢撰
天部上　天　日　月　星　雲　風
天
周易曰大哉乾元萬物資始乃統天雲行雨施品物流形大明終始六位時成時乘六龍以御天乾道變化各正性命　又曰立天之道曰陰與陽又曰天行健　尚書曰乃命羲和欽若昊天　又曰皇天震怒命我文考肅將天威　禮記曰天地之道博也厚也高也明也悠也久也日月星辰繫焉萬物覆焉　論語曰天何言哉四時行焉百物生焉　老子曰天得一以清　春秋繁露曰天有十端天地陰陽水土金木火人凡十端天亦喜怒之氣哀樂之心與人相副以類合之天人一也　爾雅曰穹蒼蒼天也春爲蒼天夏爲昊天秋爲旻天冬爲上天　春秋元命苞曰天不足西北陽極於九故天周九九八十一萬里　渾天儀曰天如雞子天大地小天表裏有水地各乘氣而立載水而浮天轉如車轂之運　黃帝素問曰

藝文卷一　一

積陽爲天故天者清陽也　莊子曰天之蒼蒼其正色邪其遠而無所至極邪　申子曰天道無私是以恒正天常正是以清明　文子曰高莫高於天下莫下於澤天高澤下聖人法之　太玄曰有九天一爲中天二爲羡天三爲從天四爲更天五爲睟天六爲廓天七爲咸天八爲沈天九爲成天　又曰天以不見爲玄　皇覽記曰好道者言黃帝乘龍升雲登朝霞上至列闕倒影經過天宮　禮統曰天地者元氣之所生萬物之祖也廣雅曰太初氣之始也清濁未分太始形之始也清者爲精濁者爲形太素質之始也已有素朴而未散也二氣相接剖判分離輕清者爲天　呂氏春秋曰天有九野何謂九野中央曰鈞天東方曰蒼天東北曰變天北方曰玄天西北曰幽天西方曰皓天西南曰朱天南方曰炎天東南曰陽天　列子曰杞國有人憂天崩墜身無所寄廢於寢食又有憂彼之憂者曉之曰天積氣耳無處無氣奈何而崩墜乎其人曰天果積氣日月星宿不當墜也曉者曰日月星宿亦積氣中之有光耀者正復使墜亦不能有中傷　說苑曰齊桓公問管仲王者何所貴對曰貴天桓公仰觀天管仲

曰所謂之天者非謂蒼蒼莽莽之天也君人者以百姓爲天　白虎通曰天者身也天之爲言鎮也居高理下爲人鎮也男女揔名爲人天地所以無揔名何天圓地方不相類也天左旋地右周猶君臣陰陽相對向也張衡靈憲曰太素之前幽清寂寞不可爲象惟虛惟無蓋道之根也道根既建由無生有太素始萌萌而未兆斯謂龎洪蓋道之幹也道幹既育萬物成體於是剛柔始分清濁異位天成於外而體陽故圓以動斯謂天元道之實也天有元位　徐整三五曆紀曰天地混沌如雞子盤古生其中萬八千歲天地開闢陽清爲天陰濁爲地盤古在其中一日九變神於天聖於地天日高一丈地日厚一丈盤古日長一丈如此萬八千歲天數極高地數極深盤古極長後乃有三皇數起於一立於三成於五盛於七處於九故天去地九萬里　蜀志曰吳使張溫來聘溫問秦宓曰天有頭乎宓曰有之溫曰在何方宓曰詩云乃眷西顧以此推之頭在西方溫曰天有耳乎宓曰天處高而聽卑詩云鶴鳴九皐聲聞于天若其無耳何以聽之溫曰天有足乎宓曰詩云天步艱難若其無足何以步之溫曰天有姓

藝文卷一　二

乎宓曰姓劉何以然曰其子姓劉以此知之　楚辭天問曰圜則九重孰營度之八柱何當東南何虧言天有八山爲柱皆何當值東南不足誰虧缺之　日月安屬列星安陳　【詩】晉傅玄兩儀詩曰兩儀始分元氣上清列宿垂象六位時成日月西邁流景東征悠悠萬物殊品齊名聖人憂世實念羣生　又天行篇曰天行一何健日月無高蹤百川赴陽谷三辰因泰蒙　又詞曰天時泰兮昭以陽清風起兮景雲翔仰觀兮辰象日月兮運周俯視兮河海百川兮東流　【賦】晉成公綏天地賦曰天地至神難以一言定稱故體而言之則曰兩儀假而言之則曰乾坤氣而言之則曰陰陽性而言之則曰柔剛色而言之則曰玄黃名而言之則曰天地若乃懸象成文列宿有章三辰燭耀五緯重光衆星回而環極招搖運而指方白虎時據於參代青龍垂尾於氐房玄龜匿首於女虛朱鳥奮翼於星張帝皇正坐於紫宮輔臣列位於文昌垣屏絡驛而珠連三台差池而鴈行軒轅華布而曲列攝提鼎峙而相望　【贊】晉郭璞釋天地圖贊曰祭地肆瘞郊天致煙氣升太一精淪九泉至敬不文明德惟鮮　【表】宋顏延之請立渾天儀表曰張衡創物蔡

図6 『芸文類聚』

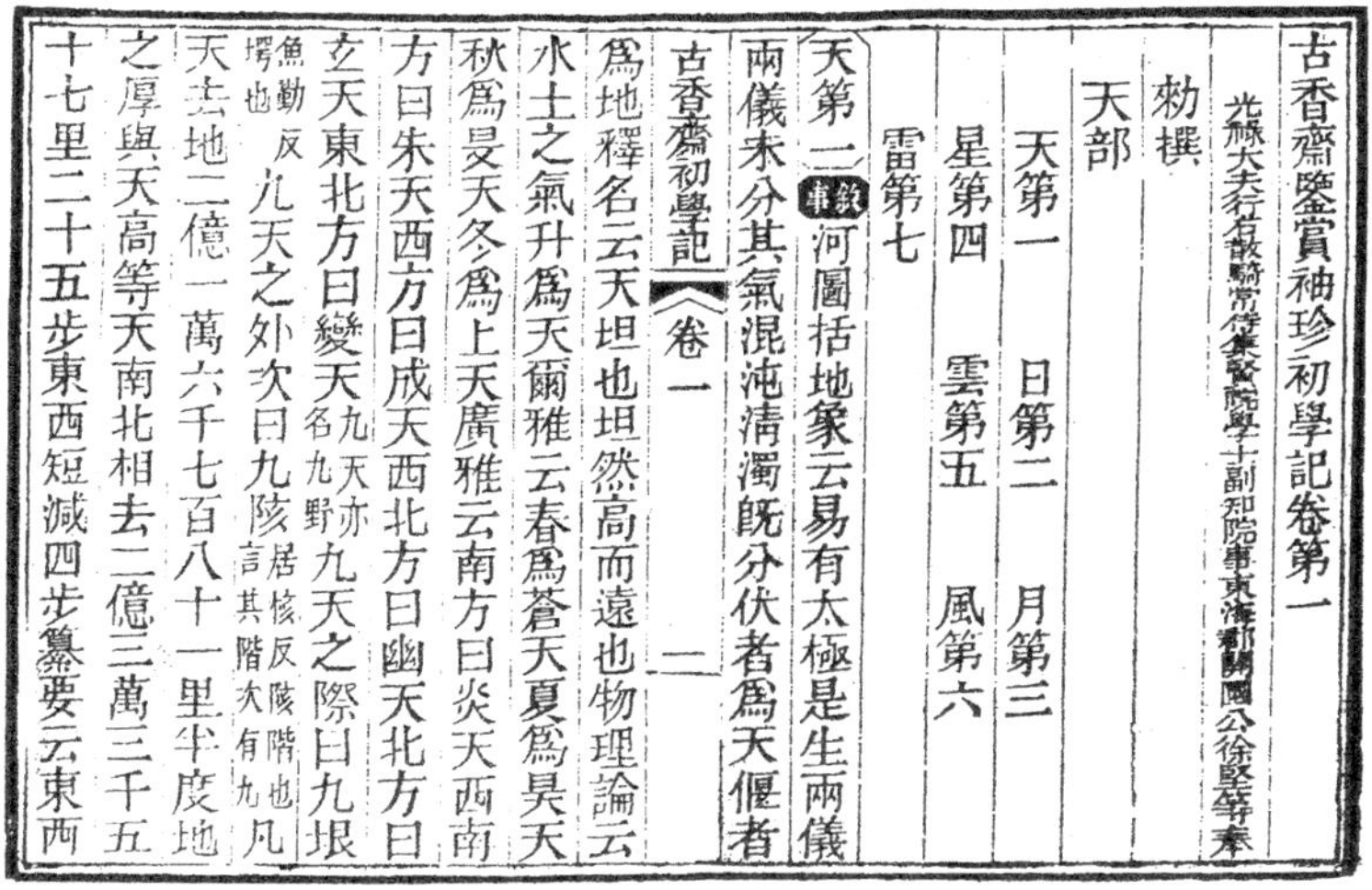

古香齋鑑賞袖珍初學記卷第一
光祿大夫行右散騎常侍集賢院學士副知院事東海郡開國公徐堅等奉
勅撰
天部
天第一　日第二　月第三
星第四　雲第五　風第六
雷第七
天第一 敘事 河圖括地象云易有太極是生兩儀
兩儀未分其氣混沌淸濁既分伏者爲天偃者
古香齋初學記 卷一 一
爲地釋名云天坦也坦然高而遠也物理論云
水土之氣升爲天爾雅云春爲蒼天夏爲昊天
秋爲旻天冬爲上天廣雅云南方曰炎天西南
方曰朱天西方曰成天西北方曰幽天北方曰
玄天東北方曰變天九天亦名九野九天之際曰九垠
魚勤反垠堮也九天之外次曰九陔居核反陔階也言其階次有九凡
天去地二億一萬六千七百八十一里半度地
之厚與天高等天南北相去二億三萬三千五
十七里二十五步東西短減四步纂要云東西

南北曰四方四方之隅曰四維天地四方曰六
合天地曰二儀以人參之曰三才四方上下謂
之宇往古來今謂之宙或謂天地爲宇宙凡天
地元氣之所生天謂之乾地謂之坤天圓而色
玄地方而色黃日月謂之兩曜五星謂之五緯
五星者東方歲南方熒惑西方太白北方辰中央鎭日月星謂之三辰亦
曰三光日月五星謂之七曜天河謂之天漢亦曰
雲漢星漢河漢淸漢銀漢天津漢津淺河銀河絳河五經通義云天神之
大者曰昊天上帝卽耀魄寶也亦曰天皇大帝亦曰太一其佐曰
古香齋初學記 卷一 二
五帝東方青帝靈威仰南方赤帝赤熛怒西方白帝白招拒北方黑帝叶光紀中央黃帝
含樞紐 事對 轉蓋 倚杵 桓譚新論天如蓋轉左旋日月星辰隨而東西
河圖挺佐輔曰百世之後地高天下如此千歲之後而天可倚杵洶洶莫知始終 覆盆
轉轂 王充論衡曰天平與地無異若覆盆之狀渾天儀曰二十八宿半隱半見天轉
如車轂之運 象蓋 如笠 劉氏正歷問曰顓頊造渾天儀黃帝爲蓋天以天象
蓋虞翻窮天論曰天形如笠而冒地之表 玉儀 銅渾 尚書考靈燿曰觀玉儀之
旋昏明主時鄭注曰以玉爲渾儀故曰玉儀名臣奏曰今史官所用候臺銅儀則渾天法也述
征記曰長安南有靈臺上有銅渾天儀 設位 垂象 易曰天地設位而易行于
其中又曰天垂象見吉凶聖人象之 高明 貞觀 禮記曰天地之道博也厚也高

図7 『初学記』

これらだけでなく、『修文殿御覧』など、いまは残らないものも視野にいれておかなければなりません。具体的に例を挙げて言うと、『日本書紀』神代の冒頭部が、世界の始まりを、陰陽論的に語ることは、よく知られています。

古天地未剖、陰陽不分、渾沌如鶏子、溟涬而含牙。及其清陽者、薄靡而為天、重濁者、淹滞而為地、精妙之合摶易、重濁之凝竭難。故天先成而地後定。

「天と地とがわかれておらず、陰と陽とがわかれていないで渾沌としたなかから、清く明るいものが上って天となり、重く濁ったものは凝って地となったが、清くこまかなものは集り易く、重く濁ったものは固まりにくい。それでまず天ができ、そのあとに地が定まった」というわけですが、その文は、世界のはじまりを語る『淮南子』や『三五暦紀』をそのまま使っています。それ以外に世界のはじまりなど書きようがないからです。ただ、その『三五暦紀』は、直接見られる条件がありませんでした。『芸文類聚』によったと考える説もありましたが、今では『修文殿御覧』によったものと考えられています(神野志、一九九二年)。

『修文殿御覧』は失われましたが、一〇世紀末宋代の『太平御覧』(一千巻)は、これを受け継いだものと言われます。大規模で、類書の代表とも言える『太平御覧』ですが、『修文殿御覧』との関係という点でも注意したいものです。学習事典と言ったように、それらは、典籍そのものを読まずに効率的に知識を蓄え、教養を身につける役をはたしたものでした。

さらに、注意したいのは、実用という点で、読み書きするときに、直接そのまま使える文例の手引き・参考書となったということです。『日本書紀』冒頭部が『修文殿御覧』によったと言いましたが、『日本書紀』が、全体として、『芸文類聚』を使って書いたところが多いということは、小島憲之『上代日本文学と中国文学　上』によって実証されたとおりです。書くということは、そういうかたちではじめて可能であったと言うべきでしょう。

詞華集（アンソロジー）も、そのまま使えるという点では同じです。

周代から梁代までの詩文のエッセンス、約八〇〇篇を集めた『文選』（三〇巻）を、ここであげねばなりません。『枕草子』にも「文は、文集、文選」とありますが、八世紀においては、その存在はより重いものでした。

『文選』は、詞華集たることを、その名において宣言して、賦、詩からはじまって、騒・詔・令・表・書・序・論等々、さまざまな文体の作品をえりすぐって総集しています。こういうものはこのように書くものだという、いわば、壮大な、見本集とも言えます。しかも、たとえば、賦に含まれる主題を、京都からはじめて、紀行、遊覧、江海、物色、鳥獣、哀傷、音楽、情、等々と、書き並べてみればもうあきらかですが、事や物を取り出して見せる、その全体が、世界にある諸々のことをあらわしだすということになるものです。詩も、多様な主題が展開されます。献詩、公讌、詠史、遊覧、詠懐、哀傷、贈答、行旅等、ありうるさまざまな場面における詩を並べることは、端的に言えば、世界に起ることを詩で覆うということです。世界のなかに考えられる主題を、まさに百科的にあらわしているのであり、学ぶ側から言えば、いろいろな場面に対応して、必要なことを知り、かつ、そのまま使える学習事典だということができます。

その『文選』につけられた注にも注目したいと思います。七世紀半ばに、李善が注をつけた『文選』のテキストが、『日本国見在書目録』に載っています。「文選六十巻　李善注」とあります。巻数でわかるように、広翰な注ですが、その注のつけ方は、もっぱらその表現に関する用例を諸書からあげるものです。

嵇康の「琴賦」（第一八巻所収）を例として見ましょう。序において「衆器の中、琴徳最も優なり」（さまざまな楽器

惟椅梧之所生兮託峻嶽之崇岡 毛詩曰椅桐梓漆爰伐琴瑟毛萇曰椅梓屬也史記曰龍門有桐樹高百尺無枝堪爲琴 披重壤以誕載兮參辰極而高驤 披開也重壤謂地也泉壤稱九故曰重也毛萇詩傳曰誕大也載生也爾雅曰北極北辰也孔安國尚書傳曰襄上也驤與襄同 含天地之醇和兮吸日月之休光 謂包含天地醇和之氣引日月光明也周易曰天地絪縕萬物化醇 鬱紛紜以獨茂兮飛英蕤於昊蒼 説文曰蕤草木花貌汝誰切 夕納景于虞淵兮旦晞幹於九陽 納藏也淮南子曰日入于虞淵之汜又曰入于虞淵是謂黃昏高誘曰視物黃也晞乾也幹本也楚辭曰夕晞余身乎九陽王逸曰九陽謂九天之崖也 經千載以待價兮寂神跱而永康 論語子曰我待價者也價者物之數也康安也 且其山川形勢則盤紆隱深 盤曲紆屈隱幽深邃也 崔嵬岑嵓 崔嵬高峻之貌岑嵓危嶮之形字林曰嵓山巖也 互嶺巉巖岞崿嶇嶔 皆山石崖巘嶔峻之勢 丹崖嶮巇青壁萬尋 若乃重巘增起偃蹇雲覆 偃蹇高貌言高在上偃蹇然如雲覆下也 邈隆崇以極壯崛巍巍而特秀 巍巍高大貌廣雅曰秀出也 蒸靈液以播雲據神淵

文十八　十三　吳志

図8　李善注『文選』

では琴の徳がもっとも優れている）といい、その琴について述べてゆきます。琴の材料となる「椅梧」（イイギリとアオギリ）の生えている場所から語り起こしますが、その語り起こしの部分を見てください（図8、李善注『文選』）。本文と注とでは、注のほうが分量が多いくらいですね。まず、本文だけ取り出しておきます。

惟椅梧之所生兮、託峻嶽之崇岡。惟れ椅梧《いご》の生ずる所、峻嶽の崇岡《しゅうこう》に託す。

披重壌以誕載兮、参辰極而高驤。重壌を披《ひら》いて以て誕《おおい》に載《お》ひ、辰極に参《まじわ》りて高く驤《あが》る。

含天地之醇和兮、吸日月之休光。天地の醇和を含んで、日月の休光を吸ふ。

鬱紛紜以独茂兮、飛英蕤於昊蒼。鬱紛紜《ふんうん》として以て独り茂り、英蕤《えいずい》を昊蒼に飛ばす。

夕納景于虞淵兮、旦晞幹於九陽。夕に景《かげ》を虞淵《ぐえん》に納《い》れ、旦《あした》に幹を九陽に晞《かわか》す。

経千載以待價兮、寂神跱而永康。千載を経て以て価を待ち、寂として神のごとく跱《た》ちて永く康《やす》し。

大意は、「椅梧の生えている所は、険しい山の高い岡であり、大地をおしひらいて生え、北極星に届かんばかりに高くそびえている。天地の醇和の気を含み、日月の光を吸収し、鬱蒼として茂り、花を天に飛ばす。夕べには影を虞淵に浮かべ、あしたには幹を太陽に乾かして、千年のあいだ買い手を待って、静かに神のように立ち、永く安らかであった」となります。場所の説明がなおつづきますが、ここで切ります。

これに対して、李善の注がどのようにつけられるかというと、文脈理解や解釈を示すのではありません。「椅」について「毛詩」とその「伝」を、桐と琴について「史記」を、「誕」の訓について「毛詩伝」を、「辰極」について「爾雅」を、「驤」の訓について「尚書伝」を、第三の句全体について「周易」を、「蓰」について「説文」を、「虞淵」について「淮南子」とその注を、「幹」「九陽」について「楚辞」とその注を、「待價」について「論語」を、それぞれ主に用例として挙げるのです。

琴の素材の桐について語られたものと、そこに注として集められたものから派生していく知識(原典を見ることなく得られます)と、あいまって、教養と表現見本とを一挙に獲得できます。多様な学習事典となるわけです。

六　大伴旅人の手紙と藤原宇合の詩をめぐって

見てきたような学習による教養の営みとともに、はじめて書くこと・読むことがありえたし、それ以外に方法はなかったということですが、実際の場面に具体的に立ち入って見ましょう。

『万葉集』に入っている大伴旅人の手紙と、『懐風藻』のなかの藤原宇合の詩とを取り上げて見ることにします。

旅人の手紙というのは、琴を贈るのにつけられたものです。

大伴淡等謹状

梧桐日本琴一面　対馬結石山孫枝

此琴、夢化娘子曰、余託根遥嶋之崇巒、晞幹九陽之休光。長帯烟霞、逍遥山川之阿、遠望風波、出入雁木之間。唯恐百年之後、空朽溝壑。偶遭良匠、斮為小琴。不顧質麁音少、恒希君子左琴。即歌曰、

伊可尓安良武　日能等伎尓可母　許恵之良武　比等能比射乃倍　和我摩久良可武（八一〇）

僕報詩詠曰

許等々波奴　樹尓波安里等母　宇流波之吉　伎美我手奈礼能　許等尓之安流倍之（八一一）

琴娘子答曰

敬奉徳音。幸甚々々。片時覚、即感於夢言、慨然不得止黙。故附公使、聊以進御耳。謹状。不具。

天平元年十月七日、附使進上。

謹通　中衛高明閤下　謹空

対馬の梧桐で作った琴を、「中衛高明閤下」つまり藤原房前に贈ると言って、琴につけた手紙です。歌も二首入っている、進上の口上です。ちょっと手がこんでいて、夢に琴が乙女となってあらわれ「遠く離れた対馬の高山に根をおろし、百年の後むなしく谷底に朽ちることをおそれていたが、たまたま琴となったので、君子のそばにおかれることを願う」と言い、「いかにあらむ……（いつの日か音のよくわかるひとの膝の置かれることでしょうか）」歌ったのに、「こととはぬ……（もの言わぬ木ではあっても、きっとすばらしい方の愛用を受けるだろう）」と答えたら、琴の乙女が喜んだと言い、その琴を進上すると言うのです。房前こそ、琴を持つべき「うるはしき君」だということになります。

省略しましたが、このあとには、房前の返事も載っています。

琴の材の桐について述べる表現は、どの注釈書も指摘していますが、先にあげた「琴賦」をそのまま使っていることが明らかですね。「託峻嶽之崇岡」「吸日月之休光」「旦晞幹於九陽」を適宜組み合わせて作文して、「託根遥嶋之崇巒、晞幹九陽之休光」ができています。琴の材については、こんなふうに書くものだという文例として使っているわけです。

そもそも、どのようなときにどう書くのかということを共有しなければはじまりません。コミュニケートの前提がなければ、書くことも、読むことも成り立ちません。手紙というのはこのようなかたちで書くものだということからはじめて、共有される基盤（まさに教養）が必要です。この列島に生きた人々は、東アジアの文化世界において、はじめて、それを可能にしたのです。

宇合の詩は、「悲不遇」と題するものです。


賢者悽年暮。明君冀日新。　賢者は年の暮るることを悽み、明君は日に新しきことを冀ふ。

周日載逸老。殷夢得伊人。　周日逸老を載せ、殷夢伊れの人を得たり。

搏挙非同翼。相忘不異鱗。　搏挙翼を同じくせね、相忘鱗を異にせず。

南冠労楚奏。北節倦胡塵。　南冠楚奏に労き、北節胡塵に倦みぬ。

学類東方朔。年余朱買臣。　学は東方朔に類し、年は朱買臣に余る。

二毛雖已富。万巻徒然貧。　二毛已に富めりと雖も、万巻徒然に貧し。

明君に見出された太公望（逸老）・傅説（伊人）を持ち出しながら（三、四句）、鐘儀・蘇武のように苦節を重ねることを言い（七、八句）、東方朔・朱買臣を引き合いに出して報われないで齢四十を越えたことを嘆く（九、十句）という、故事にあふれる詩です。

しかし、それは知識のひけらかし（ペダントリー）ではありません。不遇を訴えることが、そのようなかたち（ないし、パターン）で言うしかないということなのです。また、このように言うからといって、宇合が不遇意識を強くもっていたと見るのもどうでしょうか。それは発想の様式であって、自分の身について不遇を言うスタイルによったと見るべきかと思われます。

そして、その故事の教養がいかに共有されるか。元来の出典として言えば、『史記』（太公望、傅説）、『春秋左氏伝』（鍾儀）、『漢書』（蘇武、東方朔、朱買臣）になるかも知れません。しかし、多重複線的なさまざまな学習を通じて作られてゆく教養の世界だと言わねばなりません。字書を通じてかも知れないし、類書から得たかも知れません。あれこれの、そうした全体が文字の文化世界をつくっていて、それを共有しているから、この詩を読むことも成り立つということです。もともと何から出たかというような、出典をもとめること自体が大事だということではないでしょう。

たとえば、宇合の詩における朱買臣に関して、もうすこし立ち入って見ましょう。「年は朱買臣に余る」というのは、年齢がもう朱買臣を超えたということです。薪を売っていた朱買臣が妻に見限られ去られたが、のち武帝に取り立てられ、故郷に錦を飾ったという話をふまえています。その出世の年齢が、『漢書』では五〇歳近くだとあります。そうだとすると、このとき宇合が五〇を超えていないと、この嘆きは意味がありません。しかし、『懐風藻』によれば、宇合の没年は四四歳と見られます。それだと、「年は朱買臣に余る」は、誇張とでもしないと解しがたいということになります。

実は、『枕草子』にも、朱買臣の年齢に関わる話があります。日本古典集成本だと第一五四段です（『枕草子』は、本によって段の立て方が異なります）。「故殿の御服の頃」と書き出される一段です。中宮定子が、父藤原道隆の喪に服していたころのことというのです。そのなかに、「三十の期に及ばず」という句を吟詠していた藤原宣方をくさしたとあります。悔しがった宣方は、名調子の評判のある斉信に教えを受け、その真似をして吟詠してやってきたといいます。そして、いままで居留守をつかっていたのに、そんなふうにしてやってきたら面会するようにしたともいうのですが、あるとき、「三十の期に及ばず」はいかがでしょうと言ってよこした（つまり、面会をもとめてきた）のに対して、清少納言が、「その期はすぎたまひにたらむ。朱買臣が、妻を訓へけむ歳にはしも」（その年頃はとっくにお過ぎでしょう。朱買臣が、妻をさとしたという、年齢にもおなりではありませんか）とやりこめたので、そのことを聞いた帝が、「三十九なりける歳こそ、さは戒めけれ」（たしかに、宣方と同じ三九になった歳に、朱買臣が、妻をさとしたのであったね）、宣方は言われたものだと仰せられたとあります。朱買臣が三九歳で妻に去られたのでないと意味がなく、やはり『漢書』ではあいません。そこで、古典集成本の注は、古注本『蒙求』を挙げています。

『蒙求』は、唐代にできたもので、古人の言行を四字の句にして覚えやすくしたものです。「蒙求」というのは、童蒙の求めに応じるという意味で、初学書たることを名乗っているわけです。上中下三巻に、上古から南北朝までのおよそ六〇〇人を収めています。

朱買臣のことは「買妻恥醮」として載せます。朱買臣の妻は再婚したのですが、太守となって帰京した朱買臣と会い、恥じて自殺したということを、四字に集約したわけです。これに注をつけておこなわれていました。「買妻恥醮」には、当然『漢書』を引くこととなります。こうした注とともにあれば、典拠つきの人物辞典というものにほかなりません。原典を見ずに、手っ取り早く、故事を学習する辞典がここにもあったのです。宋代の徐子光が注を整備した、いわゆる補注本がいま残っています。それによれば、やはり五〇歳近くの出世となりますが、古注では『漢書』によるとしながら、朱買臣の言は「予、年卌当富貴、今卅九」とあって、四〇になればきっと富貴になる、いま三九だから、あと一年待て、と言ったのに妻は聴かずに去ったとあります。

古注の年齢だと、『枕草子』の話にも合うし、宇合の詩にも適合します。しかし、宇合と、『蒙求』とでは時代が合わないと言われるかも知れません。宇合が亡くなったのは七三七年で、『蒙求』自体は、八世紀半ば、唐代の成立です。しかし、そうした学習的人物辞典(これも類書と言えます)は、その前から作られていて、『琱玉集』(『日本国見在書目録』によれば一五巻。六朝末の撰と見られています)のようなものが伝来されて、二巻だけですが残っています(中国では失われてしまいました)。敦煌でも、人事中心の類書『語対』が発見されています。この『語対』のなかには、「棄夫」の項があり、「買臣妻」が載っていますが、ここでも『漢書』によるとしながら、四〇、三九という、古注『蒙求』と同じ年齢設定の話となっているのです。そうした状況からすると、宇合の詩のもとにあったのは、『蒙求』以前にもあった、同じような類書による教養だと認めてよいでしょう(『漢書』の問題はいまおきます)。

学習辞典的にこうした類書があり、リアルタイムで、この列島においてそれらを学習していたと考えるべきです。それは、「影響」「出典」などというのが適切でなく、本質からはずれることはもう理解されるはずです。教養を共有し、ひとつの文化世界に生きるということだったと言わねばなりません。

七　まとめ

漢字・漢文によって、この列島の文化世界が形成されたということを見てきました。読み書きすることが、東アジア古典古代世界というべき、ひとつの文化世界においてなされることの実際に即して見ることがもとめられるのです。それは、ひと続きの教養の基盤に、学習によって繋がり、同じ文化世界に生きるという営みであったことを見るということにつきます。

参考文献

沖森卓也・佐藤信『上代木簡資料集成』おうふう、一九九四年。

神野志隆光「『日本書紀』「神代」冒頭部と『三五暦紀』」(吉井巌編『記紀万葉論叢』)塙書房、一九九二年。

神野志隆光「文字とことば・「日本語」として書くこと」(『万葉集研究』二一集)塙書房、一九九七年。

神野志隆光『「日本」とは何か』講談社現代新書、二〇〇五年。

神野志隆光『漢字テキストとしての古事記』東京大学出版会、二〇〇七年。

国立歴史民俗博物館編『古代日本　文字のある風景』朝日新聞社、二〇〇二年。

小島憲之『上代日本文学と中国文学　上』塙書房、一九六二年。

木簡学会編『日本古代木簡集成』東京大学出版会、二〇〇三年。

長澤規矩也・阿部隆一編『日本書目大成　1』(「日本国見在書目録」)汲古書院、一九七九年。

西嶋定生『日本歴史の国際環境』東京大学出版会、一九八五年。

董治安主編『唐代四大類書』(『北堂書鈔』『芸文類聚』『初学記』)清華大学出版社、二〇〇三年。＊『北堂書鈔』『芸文類聚』『初学記』は、単行本としても刊行されている。

『文選』(李善注)、複数の出版社から刊行されている。

東野治之『正倉院文書と木簡の研究』塙書房、一九七七年。

東野治之『木簡が語る日本の古代』(同時代ライブラリー)岩波書店、一九九七年(初版、岩波新書、一九八三年)。

『原本玉篇残巻』中華書局、一九八五年。

◆コラム1◆　反切1

私たちはいま漢字の音を表すのに、片仮名もしくはローマ字を使います。しかしこれらの表音文字がないとしたら、漢字の音を知るのはかなり難しいことになります。旁が音を示す形声字なら、見当をつけることができるかもしれません。しかしそれでも正確さは欠きますし、形声字でなければ、お手上げです。

漢字の音をどう示すのか。最初に用いられたのは、「直音」という方法でした。ある漢字の音(A)を、同音の漢字(B)で示すのです。図1(『経典釈文』)の例ですと、「楽」という字の音が「洛」(ラク)もしくは、「岳」(ガク)であることが示されています。しかし、それでは応用範囲が狭くなりますし、もしBの音がわからなければ、これもお手上げです。同音の字が、誰もが知っている字であるとは限らないからです。

後漢のころ、「反切」という画期的な方法が発明されました。一つの漢字の音を、二つの漢字に分解して示すのです。例えば、「東」の字は、「徳」と「紅」の二字を組み合わせて「徳紅反」のように示されます。「東」は日本漢字音ではトウですが、中国の隋唐音では tung だったと推定されています。「徳」はトク tək、「紅」はコウ ɣung です。つまり、漢字の音節を頭子音と残りの部分に分けて、「徳」の前半と「紅」の後半を組み合わせるというわけです。「A、CD反」(後に「A、CD切」と表記されるようになります)、これなら、CDの文字にはなるべく一般的な漢字を当てはめることができますし、応用範囲はたいへん広くなります。

図1

図2

たとえば図2(『経典釈文』)は『詩経』の中の「參差」という熟語についての音注ですが、反切によって、シン(初金)シ(初宜)もしくはシンサ(初佳)という音であることがわかります。

実用性のみならず、ここには、漢字の音を分析的に捉えるという視点があります。一つの音節がいくつかの要素からなっていることに気がつかなければ、こうした技法は生まれません。ではどうしてこのことに気づいたのでしょうか。

一つは、韻文です。韻を踏むというのは、音節の後半部をそろえると

一東春方也説文曰動
赤和肉作羮味如
友有東不訾又漢複姓
夫東郭偃又有東宮得
適杜氏齊景公時有隱
英賢傳云今高密有東
有東閭子嘗富貴後乞
公封于杞後以爲氏莊
守東里昆何氏姓苑有
東萊氏德紅切十七

図3 『大宋重修広韻』

いうことです。右の例で言えば、Dが韻にあたるわけです（音韻学では、Cの音を「声母」、Dの音を「韻母」と呼びます）。中国には紀元前十一世紀の詩篇を含む『詩経』にまで遡る韻文の古い歴史がありますが、口承文芸として発達している段階では、分析的な意識は比較的薄かったと言えましょう。それが、後漢から魏晋南北朝にかけて、士大夫の文学として技巧を加えられていくうちに、音調の精密さへの関心も生まれてきます。中国の詩は、脚韻だけでなく、句中の音調を整えることにも意を用いますから、音節を分析的に理解するのは作詩にとって重要なことでした。そして、音節には「平・上・去・入」の四つの声調があることが発見されたのも、この時期です。「反切」のDの字を決めるときには、もちろん声調も考慮されます。

韻文を作るという行為が、字の音を分析的に捉える視点を生み、「反切」の発明や「四声」の発見を促したというわけです。事実、「反切」の技法が発明されたおかげで、韻ごとに漢字をならべた「韻書」が生まれました（図3）。「四声」が発見されたおかげで、平仄の規則（声調によって字を配置する規則）が成立し、唐代以降の「律詩」が生まれる基礎となりました。

しかし、「反切」の発明にかかわったのは、韻文の制作だけではありません。もう一つ、異言語との接触も重要です。印度から仏教がもたらされた時、経典は梵文で書いてありました。梵字は表音文字ですから、漢字の構成原理とは大きく異なります。経典の翻訳にあたっては、「般若」のように、梵語をそのまま音写することも少なくありませんが、逆向きに考えれば、漢字の音を梵字で示すこともできたというわけです。つまり、表音文字と対照させることで、漢字音を分析的に捉えることが可能となったと言えるでしょう。このことが、中国における音韻学の誕生を促します。

漢字の発信地である中国において、漢字の音を示す重要な技法である「反切」が、異言語との接触によって生まれたというのも興味深いことです。ことばへの意識というものは、やはり、自分のことばだけに閉じこもっていては、決して生まれないということでしょう。

（齋藤希史）

◆コラム2◆　反切2

古代東アジア世界は、共通の文字(漢字)、共通の文章語(漢文)により、教養の基盤と価値観とを共有する文化世界としてありました。その世界のなかのローカルな営みとして、この列島における文字世界があったということは、本書「文字の文化世界の形成」(神野志)に述べたとおりです。それは、学習によってささえられて成り立つものです。「反切」は、文字の学習を効率化するシステムとして受け入れられたのでした。

その以前には、どのようであったかというと、たとえば、『淮南子』巻八「本経訓」の一節を見てください。有名な弓の名人羿の話です。

堯の時に至るに逮びて、十日並び出でて、禾稼を焦がし、草木を殺して、民、食する所無く、猰貐・鑿齒・九嬰・大風・封豨・脩蛇、皆、民の害を為す。

太陽が十あってかわるがわるに出ていたのが、一時に十日が並び出て、すべて焼け焦げ、民の食べるものがなくなってしまったといい、様々な怪物などが害をなしたとあります。そこで、羿が、九日を射落とし、怪物を射殺したというのです。その怪物の「猰貐」について、注がついています。「猰は、車軋履人の軋に読む。貐は、疾除瘉の瘉に読む也」とあります。アツユという読みが示されているのですが、簡単とはとうてい言えません。反切にしても、二つの漢字の組み合わせで音を学ぶのであり、一定の漢字力が当然要求されますが、はるかに容易に効率的に学ぶことができます。

隋から唐初に編まれた、反切による辞書『切韻』が広く受けいれられた所以です。『日本国見在書目録』を見ると、『切韻』諸本が数多く載せられており(陸法言、祝尚丘、武玄之、孫愐等々の編によるもの)、広く受容されている様子がよくわかります。菅原是善(八八〇年没、六九歳。道真の父)がこれらの諸本を集成して、『東宮切韻』(二〇巻。いまは残っていません)を作ったのも、これが学習にとってきわめて好都合だったからにほかならないと、納得されます。空海の『篆隷万象名義』(九世紀初。参照、本書一五頁)が、『玉篇』をもとにしながら、用例を捨てて、その字の訓詁と反切だけを掲げるものに簡略化した(いってみれば、小学生向けの漢字辞典のようなわかりやすいものにした)のも、そうした学習の問題として考えるとよくわかります。

(神野志隆光)

漢字と非漢文の空間

八世紀の文字世界

神野志隆光

一　はじめに

前章に述べたことを要約すると、東アジア古典古代世界と言うべき、ひとつの文化世界におけるローカルな営みとして、この列島の文字文化の形成を見るということにつきます。そこにおいて、読むこと・書くことの実際はどのようであったか、書かれたもののなかに、より立ち入って、八世紀について具体的に見たいと思います。八世紀と言ったのは、列島全体に文字が浸透した時期と言ってよいからであり、『古事記』『日本書紀』や『万葉集』という、わたしたちのよく知るものが成された時期だからです。

二　訓読による学習とそれがもたらすもの

問題を整理してすすめましょう。

要は、漢字が自分たちのことば（母語）のなかに生まれたものでなく、外国語（非母語）の文字であったということです。それを通じて読み書きするということは、当たり前のことですが、外国語（漢文）として読み書きするほかないのです。ことばと文字とを切り離して学習することはありえません。前章では、辞書や類書による文字学習の実際を見ましたが、そこにあった根本的な問題として、まずこのことを確かめておきましょう。

外国語として読み書きするということについて言えば、はじめは、いわゆるダイレクト・メソッド（自分たちの言語を介さずにダイレクトに理解し、習得するというやりかた）しかありませんでした。たとえば、英語の学習を考えてみてください。明治のころ、はじめて英語を学ぶ人たちはダイレクト・メソッドで学びました。それと同じです。

ただ、英語学習でもそうであったように、のちには、ダイレクト・メソッドでなく、訳読法（漢文については、訓読と言うのが普通です。ここでも訓読と言うことにします）で学習することによって、新しい局面が開かれ、漢字の読み書きの浸透が一挙に果たされるのでした。

そして、それは、外国語として読み書きするというのとは異なるものをもたらすということが大事なのです。

前章で見た通り、この列島では、一世紀以来、文字を用いるのですが、列島社会のそとで、特殊技術としての漢文の読み書きがなされていたのでした。残された文字資料で見ると、五世紀には列島の国家内部で文字が用いられるようになりますが、漢文として読み書きされることは変わりません。七世紀後半になると、列島全体に文字が浸透するといえる状況を見るのであり、そこで、漢文とは認められないようなものがあらわれます。むしろ、そうした漢文でないものによって文字の広がりがささえられていると見られます。

具体的な例をあげましょう。山名村碑文（山ノ上碑文）と呼ばれている資料です（図1）。

辛巳の歳、集月三日記す。
佐野の三家《みやけ》を定め賜ひし健守の命の孫、黒売の刀自、此れを
新川の臣の児、斯多々弥の足尼の孫、大児の臣の娶りて生める児、
長利の僧、母の為に文を記し定めつ。　放光寺の僧

これは石に刻まれたもので、現存しています。読み下しのかたちにしましたが、「辛巳の歳」は、天武天皇一〇年(六八一)にあたります。この碑はいま群馬県高崎市に現存します。都からはるか離れた東国地方だということに注目しましょう。この段階では文字を用いることがそこにまで及んでいるのです。文意は、「佐野の屯倉を定めた健守の命の孫である黒売の刀自を、大児の臣(新川の臣の子で、斯多々弥の足尼の孫)が娶って生んだ子である長利の僧が、母のためにこの文を記し定めた」ということで、「長利の僧」=「放光寺の僧」が母のために建てた墓誌と見られます。

この文は、漢文とはとうてい言えないものです。二行目、「佐野三家定賜」の語順は、動詞「定」の前に、目的語にあたる「佐野三家」があり、漢文とは認められませんし、「賜」を尊敬の補助動詞につかうことも漢文にはありません。また、この行の最後の「此」は、次の行の「娶」に続くのですが、この語順も漢文とは言えません。四行目、「母為」の語順も同じことです。

日本語そのままの構文(語順)に漢字を並べたものであり、漢字の意味をつなぐことによって理解可能なのです。このようなかたちで書くことが、どのようにして可能になったか。それは訓読がもたらしたと見るべきです。目的語にあたるものを動詞の前に出して訓読するというかたちを定着させたとき、漢文とは別な、書くかたちをも作っ

辛巳歳集月三日記
佐野三家定賜健守命孫黒売刀自此
新川臣児斯多々弥足尼孫大児臣聚生児
長利僧母為記定文也　放光寺僧

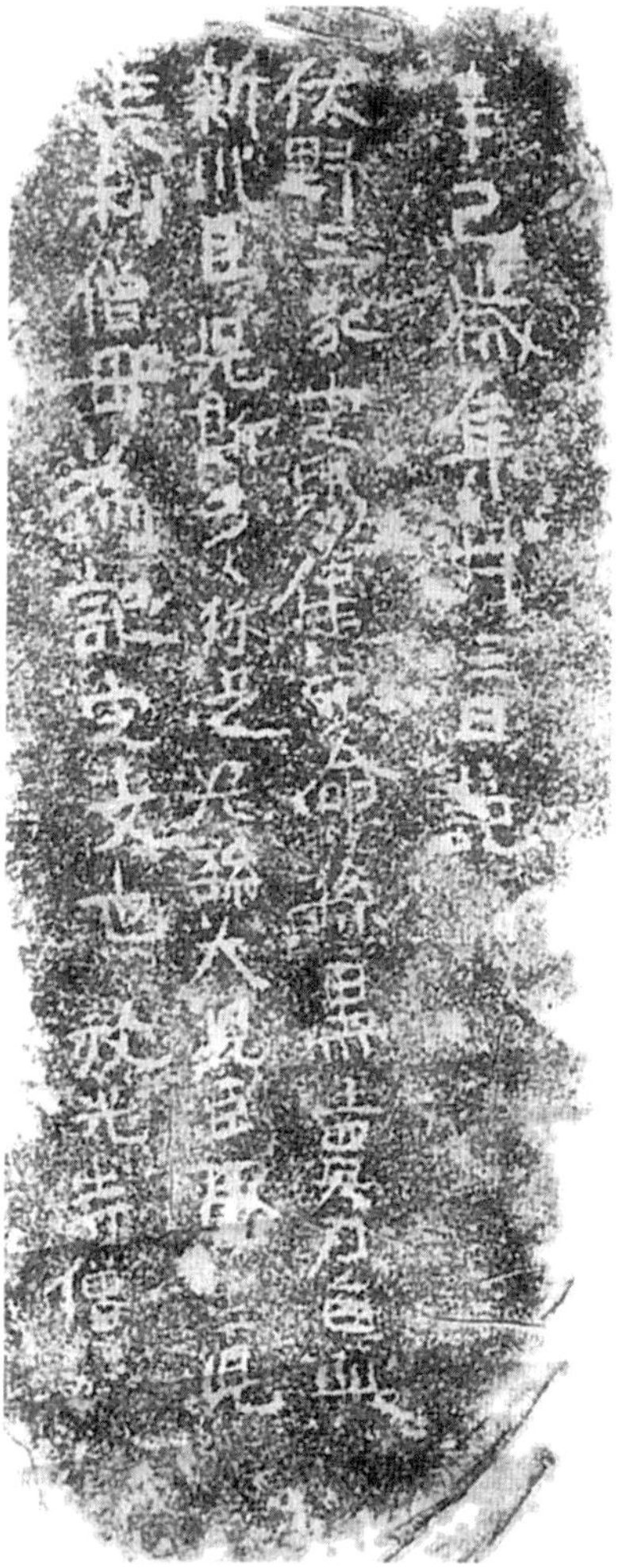

図1　山名村碑

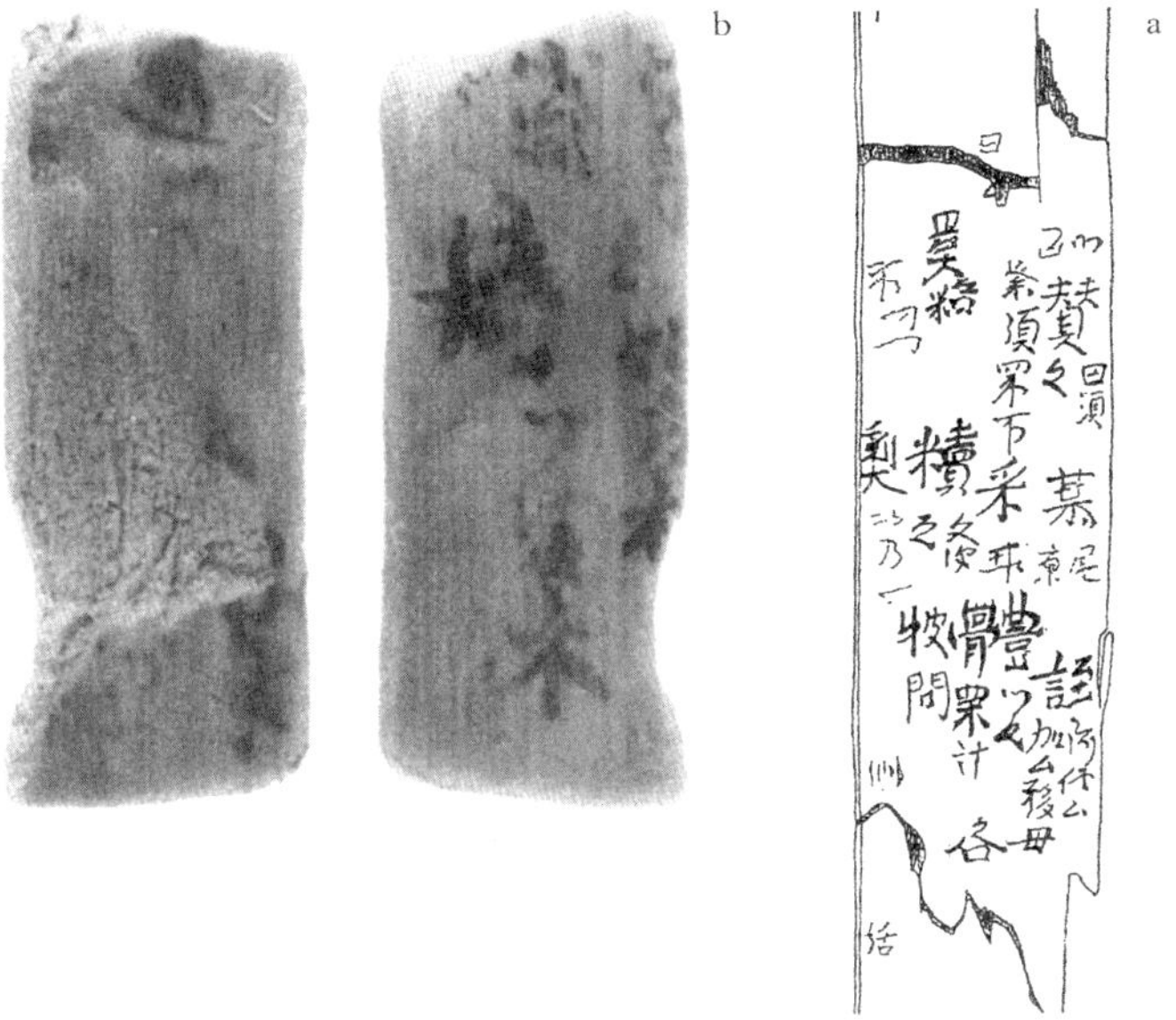

図2　音義木簡

a. 滋賀県北大津遺跡出土の音義木簡，7世紀後半．　b. 徳島県観音寺遺跡出土の音義木簡，8世紀．

たと言えます。書くことがないところには、当然、書くかたちもありません。書くのは、話すことばをそのままうつすなどということではありえません。訓読の定着が、書くかたちをもたらしたと言うべきなのです。その読みのままに動詞の前に目的語を置くように漢字を並べることがありえたと考えれば、その成り立ちがわかります。

訳読による学習の現場は、音義木簡と呼ばれる木簡にうかがうことができます（図2 a、b）。

aは七世紀後半、bは八世紀のものです。北大津遺跡は都に近いといえるかもしれませんが、観音寺遺跡はかなり遠く、地方での文字学習の実際を見ることができます。見る通り、両者は、漢字を和語に対応させているのですが、とりわけ、北大津遺跡出土木簡のなかに、「誈」に、アザムカムヤモ、と読みをつけているのが注目されます。文脈のなかのかたちで読んだ——反語で読んでいます——ものであり、訓読を証するものです。漢字を自分たちのことばのなかで消化していることが、そこに実感されます。

こうして、訓読が定着することによって、漢文でなく書くことがなされていったと認められます。漢文でなく書く、と言いましたが、これをどう呼べばよいかが問題です。従来、変体漢文・和文といった用語もおこなわれてきましたが、わたしは非漢文と呼びたいと思います。漢文でないということが本質的な問題だからです。

三　文字世界のなかの非漢文

非漢文は、七世紀末の天武朝段階には一般化していて、多様な書記においておこなわれていました。

そのことをよく示してくれるのが、奈良県の飛鳥池遺跡(現在、万葉ミュージアムが建設されている地)から出土した木簡です。一九九一—九九年の調査で、八〇〇〇点以上が出土しました。七世紀後半から八世紀初めのものですが、それらによっていろいろなことが知られました。「天皇」の称が天武朝にあったことが確認されたということもその一つです。全体が天武朝の時期のものと判断される木簡群のなかに「天皇」と書かれたものがあったのでした。

いま、注目したいのは、非漢文の実際の書記のありようが、そこに見られることです(図3a、b、c)。

aは、一字一音で、仮名主体で書かれたものです。「とくとさだめて……」「……くおもへば」と読まれます。文全体としてはよくわからないと言うしかありません。

bは、右の行は、「せむと言て」と読まれます。仮名と訓字とが交用されたものです。左の行は、「本と飛鳥寺」と読めますが、これだけでは文意はわかりません。ただ、「止」が小書きであり、いわゆる宣命書きのかたちだということが注意されます。

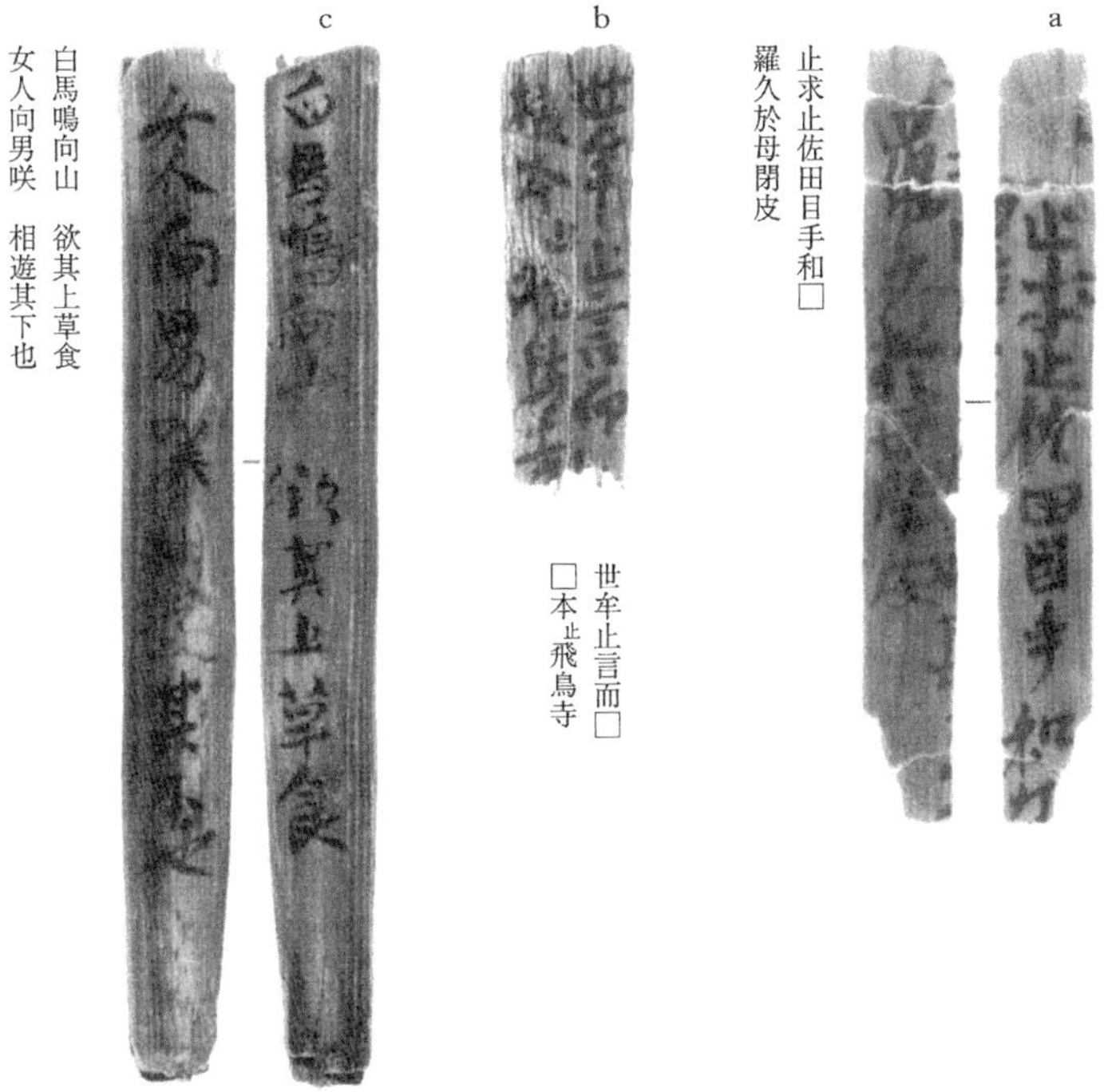
a
止求止佐田目手和□
羅久於母閉皮
b
世牟止言而□
□本止飛鳥寺
c
白馬鳴向山　欲其上草食
女人向男咲　相遊其下也

図３　飛鳥池遺跡の木簡

cは、漢詩のようにも見えますが、詩としてきちんと作られているとは言えません。習書の一種と見てよいでしょう。「白馬、山に向かひて鳴き、その上の草を食まむとす。女人、男に向かひて咲ひ、その下に相遊ぶ」と読まれます。訓字主体で、漢字の意味をつないで理解可能になっているものとして、さきに見た山名村碑文と同じ書記だと言えます。

要するに、仮名主体から、訓・仮名交用、訓主体までの書記の広がりをもった非漢文として認められます。

仮名主体で書かれた木簡も、訓・仮名交用で書かれた木簡も、藤原宮跡から出土したもの（持統・文武朝）が、これよりさきに、知られていました。それが、よりはっきりと、非漢文の書記の広がりとして天武朝段階に確認されることとなったのです。それと並んで漢文がありました。誤解のないようにしておきたいのですが、この列島の古代の文化世界において、中心になるものはあくまで漢文です。辞書や類書によって学習して読み書きするのは、漢文であり(前章で取り上げた、『万葉集』の大伴旅人の手紙や、『懐風藻』の藤原宇合の詩をおもい起こしてください)、それが正統な文字の営みなのです。そこで東アジアの文化世界につながっているのです。

ただ、その漢文が、外国語文としてあったというにとどまらないことを、見ておかねばなりません。山口佳紀『古代日本文体史論考』が次のように述べるところは重要です。

> 訓読法がある程度固定し、一定の漢文に対して一定の日本語が思い浮かべられるというような状況が現れると、漢文は日本語を表記する形式でもあるという性格を帯びて来る。たとえば、「以和為貴」という漢文に対して、ヤハラグヲモチテタフトシトナスと訓読する習慣が固定すれば、今度はヤハラグヲモチテタフトシトナスという日本語文を「以和為貴」と表記することが可能になる訳である。
>
> こうして、漢文は、日本人にとって、外国語文であると同時に日本語文でもあるという二重の性格をもつに至った。

と言います。

漢文=日本語文、という誤解を生じそうな言い方に見えますが、要するに、ダイレクトに外国語文として読み書きされる(もちろん、その性格ももちます)だけのものではなくなったと言うのです。大事なことがそこに言われています。漢文は、外国語文だが、埒外にあるのでなく、訓読されるべきものとしても読み書きされ、非漢文とひとつながりにあったということです。
そうした文字世界の全体像を、図式的に示せば次のようになります。

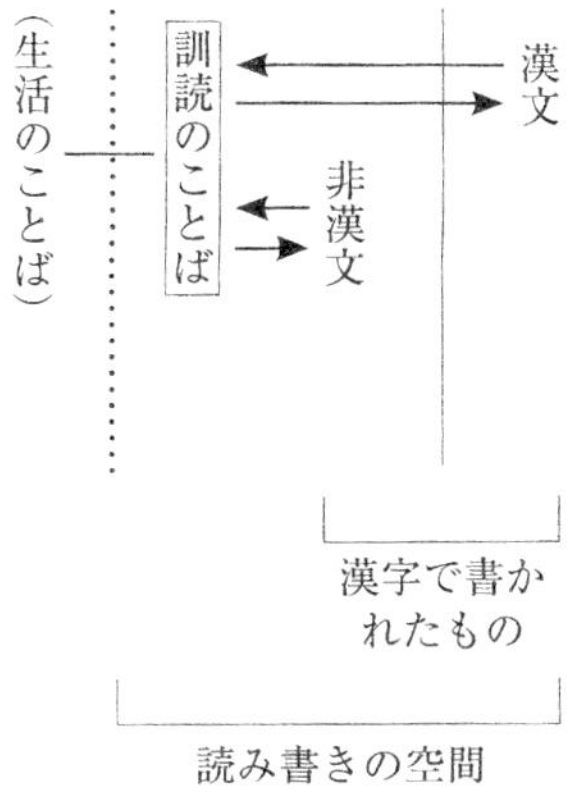

非漢文から漢文まで、全体が訓読のことばをベースとして、文字世界（読み書きの空間）は、あったということです。
以下、資料に即して、この図のようにとらえることについて、具体的に述べたいと思います。

四　訓読のことばの人工性

ひとつは、訓読のことばの問題です。大事なことは、それを、たんに日本語とは言えないということです。もっとはっきり言えば、人工的なことばだと言うほうがあたっているでしょう。つまり、訓読することが、ことば（書記言語)を作るものでもあったということです。

近代の翻訳文体(新しい書きことばでした)のことを考えればわかりやすくなります。ただ、そもそも書くということがなかったところで漢文を訳読するのですから、さきにも言ったように、あたらしくかたちそのものを作ることだったと言えます。文にあわせて読むことがそのまま表現のかたちとなっていくのであり、それは、現実の生活のなかで話されていたことば(生活のことば、と言うことにします)とは別なものだったということです。

自分たちのことばのうえに対応する漢字をのせていくことが、一字一音でそのままことばを書いたり、仮名と訓字とを交用して「と」などの助詞を仮名で書いたりして、漢字に慣れればそんなふうにできたのではないか、飛鳥池遺跡出土の非漢文の木簡には、そうした事態がうかがえるのではないか、と考えたくなるかもしれません。しかし、そのようなことを考えるべきではないのです。

さきに取り上げた山名村碑文を、あらためて見てください。それは、母のために建碑することを、父母をめぐる系譜的関係のなかに言うものでした。そこにおいて父母の結婚と自分の出生を述べることがどのようにありえたかというと、「娶」によってでした。その、某(男性)が某(女性)を娶って生んだ子某、というかたちは、訓読から生まれたものです。古代の結婚が妻問い婚であったことはよく知られています。「娶」というのは、「女」と「取」とをあわせた字であり、女を取るということです。メトル、と読むものですが、この男性原理の結婚を言うことば自体も、「某が某を娶って生んだ子某」という系譜表現のかたちも、生活のことばのなかにはありえようがありません。訓読を通じて得られるしかなかったものです。

仮名主体の一字一音で書けば、ことばをそのままうつして書けると言うかもしれませんが、そうではないのです。もうひとつ、よく知られた正倉院仮名文書を取り上げて見ましょう。

やや癖のある字ですが、一部漢字も混じっています。仮名として、一字ずつ判読することはそう難しくありません。次の通りです(行数を行頭につけました)。

1 メわかやしなひのかは
2 りにはおほましますす
3 みなみのまちなる奴
4 をうけよとおほとこ
5 □つかさのひといふしかる
6 □ゆゑにそれうけむひ
7 とらくるまもたしめ
8 てまつりいれしめたま
9 ふ日よねらもいたさ
10 むしかもこのはこみ
11 おかむもあやふかるか
12 ゆゑにはやくまかりた
13 まふ日しおほとこかつかさな
14 ひけなはひとのたけたかひと
15 □ことはうけつる

裏の文書との関係から、七六〇年ころのものかと考えられています。用件を果すための打ち合わせの手紙と思われますが、訓字で書くほうがはるかに意味はとりやすいということが実感されると思います。現在でも定説が得られず、十分に理解されたとは言えないのですが、奥村悦三「暮らしのことば、手紙のことば」(『日本の古代14　ことばと文字』)によれば、大体の意味は、こうなります。

「当方が出す穀(物)の代りに、あなたがおられる南の町の奴を請求せよ」と、大徳が司の人が言います。それで、それを請求します。人々に車を持たせて(奴を)お納めくださる日に、米も出しましょう。しかも、この櫃を放置しておくのも危険ですから、早くお運びください。大徳が司の(なひけなはひとの)長上が請求します。

「奴」と「養い＝穀物」との交換が用件だということになります。それで一応諒解したとして、問題はこのような手紙がどう書かれたかということです。奥村は、これについて「漢文を下敷にしている」と言います。つまり、仮名だからといって自分たちのことばをそのまま書いたというようなものでなく、訓読のことばによって書かれたと見るべきだというのです。

まず、四行目・六行目・一五行目に、「うく」が繰り返されることが注意されます。受け取るでなく、請求する(請く)ととらないと、意味が通じません。「請」の直訳であり、文頭と文末に、この「うく」を繰り返す書き方は、

造東大寺司
請二月料要劇銭事
右、附散位少初位下工広道、所請如件
天平宝字六年五月二日主典八位上安都宿禰

のような、正倉院文書に見られるものによったと、奥村は言います。そのとおりでしょう。そうした文書を訓読したところで得られたかたちによって、用件を果す手紙のようなものを書くことも、はじめて可能であったのです。「やしなひ」（一行目）「まつりいれ」（八行目）も、「穀」「進納」という漢語の翻訳と見られます。たとえば、「まつりいれ」は、「まつる」も「いる」ももともとあったことば（生活のことば）ですが、「進納」という漢語の文字に即して読んだ時、あたらしいことばを作ってしまったわけです。こう見ると、全文が仮名文ですが、その書くことをささえるのは、訓読のことばにほかなりません。それは、生活のことばとは違うものとしてあります。

ことばがあってそれを文字にするのではなく、文字から作られたことばのうえに文字で書くというべきなのです。それは自然でなく、人工的と言ってよいものです。

別な例を挙げます。長屋王家木簡のなかの一です（図4）。一九八七―八八年の調査で、平城京遺跡の長屋王邸宅跡から三万六〇〇〇点以上の木簡が発見されました。平城京初期の長屋王時代（七二九年以前）の書記の豊富な現物が、そこにあります。

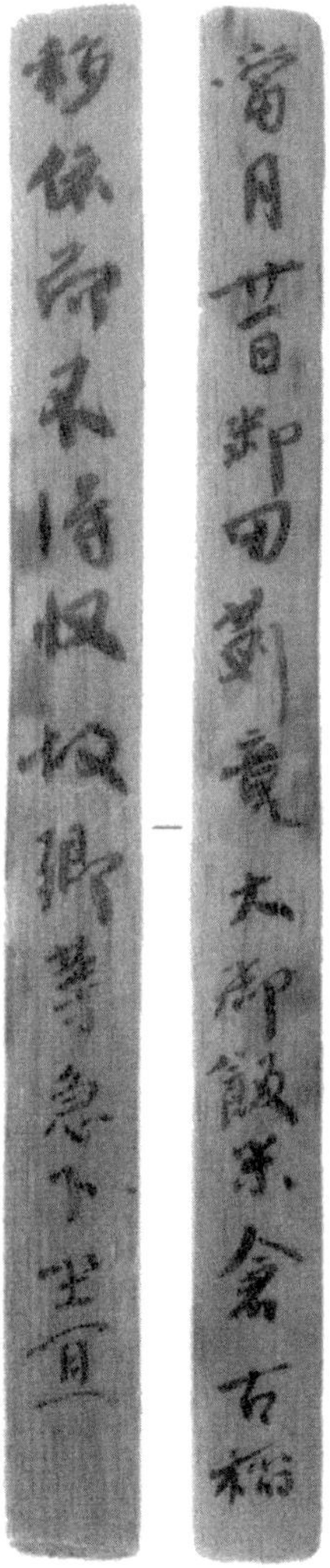
図4　長屋王家木簡

当月廿一日御田苅竟　大御飯米倉　古稲
移依而不得収　故卿等急下坐宜

七一〇年ころのものと見られます。字間の空きによって文脈の切れ目を作っていることにも注意してください(句読点の役をはたしているわけです)。「当月二十一日、御田刈り竟る。大御飯の米倉は、古稲を移すに依りて、収むること得ず。故、卿等急ぎ下り坐す宜し」というので、現地から王家の機関に対して、事態(刈りおわった稲が米倉に収められない)解決のために人の派遣をもとめています。

「古稲移」の、動詞の前に目的語に当たるものを置く語順も、「下坐宜」の、敬語「坐」も、「宜」の語順も、漢文ではありえません。日本語の構文に文字を並べて意味が理解される訓主体の文です。

なかで、注意したいのは、「刈り竟る」です。動詞のあとに、畢・竟・訖・了などを添えて完了をあらわすことは漢文のかたちです。その文字に即して、「畢」等はヲハルと読まれます。しかし、〜ヲハル、というかたちは、生活のことばとしてあったものかという疑問です。動詞+ヲハルは、『万葉集』に例がなく、また、『源氏物語』のなかにも用例をみないのです。わたしたちは、当たり前のように、読み終わる、などと言いますが、訓読のなかではじめて成り立ったと見るべきだと考えられます。

なかったことばが、文字を読むことから生まれてゆく――、人工的と言わねばなりません。そうした訓読のことばが、読み書きすることのベースにあるのです。訓読のことばは、生活のことばとまったく無縁だというのではありません。しかし、そこに作られているものは、生活のことばとは別な、新しい書記言語です。

五　漢文から非漢文までひとつながりの読み書きの空間

あらためて、さきの図(四一ページ)を見てください。八世紀の読み書きの空間を、この図のようにとらえるということについて、もうひとつ、述べておかねばならないのは、漢文から非漢文まで、段差なくひとつながりにあるということです。正統な文は漢文だと言いましたが、文字の世界では区別されないで並んでいたということです。

図５　法隆寺金堂・釈迦三尊(左)，薬師仏(右)
(写真提供 岩波書店)

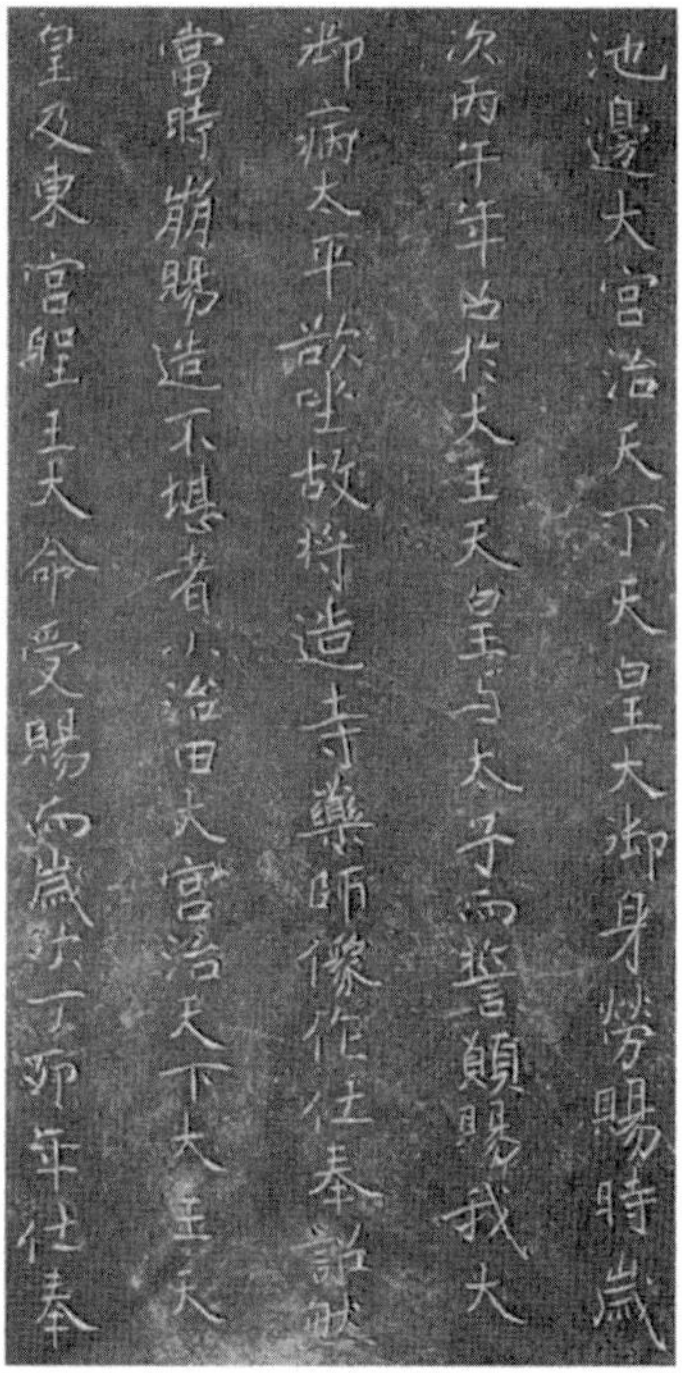

図6　法隆寺金堂薬師像銘

そのことをよく示すのが、法隆寺金堂にある二つの銘文です。

釈迦三尊と、薬師仏とは、写真に見るように、いま法隆寺金堂に並んでいます(図5)。両者の光背銘(図6、7)は、古代金石文の代表と言われるものです。原文と行分けを対応させながら読み下し文を掲げておきます。

〔薬師仏光背銘〕

池辺の大宮に天の下治らしめす天皇、大御身労れ賜ひし時に、
歳丙午に次りし年に、大王の天皇と太子とを召して、誓願し賜ひしく、「我が大
御病大平かにあらむと欲ほし坐すが故に、寺を造り、薬師像を作りて、仕へ奉らむとす」と詔りたまひき。然
あれども、
当時に崩り賜ひて、造るに堪へねば、小治田の大宮に天の下治らしめす大王の天
皇と東宮の聖王と、大命を受け賜ひて、歳丁卯に次る年に仕へ奉りつ。

〔釈迦仏光背銘〕

法興元卅一年、歳辛巳に次る十二月、鬼(魁)

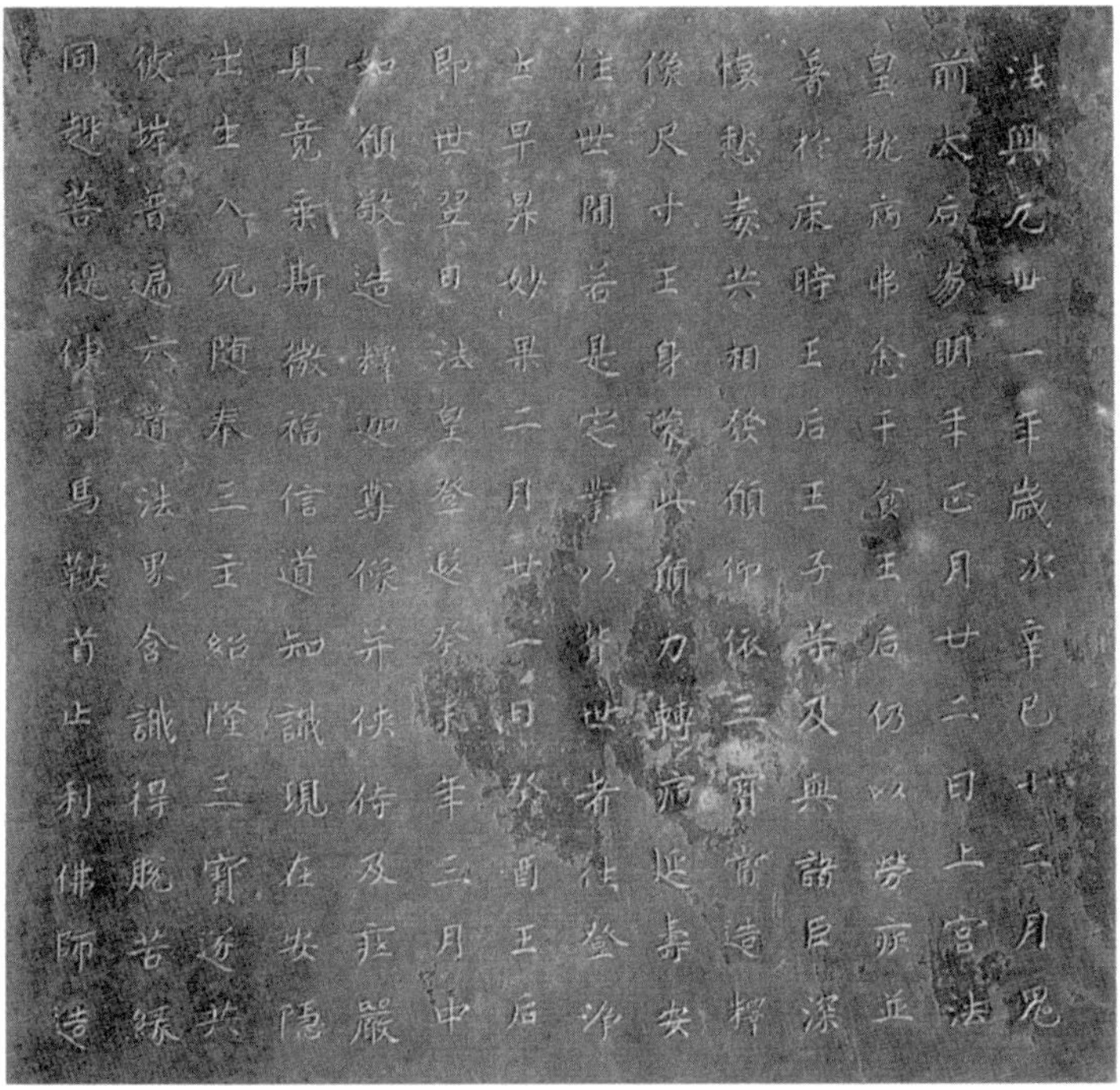

図7 法隆寺金堂釈迦仏光背銘

前の太后崩りたまふ。明年正月廿二日、上宮の法皇、枕病弗悆したまふ。干食王后、仍りて労疾みたまひ、並に床に着きたまふ時に、王后王子等と諸臣と、深く懐ひ愁へ毒み、共相に発願す。「仰ぎて三宝に依り、当に釈像の尺寸王の身なるを造るべし。此の願力を蒙り、病を転し壽を延ばし、世間に安住したまはむことを。若し是れ定業にして以て世を背きたまはば、往きて浄土に登り、早く妙果に昇りたまはむことを。」二月廿一日癸酉、王后即世したまひ、翌日に法皇も登遐したまふ。癸未の年三月中、願の如く敬ひて釈迦の尊像幷せて侠侍

及荘厳
具とを造り竟りぬ。斯の微福に乗り、信道の知識、現在安穏にして、
生を出て死に入らば、三主に随ひ奉り、三宝を紹隆して、遂に
彼岸を共にし、六道に普遍はる法界の含識も、苦縁を脱るることを得て、
同じく菩提に趣かむことを。司馬鞍の首止利仏師をして造らしむ。

それぞれ仏像制作の由来を述べていて、薬師仏光背銘には、用明天皇が病気平癒を願って造像を発願したが、天皇の崩後、推古天皇と聖徳太子（銘文では「東宮の聖王」）がその遺志をついで丁卯年（六〇七）に完成した、とあり、釈迦仏の光背銘には、聖徳太子（銘文では「上宮法皇」と呼んでいます）が病床についたとき、后・諸臣らが、病気平癒、もしくは往生のためにと、太子の身の丈の釈迦像を造ることを発願したのだが、六二二年に太子がなくなられ、癸未年（六二三）に願のとおり造りおわった、とあります。

この文のとおりだとすると、薬師仏は、六〇七年に作られ、銘文もそのとき書かれたということになります。天皇号がいつから用いられたかという問題にとって、その位置づけはきわめて大きいものがあるので、検討の対象にされてきたところです。「大王」「聖王」など、推古天皇・聖徳太子在世時の文と言うには問題があり、美術史学的分析からも仏像そのものが推古朝より新しい時代の制作ではないかと言われています。天智天皇九年（六七〇）の火災以後に仏像が作り直され、元来の由来として刻された文と見たほうがよさそうです。

そして、見るとおり、「大御」「労賜」「請願賜」「欲坐」「崩賜」「受賜」における敬語「大御」「賜」「坐」や、「薬師像作」「大命受」という語順は、漢文のものとは言えません。山名村碑文・長屋王家木簡に見た書記と同じ、訓

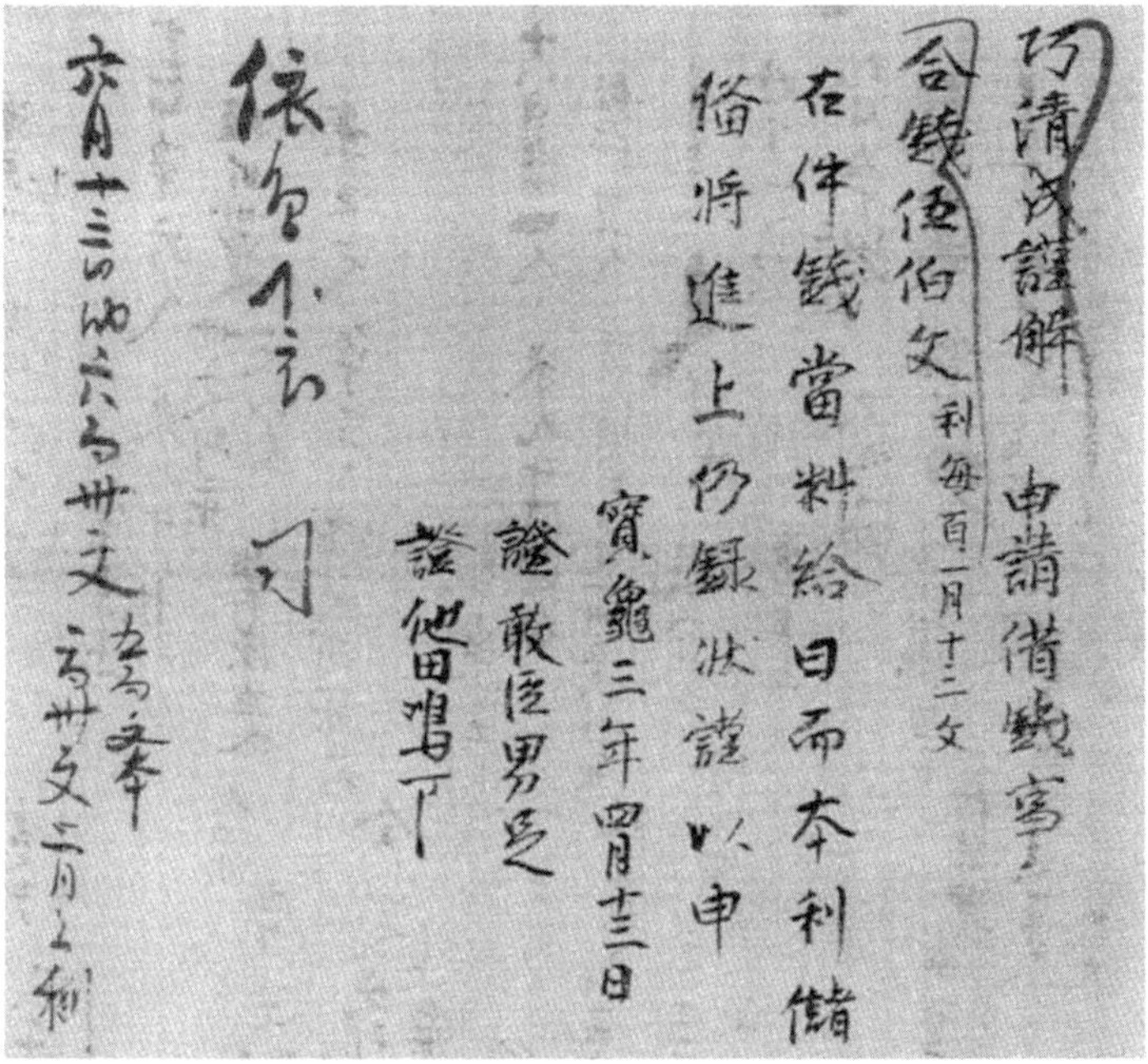

図８　正倉院文書・借金証文

主体の非漢文です。天皇号だけでなく、非漢文がいつのころからおこなわれていたかという問題にとっても、この銘文の位置づけは大事なのですが、七世紀末と見ることにたって、このころには非漢文がおこなわれていたということを確かめなおしておきましょう。

薬師仏の年代について小さくない問題はありますが、七世紀のものであることは動きません。釈迦仏は、その銘文のままにうけとって問題はありません。大事なのは、同じ時期の、漢文（釈迦仏）と非漢文（薬師仏）との二つが、同じ場所に、同じ重々しさをもって、並んでいることです。いまと同じ位置かどうかはわかりませんが、奈良時代にともに金堂にあったことはたしかです（資財帳）。さきに、漢文から非漢文までひとつながりにあると言いましたが、この金堂の情景は、そうした文字世界を象徴するものです。

その上で、文字の場面ということも考えねばなりません。法隆寺の二つの造像銘文と、正倉院文書と、字を比べて見てください。そこに感じ取られる違いを、いま言いたいのです。精錬されたものが前者にはあります。すべてひとしなみに見るわけにはゆかないのではないかということです。

言ってみれば、公的な晴れの場の文字（法隆寺造像銘）と、日常的な褻《け》の場の文字（正倉院文書）という違いです。特別な意味をもつ文字と、実用の文字と言ってもよいでしょう。造像銘や碑文など特別な文字だけでなく、実用の文字を、正倉院文書・木簡によって見ることができるのは、大事です。（正倉院文書に残る借金の証文など、まさに生活のなかの文字をまざまざと見せてくれます。図8）

実用的・日常的な場でも、漢文から非漢文まで、ひとつながりでしたが、非漢文の書記が、よりひろくおこなわれ、たとえば、仮名主体の書記が見られるのは、日常的な文字の場においてであったといえるでしょう。

その全体が、実際に営まれていた読み書きの世界です。そのなかから（文字の技術的環境と言えばわかりやすいかもしれません）、『古事記』『日本書紀』『万葉集』といったテキストが、出てくることを見なければならないのです。言うまでもなく、『日本書紀』は漢文の、『古事記』『万葉集』は非漢文のテキストですが、実用の側でなく、晴れの側に属するものです。

六　文字テキストの水準――『古事記』に即して

これらの文字テキストがどのようなものとしてあったか。文字世界がもち得たものとして問われねばなりません。ここでは、『古事記』を取り上げて見ることとします（『万葉集』については次章で取り上げられます）。

『古事記』は、序文によれば、天武天皇が、「邦家の経緯、王化の鴻基」(国家の基本を示し、天皇の政治の大本となるべきもの)たる「帝紀」「旧辞」が、すでに正しいすがたをうしなっているのに対して、「偽りを削り、実を定め」て撰録しようとしたことに発すると言います。そして、その検討をおえたものを稗田阿礼に「誦み習」わせたが、撰録されないままになっていたのを、元明天皇の命によって、太安万侶が和銅五年(七一二)正月二八日に撰録して献上したとあります。

天武天皇の役割については、実際以上に拡大して言われている節もありますが、序文自体は、安万侶が書いたということを疑う理由はないと思われます(疑う説もあります)。序文によれば、もとになるような文献があって、それに検討を加えたものを阿礼が「誦み習」ったということになります。ただ、阿礼が「古語」を伝えるかたちで「誦習」したのを受けたかのように、序文は言いますが、それは安万侶が虚構した――「古語」をもとにしたかのように装おう――ものと見るべきです。

もとにあったものとして、「帝紀」「旧辞」と言われるものをどう考えるかについては論議もあります。しかし、それは推測の領域に属し、よくわからないと言うしかありません。実際に考えられるのは、八世紀の文字の技術的環境と、そこから出た、今ある『古事記』についてです。

安万侶は、訓主体を選んで書いたと言い、『古事記』の実際もそうなっています。歌は仮名で書かれていますが、全体としては訓主体の書記と認められます(安万侶が、技術的環境のなかで選択したものです)。大事なのは、それが「古語」のままに書かれているのではないということです。読み書きすることは、訓読のことばをベースにして成り立っているのです。訓では書けないので仮名で書かれた、古いことばらしいものもありますが、それを過大視すると、本質を見誤ることになります。

伝承されたもの（神話や説話）があって、それをもとにして書いたものとして『古事記』を見ることは、いまでも有力な見方ですが、わたしは、何もなかったと言うのではないと念を押したうえで、伝えられたものがあったとして、それを書こうとしたのでもなく、書くこともできなかったのだと言いたいのです。

さきに言ったように、書くということがなかったところで、訓読が書くかたちを作ったのでした。たとえば、『古事記』において、天皇の系譜は、「娶」で統一されています。例をあげれば、

此天皇、娶師木県主之祖河俣毘売、生御子師木津日子玉出見命。（綏靖天皇）

というのです。このかたちは、あの山名村碑文と同じですね。訓読がつくった、メトルや、男性原理の系譜的関係を書くかたちで、天皇の系譜全体を作り上げるのです。ただ、代々の天皇をおさめる構造体としてつくるという点で、混乱をきたさないように、よく整理されています。その整理は、『古事記』というテキストでおこなわれたものです。もとにあった「帝紀」にひきあてて見ようなどとする成立論もありましたが、成り立ちようがありませんね。

物語的部分も同じことです。『古事記』について見るべきなのは、その訓主体の文が、訓読のことばの基盤の上に、どのような表現をあらしめているかということです。

訓主体の書記と言いましたが、「訓」は意味です。文字を意味の伝達に用いるのですが、それは『古事記』においてことがらを表現するものとしてあります。本居宣長『古事記伝』が、「意（こころ）」「事（こと）」「言（ことば）」と言う、「事」です。それを、どうテキストとして作り上げてゆくか。

具体的に見ましょう。イザナキが黄泉から逃げかえる場面です。

於是伊耶那岐命見畏而逃還之時其妹伊耶那美命言令見辱吾即遣予母都許売(此六字以音)令追爾伊耶那岐命取黒御縵投棄乃生蒲子是摭食之間逃行猶追亦刺其右御美豆良之湯津々間櫛引闕而投棄乃生笋是抜食之間逃行且後者於其八雷神副千五百之黄泉軍令追爾抜所御佩之十拳剣而於後手布伎都々(此四字以音)逃来猶追至黄泉比良(此二字以音)坂之坂本時取在其坂本桃子三箇待撃者悉坂返也爾伊耶那岐命告桃子汝如助吾於葦原中国所有宇都志伎(上此四字以音)青人草之落苦瀬而患惚時可助告賜名号意富加牟豆美命(自意至美以下音)最後其妹伊耶那美命身自追来焉

（是に、伊耶那岐命、見畏みて逃げ還る時に、其の妹伊耶那美命の言はく、「吾に辱を見しめつ」といひて、即ち予母都志許売を遣して、追はしめき。爾くして、伊耶那岐命、黒き御縵を取りて投げ棄つるに、乃ち蒲子生りき。是を摭ひ食む間に、逃げ行きき。猶追ひき。亦、其の右の御みづらに刺せる湯津々間櫛を引き闕きて投げ棄つるに、乃ち笋生りき。是を抜き食む間に、逃げ行きき。且、後には、其の八くさの雷の神に、千五百の黄泉軍を副へて追はしめき。爾くして、御佩かしせる十拳の剣を抜きて、後手にふきつつ、逃げ来つ。猶追ひき。黄泉ひら坂の坂本に到りし時に、其の坂本に在る桃子を三箇取りて待ち撃ちしかば、悉く坂を返りき。爾くして、伊耶那岐命、桃子に告らさく、「汝、吾を助けしが如く、葦原中国に所有る、うつしき青人草の、苦しき背に落ちて患へ惚む時に、助くべし」と、告らし、名を賜ひて意富加牟豆美命と号けき。最も後に、其の妹伊耶那美命、身自ら追ひ来つ。）

原文は、その元来のすがたがどういうものかを見てほしいので句読点などつけずに掲げました。句読点をつけ、返り点をつけたら、もう原文とは言えません。非漢文は、漢文の文法という秩序なしに、漢字が連続するなかにあったものです。『古事記』は、たとえば、さきに見た法隆寺の薬師仏光背銘のような、漢字の意味をつなぐことによって書き、理解するということを、量的に拡大すると言えますが、それでテキストとして成り立たせるのです。短い実用の手紙などでなく、造像というような文脈がはじめから与えられているものでなく、ひとつの物語構造をもつテキストが、訓字の連続によっていかに成り立たせられているかを、そこにとらえなければなりません。

『古事記』が、字種を絞り、訓・用法を限定すること、また、多様で多数の注をつけること、さらに、接続辞(而、故、爾等)を頻用することは、そうした視点から見られるべきです。

字種を絞り、訓・用法を限定するのは、文字の整理であり、単純化することによって、混乱しない約束を作ると言えます。たとえば、願望の表現は、「欲」――ム、ないし、ムトオモフと読まれます――に、いわば押しこめてしまいます。

注は、たとえば、右に引いたなかにみるような「以音」の注の場合、内容としては、音を用いたことを示して、訓と区別して読解の混乱を防ぐのですが、同時に、その位置が意味の切れ目であるのを示しています。漢字の意味をつないで読むわけですから、どう続き、切れるかが、理解のかなめになります。注は、そこにも機能すると認められます。原文と読み下し文とをあわせて見るとそのことはわかりますね。

接続辞の役割も、意味の切れ続きという点から考えるとわかります。「故」や「爾」、「而」が繰り返されます。混乱しないように、単純化して、同じものを非常に数多く使います。結果として、「かれ(故)…かれ…かれ…」、あるいは、「…て(而)…て…て」といった、きわめて単純な調子になります。ただ、その単純さが一種の素朴さと感じられて、文体とも言いたくなるかも知れません。そうしたところに、伝承のスタイルを見ようとされたこともあります。しかし、そういうものではありえないことは、述べてきたとおりです。訓読のことばの上に書かれた、訓主体文における機能として見なければならず、そこで意味の切れ目があることを示す(だから、きわめて多い)のが第一義だと言うべきです。句読点の役をになうとも言えます。これも原文と読み下し文とを見合わせてください。

こうして、ことがらを表現する文字が、ある単位で意味のまとまりを作っています。そこにあるのは、――して、――して、――して、といった体の、「事」を重ねてゆくだけと言っていいものです。さきの引用で言えば、イザナキが見て畏れて逃げ帰る――イザナミは辱をかかせたと言う――ヨモツシコメを遣わして追う……ということになります。それはできごとの継起となります。できごとを積み上げて話を組み立てるのです。そのようにして組み立てられたイザナキの逃走譚は、まずヨモツシコメが追う、次に千五百の軍勢を率いた雷神が追う、最後にイザナミがみずから追って来た、という展開となっています。内面に立ち入ることはありませんし、ふくらみがある文章などとは言い難いものです。また、伝承としてあったものをそこに見るわけにはいかないのです。

それを、ふくらみをつけて口語訳したり、「じゃ」という語調でいかにも語りの調子のように作ったりするのは、『古事記』とは別なもの(伝承をもとにしたものとしてあってほしい「古事記」)を作り出してしまったと言うしかありません。『古事記』に、「豊かな民族の伝承」をうかがうなどというのも幻想だと、今まで述べてきたところで理解されたと思います。

そうした幻想から離れて見れば、『古事記』は、単純なことがらを重ねて、できごとの継起として組み立てることを機軸とするものだということがはっきり認められます。

そして、それを、文字テキストの構成として見るべきなのです。伝承の次元のものではなく、文字テキストの水準としてどう見るかと問うとき、ただ単純な、ことがらの積み重ねと言うだけでなく、構成としての方法を見ることが必要なのではないか。

考えてみてください。ヨモツシコメの追跡を受けたとき、イザナキは投げた物でブドウ・タケノコを生じさせ、シコメがそれを食うあいだに逃げました。その失敗を補うのに雷神をやったわけですが、ずっと先まで逃げたはずのイザナキに追いつけるほど彼等の足は速かったのでしょうか。それともイザナキはゆっくり休んでいたとでも言うのでしょうか。あるいはイザナミはせっかちにもシコメの追跡の成否如何はかまわずに次の追っ手を繰り出したとでも言うのでしょうか。なお言えば、イザナキは雷神たちを撃退した時、すでにヨモツヒラ坂まで到っていたのに、どうしてそこで最後にやってきたイザナミと相対するのでしょうか。イザナミのくることを予期して待っていたとでも言うのでしょうか。辻褄があわないと言えば言えますね。

しかし、辻褄があわないと言うべきなのではなく、それが、『古事記』における、できごとの継起的構成であるのです。漢文の『日本書紀』とあわせて見ればわかりやすくなります。

『日本書紀』には、神代上、第五段の第六と第九の一書に黄泉の話が載ります。中心となる本書には黄泉の話はありません。本書では、イザナキ・イザナミが陰陽の神として宇宙万物を二神によって生成します。イザナミは死ぬことなく、日神・月神・スサノオも二神で生むのです。黄泉の話はありようがありません。『古事記』では、死んだイザナミを追って黄泉に行ったイザナキが、ミソギをして、アマテラス・ツクヨミ・スサノオをあらしめるのでした。『古事記』と『日本書紀』とは、根本的に世界像(コスモロジー)が異なると言うべきですが、『日本書紀』が漢文によるということは、漢文のもっている基本的な世界観——陰陽の対立と和合による運動として世界をとらえること——によって発想するということにほかなりません。『古事記』と『日本書紀』との神話のあいだには、読み書きすることがいかに成り立つものであったかという問題が根底にあるのです(この神話の問題については、参照、

神野志隆光『古代天皇神話論』若草書房、一九九九年)。

さて、第六の一書の黄泉の話ですが、そこでは、鬘・櫛を投げてブドウ・タケノコを生じさせ、これをシコメが食うあいだに逃げるという、『古事記』と同じように見えるストーリーになっています。

于時、伊奘冉尊恨曰、何不用要言、令吾恥辱、乃遣泉津醜女八人、一云、泉津日狭女、追留之。故伊奘諾尊、抜剣背揮以逃矣。因投黒鬘。此即化成蒲陶。醜女見而採噉之。噉了則更追。伊奘諾尊、又投湯津爪櫛。此即化成筍。醜女亦抜噉之。噉了則更追。後則伊奘冉尊、亦自来追。是時、伊奘諾尊、已到泉津平坂。一云、伊奘諾尊、乃向大樹放屎。此即化成巨川。泉津日狭女、将渡其水之間、伊奘諾尊、已到泉津平坂。故便千人所引磐石、塞其坂路、与伊奘冉尊相向而立、遂絶妻之誓。

といいます。シコメはブドウとタケノコを食ってなお追い続けるのであり、シコメにまかせておけないというのでイザナミ自身が追うときには、イザナキはすでにヨモツ平坂に到っていて、大岩をその坂道に塞いだうえでイザナミと相対したというのです。そこには、時間的な不自然さ、ないし、辻褄のあわなさのようなものはありません。比べて見るとはっきりしますが、『古事記』のそれは方法といってもよいでしょう。時間的構造は作らないで、できごとの継起的構成として組み立てることは、まずシコメ、次に雷神、最後にイザナミ自身、というできごとを積み上げることを、成り立たせています。『日本書紀』では、シコメとイザナミ自身を言うことにとどまって、時間的に整合しています。『古事記』が、単純化してことがらを重ねるかたちで、漢文でなく書くなかで、できごとの広がりを作るという、物語叙述のありようを方法化している(単純化して書くしかないなかに獲得したものと言うことができます）と見ることができるのではないでしょうか。それは、テキストとしての水準と言うべきです。

こうした文字テキストの水準を作りつつ、八世紀の文字世界はあったと言うことができます。

参考文献

犬飼隆『上代文字言語の研究』笠間書院、一九九二年。

犬飼隆『木簡による日本語書記史』笠間書院、二〇〇五年。

乾善彦『漢字による日本語書記の史的研究』塙書房、二〇〇三年。

今井庄次ほか編『書の日本史』第一巻（飛鳥／奈良）平凡社、一九七五年。

大谷大学編『日本金石図録』二玄社、一九七二年。

沖森卓也・佐藤信『上代木簡資料集成』おうふう、一九九四年。

狩谷棭斎編、山田孝雄・香取秀真増補『古京遺文』勉誠社、一九六八年。

岸俊男編『日本の古代14　ことばと文字』中央公論社、一九八八年。

木下正史・石上英一編『新版古代の日本10　古代資料研究の方法』角川書店、一九九三年。

神野志隆光「文字とことば・「日本語」として書くこと」（『万葉集研究』二一集）塙書房、一九九七年。

神野志隆光「文字テキストから伝承の世界へ」（稲岡耕二編『声と文字　上代文学へのアプローチ』）塙書房、一九九九年。

神野志隆光「『古事記』――文字テキストとしての水準」（『国文学』四七巻四号）学燈社、二〇〇二年。

神野志隆光『漢字テキストとしての古事記』東京大学出版会、二〇〇七年。

国立歴史民俗博物館編『古代日本　文字のある風景』朝日新聞社、二〇〇二年。

小松英雄『国語史学基礎論』（増訂版）笠間書院、一九八六年（初版一九七三年）。

下中直也・下中彌三郎編『書道全集』第九巻（日本1　大和・奈良）平凡社、一九五四年。

上代文献を読む会編『古京遺文注釈』桜楓社、一九八九年。

東野治之『長屋王家木簡の研究』塙書房、一九九六年。

東野治之『木簡が語る日本の古代』(同時代ライブラリー)岩波書店、一九九七年(初版、岩波新書、一九八三年)。

東野治之『日本古代金石文の研究』岩波書店、二〇〇四年。

木簡学会編『日本古代木簡集成』東京大学出版会、二〇〇三年。

山口佳紀『古代日本文体史論考』有精堂、一九九三年。

◆コラム3◆　字書について

漢字を学ぶために字書は必須でした。中国で作られた字書を受け入れてきたのですが、新しいものが作られると(字書の歴史については、頼惟勤『中国古典を読むために』大修館書店、一九九六年が参考になります)、ほぼ間をおかずに受け入れ、のり移ってきました。ひとつの文化世界という点から見ると、それは当然のことと言えるかも知れません。ただ、中国で作られたものを、そのまま受け入れるだけでなく、作りかえて使いやすいようにしていたことも留意されます。そうした字書の世界は、教養の基盤です。

上代——『玉篇』　上代においては、六世紀半ば、梁代に成った『玉篇』(文字のかたちによって分類したものです)が大きな役割をはたしました。本文中に述べたように、この字書は訓詁を示すのに、広く用例をあげるものです(一種の類書とも言えます)から、原典によらず、その用例を通じて学ぶことがなされたのです。まさに教養の書と言えます。ただ、用例の多いことは、別な面から言えば煩雑だということです。そのため、後代に改編をうけて簡略化され、原本の姿は失われてしまいます(宋代、一一世紀に成った『大広益会玉篇』が今残っています)。

日本でも、その煩雑さに対して、空海は、原本の用例を切り落として、効率的に字音と字義だけを知ることができるようにした『篆隷万象名義』を作りました。これも本文中に掲げてありますが、効率的な学習ということに徹底しています。

平安時代——『切韻』　中国では、七世紀、隋唐の時代に、韻によって体系化された新しい字書『切韻』が作られました。何人もが改訂を加えていったので、同じ『切韻』という名のものがいくつもあります。この『切韻』諸本が、日本に入り(『日本国見在書目録』に見る通りです)、平安時代以後、広く利用されました。用例は載せるのですが、『玉篇』のような煩雑さがないこともあって、学習には便利だったと言えます。

ただ、『切韻』は、そのまま直接利用されるより、『切韻』諸本を集成・再編した、菅原是善『東宮切韻』(九世紀後半)によって利用されたことが多かったと認められます。利用し易いように切り貼りしたという点では、『篆隷万象名義』と同じことです。

なお、中国では、『切韻』も、『玉篇』と同じく、それ自体は失われ、宋の時代、一一世紀初頭に『大宋重修広韻』として編成されたものがいま残っています。

中世——『古今韻会挙要』 中世の日本では『古今韻会挙要』が広く用いられていたようです。元代、一三世紀末に成ったものです。中世の日本では、「韻書」というと、この本によっていることが多いと見られます。たとえば、瑞渓周鳳『善隣国宝記』や一条兼良『日本書紀纂疏』などを見ると、「韻書」といって、この字書を利用していることがわかります。その名の通り、今までの諸字書を集めて切り貼りしたもので、文例もほどよく載っていて、便利だったのです。

近世——『康熙字典』 近世には『康熙字典』が広く受け入れられました。清代、一八世紀初に康熙帝の命によって成されたもので、よく知られています。部首別に配列していて、現在の漢字の辞典の標準形となりました。日本版(和刻本)も刊行され、広範に利用されました。本居宣長のような人でも、『古事記伝』に漢籍を引用するとき、この字書から孫引きして済ませています。わたしたちは、辞書から孫引きしないで、もとの本で確かめねばならないということを強調しますが、宣長が、もとにもどって確かめることもしないで手を抜いたのかというと、そうではありません。原文引用に対する考え方が、宣長も含めて近代とは違うということです。わたしたちならオリジナルな本から引用しなければならないと考えますが、江戸時代以前は、そうではないのです。

以上、大まかに展望してきたのですが、こうして見てくると、時間差なく中国の新しいものを受け入れてゆくということが実感されます。ひとつの文化世界ということだとあらためて思うことです。

漢和辞典 そして、忘れてならないのは、中国から輸入したり、作り直したりするだけでなく、輸入した字書を自分たちのことばのなかで学習する漢和字典というべきものも作ったことです。平安時代、九世紀末・一〇世紀初の『新撰字鏡』にはじまりますが、一〇世紀前半の『和名類聚抄』(『和名抄』)、平安時代末・鎌倉時代初めのころの『類聚名義抄』が、とくに注意されるものです。

『和名抄』は、天地部以下に分類して、主として物名を挙げ、それについて『切韻』『説文』などの字書を切り貼りして語義を定義しながら、和語(「和名」)を示すというものです。『類聚名義抄』は、漢文文献につけられていた訓を集めて文字ごとに整理したものです。どちらも、漢語に対する和語を示すのであって、漢和辞典というのがふさわしいものです。

(神野志隆光)

漢字と『万葉集』
古代列島社会の言語状況

品田 悦一

一 『万葉集』の書記方式

この章では、『万葉集』の書記とそこから復元される言語の性質、およびそれらを取り巻く状況について考えてみましょう。

『万葉集』には七世紀前半から八世紀中葉まで、ほぼ一三〇年間の歌々が収められています。個々の歌が書きとめられた時期にも数十年の幅があって、書物としてまとまるまでに何段階もの増補がなされたらしいのですが、大まかに言えば、前章で話題になった『古事記』と同時代の産物と見なしていいでしょう。平仮名・片仮名のない時代に成立した非漢文のテキストという点でも、二つの書は共通しています。

前章でも触れられたように、『古事記』のことばは、少なくとも地の文に関する限り、当時の話しことばとはかけ離れた書きことば、人工的書記言語です。読者に期待されているのは基本的には文意の理解であり、ある箇所を具体的にどう訓読するか——どういう和語の連なりに還元するか——についてはかなりの幅が許容される。もともとそういう方針で書いてあるわけです。

では『万葉集』はどうでしょうか。文字で書かれている以上、『万葉集』から復元されることば(以下「万葉語」と仮称します)も基本的には書記言語の一種と捉えるべきでしょう。しかし『古事記』の場合と同列には扱えない面があります。なにしろ歌ですから、事柄のあらましが伝わるだけでは十分でない。微妙なニュアンスまで読者に理解させる必要があります。リズムも五・七音節の定型に収まっていなくてはならない。このどちらの点から見ても、一首の歌が何通りにも読めてしまってはまずいわけです。じっさい『万葉集』における歌の書き方は、原則としては、一定の排他的な訓読を目指すものとなっています。

簡単に例示しましょう。『万葉集』には、歌詞を

比等未奈乃許等波多由登毛波尓思奈能伊思井乃手児我許登奈多延曽祢
(人皆の言《こと》は絶ゆとも埴科《はにしな》の石井の手児《てご》が言な絶えそね) (巻一四・三三九八)

のように、一字ずつ表音的に書いていく方式(音仮名主体の書式)と、

草枕客尓久成宿者汝乎社念莫恋吾妹
(くさまくら旅に久しくなりぬれば汝《な》をこそ思へな恋ひそ吾妹《わぎも》) (巻四・六二二)

のように、漢字の表意性を活かしながら一部に表音的な書き方を交える方式(訓字主体の書式)と、大別して二種類

があります。

前者は全体から見れば少数派で、全二〇巻のうち六巻（巻五・一四・一五・一七・一八・二〇）で採用されています。右の「人皆の言は……」の歌で言えば、「比」「等」「未」「奈」等々の字母はそれぞれヒ・ト・ミ・ナ等々の音声に対応し、〈くらべる〉〈ひとしい〉〈いまだ〉〈からなし〉等々の字義は捨象されています。つまり、字体こそ漢字のままだけれども、文字としての機能は平仮名や片仮名とそう変わらないのです（ただしまったく同じとまでは言えません。清濁を区別する点が異なるし、恋を「孤悲」と書くような、字義を活かした技巧的用字がなされることもあります）。右の歌の第五句「許登奈多延曽祢」はコトナタエソネであって、コトナタエでもコトナタエソでもありませんね。こういう書き方がしてあれば、文字列に対応する音声の連なりは一通りしかありえないわけです（紛れる余地が少ない場合には適宜訓字を交え書くこともあります。右の歌の第四句にある「井《ゐ》」「手《て》」「児《こ》」はその例）。

これに対し、二〇巻中一四巻までが採用する後者の方式には、どう読ませるつもりか判断しにくいケースがままあります。個々の漢字の字義に対応する和語が必ずしも一語とは限らないことなどがその理由ですが、それでも、読みを確定できるケースのほうが圧倒的に多い。なぜ確定できるかというと、表意的に書きにくい語詞（主として助詞と助動詞）の多くが表音的に書き添えてあること、そして五・七の音数律が介在すること、この二つの条件によって、可能な読みがかなり絞られるからです。

右の「くさまくら旅に……」の歌で言えば、第二句「客尓久」は、「客」「久」が字義を活かした書き方（訓字）で、「尓」は表音的な書き方（音仮名）です。もし「客久」と訓字だけで書いてあったら、タビハヒサシク・タビモヒサシク・タビハシヒサニ等々と読むことも可能ですが、助詞ニを書き添えた「客尓久」はタビニヒサシクとしか読めません。また、第五句の「莫恋」は、同じ文字列がもしほかの歌の中にあったら、ナコヒとかナコヒソネとか読むほうが妥当かもしれません。しかし右の例歌では、七音節になるはずの短歌第五句が「莫恋吾妹」とあって、「吾妹」はワギモと三音節で読むべき語ですから、「莫恋」は差し引き四音節でなくてはならない。ナコヒソでないと音数が合わないわけです。

以上の説明には一部留保の必要もあります。現在まで訓読の定まらない歌は少なくありませんし、後に取り上げる人麻呂歌集略体歌には特にそれが多い。が、ここではさしあたり、『万葉集』の歌は一定の和語の連なりが取り出せるように書いてあり、その点で『古事記』の書き方とは異なる、ということだけ確認して、先に進むことにしましょう。

二　万葉語は古代日本語か

さて、『万葉集』はこれまで、古代の日本語を知るうえで第一級の資料と見なされてきました。その理由は、一つは語彙量の豊富さでしたが、もう一つはまさに今確認した点にあったのです。

古事記は、古伝説のまゝに記されてはあれども、なほ漢文なれば、正《マサ》しく古言をしるべきことは、万葉には及ばず。書紀は、殊に漢文のかざり多ければ、さら也。さて二典に載れる哥（うた）どもは、上古のなれば、殊に古言古意をしるべき、第一の至宝也。然れどもその数多からざれば、ひろく考るに、ことたらざるを、万葉は、哥数いと多ければ、古言はをさ〳〵もれたるなく、伝はりたる故に、これを第一に学べとは、師〔＝賀茂真淵〕も教へられたる也。

（本居宣長『うひ山ぶみ』一七九九年）

『万葉集』から復元されることばを、宣長は「古言」と呼んで、回帰すべき正しい言語と位置づけます。彼が「文字は借り物である」と説いたことはよく知られていますが、この命題は、古道の書たるべき『古事記』『日本書紀』がそのじつ異国の文字で書かれてしまったという、ある意味で屈辱的な関係を一挙に逆転し、両書に刻まれた中華文明の痕跡を徹底的に消去する論理として作用しました。この場合の「古言」が話しことば、口頭言語の次元に見出されたことは言うまでもありません。古道の書は古言で読み解かれねばならぬと考えた宣長は、同時に、『万葉集』(および記・紀の歌謡、宣命、祝詞)がそれを可能にしてくれると信じ、この信念に励まされて『古事記伝』を完成したのでした。

音声中心主義とも評される宣長らの見地(子安、二〇〇〇)を、さらに近代国語学が引き取り、組み換えました。国家の成員を均質な「国民」と見なす新たな理念のもと、「国語」すなわち〈国民の言語《ナシヨナル・ランゲージ》〉という見地が打ち出され、領土の津々浦々に通用すべき標準語の制定が急がれるとともに、自国語を愛護すべきことが力説され、国語こそわが国民精神の源泉であるとの語りが振りまかれたのです。その結果、まだ存在しないはずの国語が、一方では太古から連綿と実在してきたかのように想像されだした――この奇怪な、そして矛盾に満ちた想像は、実のところ国民の統合という大もとの理念自体に内包されていたものです。想像が〈国民の言語〉に及ぶのは半ば必然であり、同じことは「国文学《ナシヨナル・リテラチユア》」や「国史《ナシヨナル・ヒストリー》」にも当てはまります。

我国は太古から建国数千年の久しき、少しも外国の侵略を受けたことがない、万世一系の天子様を戴いて、千古不易なる国語を話して居ります。漢学や仏学が這入つて来て、漢語、仏語が混つたり、文法上の構造が多少変つたりするのは時勢の変遷で、自然のことでありますが、日本語はどこまでも日本語です。かやうに数千年来、代々相続いて日本語を話して来て、其日本語で綴つた文学が今日吾々の手に遺つて、居るといふことは如何にも貴い幸福なことです。一国の文明は其国民が造出すものであれば、我国民の思想感情の変遷を現した文学史の裏面には世界に特殊なる我国民の歴史が認められる事であります。

（芳賀矢一『国文学史十講』冨山房、一八九九年。圏点略）

国語／日本語が「千古不易」であるとの言い分は、口頭言語こそ国語／日本語であるとの了解を暗黙裡に前提しています。太古には文字がなかったからです。「国語史／日本語史」の第一章は、こうして、古代の口頭言語の写しと見なされた万葉語に多くの紙幅を割くことになるのですが、そこには二重の倒錯がありました。

倒錯の一つめは明白でしょう。『万葉集』の歌々が成立した七―八世紀の列島社会には、国家は存在しても国民は存在しなかったし、したがってまた〈国民の言語〉もありえなかったからです。階級、身分、性別、出身地等々の差違を超える共属意識など、律令制度によって人民を統治するためには邪魔なだけです。万葉語は事実「古代国語／古代日本語」だったのではなく、近代人の色眼鏡にそう映ったにすぎません。もっと言えば、『万葉集』を古代の国民歌集――天皇から庶民までの歌を結集した全階級的布陣の歌集――と見なす通念自体、国民の創成という近代国家の要請に沿って形成されたものなのです（品田、二〇〇一）。

その点に関わって二つめに、律令国家の言語交通は漢文が基幹を担ったという点があります。漢文は当時の東アジアにおける世界語であり、国家間ばかりか一国の内部でも公用語として流通していました。書記言語として流通していたのです。中世ヨーロッパの知識人がラテン語と俗語との二重言語生活を営んだように、古代日本の官人や僧侶も漢文と和語の双方を使い分けて暮らしていた。『万葉集』に見られるような非漢文の書記もそこから派生してきたものです。にもかかわらず、「国語史／日本語史」の記述枠では、この場合の俗語に当たるものが特権化され、書記の問題もこの線に沿って扱われてきました。規範性という点で正格の漢文より劣位にあった非漢文の資料が偏重され、自国のことばを書き記すための工夫として一面的に評価されたのです。そして「国語表記史／日本語表記史」の名のもと、漢文から「国語文／日本語文」が自立していく過程が描き出されてきた。

この二点を念頭に置きながら、以下、資料に沿って具体的に考えていきましょう。

三　七―八世紀列島社会の言語状況

ある論者によれば、万葉語は都市で生成したことばなので、列島社会の共通語として広く通用したのだそうです（古橋、二〇〇四）。ほんとうにそうでしょうか。

ちょっと回り道になりますが、まずは次の資料をご覧ください。

〔資料1〕

辛亥、太政官奏して称《まう》さく、「大学の生徒既に歳月を経れども、業を習ふこと庸浅にして、猶博く達《およ》ぶこと難し。〔……〕又諸蕃・異域、風俗同じからず。若《も》し訳語《をさ》無くは、事を通はすこと難けむ（若無訳語難以通事）。仍りて粟田朝臣馬養《うまかひ》・播磨《はりま》直乙安《をとやす》・陽胡《やこ》史真身《まみ》・秦朝元《はだのてうぐゑん》・文元貞等五人に仰《おほ》せて、各弟子二人を取りて漢語を習はしめむ（令習漢語）」とまうす。詔して並に之を許したまふ。

『続日本紀』天平二年（七三〇）三月二七日

冒頭で大学生の学力低下が憂慮されていますね。昔からこうだったかと思うと感慨深いものがありますが、いま注目したいのは後半です。大陸の人たちと口頭で意思疎通するには専門の「訳語」つまり通訳が必要で、しかもその数が不足していた。そこで、「漢語」に堪能な五人を指名して、後継者の養成に当たらせることにしたのです。「漢語」とここで言っているのは、口頭言語としての中国語のことですね。陽胡史真身以下三名は渡来系の人物で、もともとバイリンガルだったようです(陽胡史氏は隋の煬帝の裔と自称した一族で、真身は養老令の編纂にも参加した人物。秦朝元は、『懐風藻』に詩二首を残す僧、弁正が、大宝年間に渡唐して唐婦人との間に儲けた子で、父兄の死後遣唐使に伴われて帰国しました。文元貞の経歴は未詳ですが、氏名から渡来人かと言われています)。

裏返せばこうなるでしょう。律令国家の文書行政を支えていた漢文は、当時の官人の大多数にとっては、口頭言語としての中国語に還元できない書記専用の言語だったのであり、訓読がその理解を支えていたのです。

通訳についてはこういう資料もあります。

〔資料2〕

夏四月丙戌、陸奥の蝦夷《えみし》、大隅・薩摩の隼人《はやひと》等を征討せし将軍已下と、有功の蝦夷と、并せて訳語《をさ》の人(訳語人)に、勲位を授くること各差《しな》有り。

『続日本紀』養老六年(七二二)四月一六日

辺境征討に関わる論功行賞の記事です。列島の内部でも、現在の東北地方北部と鹿児島県南部はまだ統治が直接及ばない地域、いわゆる化外《けがい》の地でした。この地域の住民と意思疎通するにはやはり通訳が必要だったのです。すると逆に、化内の地ならどこでも話しことばが通じたということでしょうか。そう考えたくなるところではありますが、次の点をも考慮に入れないと判断が一面的になると思います。通訳の必要なかった地域とはもろもろの文書が流通していた領域にほかならない、という条件です。

時代は多少降りますが、もう一つ、有名な資料を見ておきましょう。

〔資料3〕『東大寺諷誦文稿《ふじゆもんこう》』、（延暦一五年（七九六）―九世紀初頭成立）

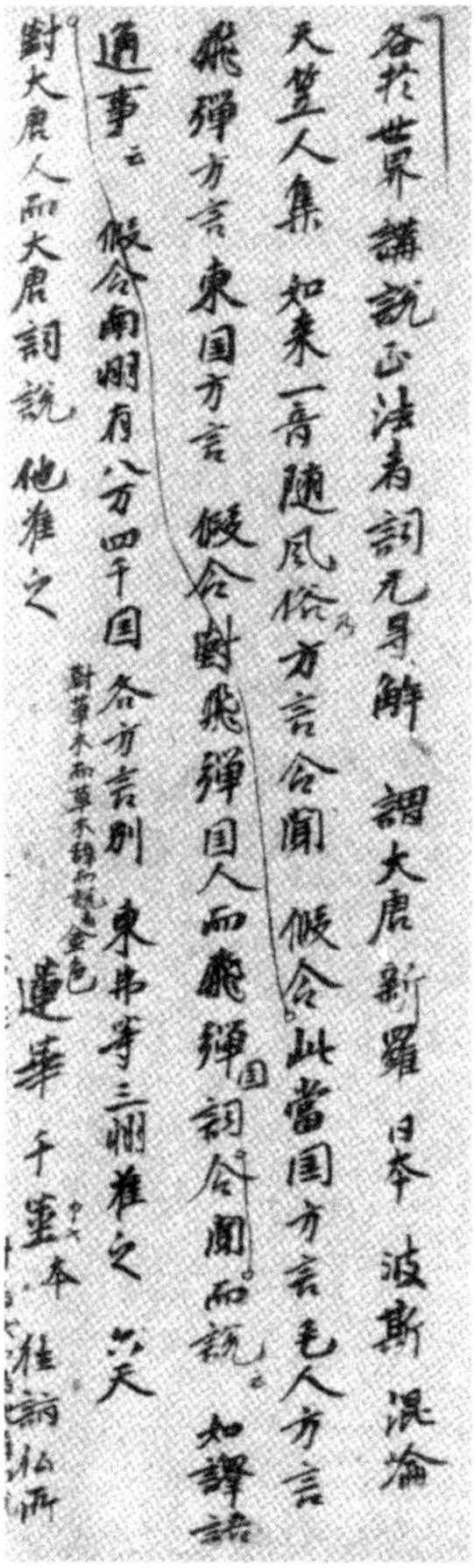

（築島裕 編『東大寺諷誦文稿総索引』汲古書院）

【訓読案】各《おのおの》世界に正法を講説せむ者《ひと》は、詞無碍《むげ》に解せむ。謂《いふこころ》は、大唐・新羅・日本・波斯《はし》・混崙《こんろん》・天竺の人集はむに、如来は一音にして風俗の方言に随《したが》ひて聞かしめたまふ。たとひ大唐の人に対《むか》ひては、大唐の詞に説きたまふ。他は之に准《なぞら》ふ〈草木に対ひては草木の辞にして説きたまふといへり〉。此《ここ》〔＝日本〕に、当国の方言・毛人の方言・飛騨の方言・東国の方言あり。たとひ飛騨の国の人に対ひては飛騨の国の詞にして説き、聞かしめたまふと云ふ。訳語の事を通はすが如しと云ふ。たとひ南洲〔＝南閻浮提〕にしては、八万四千の国有りて各方言は別《こと》なり。東弗〔＝東弗婆提〕等の三洲は之に准ふ。

法会の願文類の集積で、作成者は南都の僧侶だろうと言われています。いわゆる変体漢文に万葉仮名を交える特殊な方式で書かれており、文意がひどくたどりにくいのですが、右のように読めるのではないかと思います（従来の訓読案には疑問が多いので、山口佳紀氏のご助力を得て新たに試案を作成しました)。仏法はことばの壁を越えて広まるというのが引用箇所の趣旨でしょう。釈迦如来の説法のありさまを引き合いに出すのもそのことを確証するためかと思われます。「さまざまな土地から集まってきた人々を前に如来が一たび説法されると、人々にはそのお声が同時にそれぞれの土地のことばで聞こえるのだ。世界各地の布教者よ、お釈迦様がついておられるぞ」というわけでしょう。

文中に言う「方言」は〈地域語〉ほどの意味でしょうが、各地域語を束ねる共通語のようなものが意識されているわけではなく、日本の国内についても、「当国」つまり大和国の「方言」は他の諸「方言」と並列されているにすぎません。「訳語の事を通はすが如し」ともありますから、例示された四つの「方言」は通訳なしには相互に通じないことばと考えられているようです。「毛人」の指示対象が不明で、前に出てきた蝦夷かとも言われていますが、他の「当国」「飛騨」「東国」は明らかに化内の地です。

右の「東国方言」に関わって、『万葉集』には「とりがなく東《あづま》」という表現が見られます。全部で九例あるうちの一部を掲げておきましょう。

〔資料4〕

①……食《を》す国を定めたまふと、とりがなく東《あづま》の国の(鶏之鳴吾妻乃国之)、御軍士《みいくさ》を召したまひて……

(巻二・一九九　柿本人麻呂・高市皇子城上殯宮挽歌)

②……父母も妻をも見むと、思ひつつ行きけむ君は、とりがなく東の国の(鳥鳴東国能)、恐《かしこ》きや神のみ坂に、和《にき》たへの衣寒らに、ぬばたまの髪は乱れて、国問へど国をも告《の》らず、家問へど家をも言はず……

(巻九・一八〇〇　田辺福麻呂歌集・過足柄坂見死人作歌)

③とりがなく東の国に（鶏鳴吾妻乃国尓）、古《いにしへ》にありけることと、今までに絶えず言ひける、勝鹿の真間の手《て》児名《こな》が……
（巻九・一八〇七　高橋虫麻呂歌集・詠勝鹿真間娘子歌）

④息の緒《を》に我が思ふ君はとりがなく東の坂を（鶏鳴東方重坂乎）今日か越ゆらむ　（巻一二・三一九四　作者未詳）

「とりがなく」の語義については諸説ありますが、「鳥（鶏）が鳴くように話す」意と解するのがいいでしょう。渡来系の機織り女が「さひづらふ漢女《あやめ》（雑豆臈漢女）」（巻七・一二七三）つまり「さえずるように話す大陸の女」と呼ばれたのと同様の、侮蔑的形容です。都の人々にとって東国語はおよそ面妖な言語であり、不可解な点では外国語も同然だったのです。なお、「あづま」と呼ばれる範囲は今の関東地方以東に該当する場合が多く、右の四例でも②③④がそうなっていますが、①の「とりがなく東の国の御軍士」は、都からそう遠くない美濃・尾張あたりの軍勢が主体だったようです（『日本書紀』天武元年六月）。

以上をまとめればこうなるでしょう。七―八世紀の列島社会にはさまざまの地域語があって、異なる地域語どうしでは口頭の意思疎通は困難だった。首都に近い地域の言語（以下「畿内語」と仮称します）は化内の地にかなり広く通じたろうと推測されはしますが、それは、もろもろの文書が流通していたこと、そしてそれらを訓読する回路が畿内語に独占されていたこと、この二点と表裏する現象であって、口頭言語としての畿内語がそのまま近代の標準語のように流通したことを意味するものではありません。化内でも僻地では識字層にしか通じなかったろうということです。

この畿内語が、やまと歌という宮廷の文化を通して精錬され、特殊な位相を呈したことば――それが万葉語です。字音語を徹底的に排除して成り立つ『万葉集』の語彙は、それ自体が精錬の結果であり、漢語や日常語との相対関係のもとで二次的に生成したものであって、宣長の考えたような「古言」ではありません。一見純然たる在来語のように見える語詞のなかに、漢詩文の用語を訓読することで編み出されたもの、いわゆる翻読語が多々あることが指摘されていますから（「暁露」「白雪」等々）、その意味では、血統書付きの混血種だったということにもなる。だいいち、律令官人の日常業務は万葉語ではとうていまかないきれなかったはずです。この点については次節でも触れることになるでしょう。

〔七—八世紀列島社会の言語状況・模式図〕

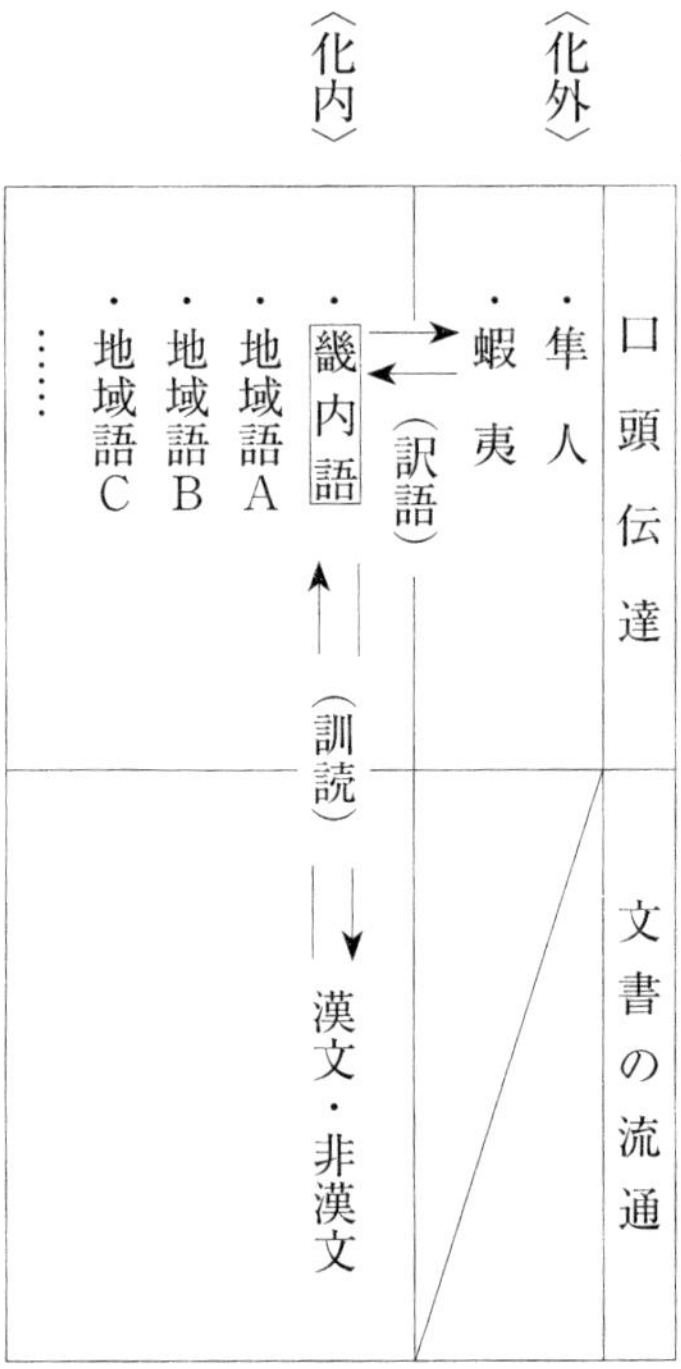

四　非漢文の書記資料は何語を書いたものか

世界語として流通していた漢文は中世ヨーロッパにおけるラテン語のようなものだった、と前に書きましたが、もちろんまったく同じというわけではありません。漢字という表意文字の性格上、漢文は、訓読を通して大もとの古代中国語から別の言語へと変換することが可能だからです。その言語は、原理上は日本語に限りません。たとえば「我是男子也」という文について、「我」「是」「男子」をそれぞれ‘I’‘am’‘boy’と訓よみし、「男子」の前に‘a’を読み添えて、最後の「也」を置き字とすれば、“I am a boy.”と英語で読み下せてしまいます。もしグレートブリテン島と日本列島の住民があべこべだったなら、実際にこういう訓読法が成立していたかもしれない——私は時々そう空想するのです。

もう一つ突飛な例をお目にかけましょう。「$1+\frac{2}{3}=\frac{5}{3}$」という数式は、日本語でも英語でも、その他どんな言語ででも読むことができます。書き方がユニバーサルで読み方がローカルなのです。これは漢文訓読のあり方に似ています。しかも、日本語で「いちたすさんぶんのには、さんぶんのご」と読むからといって、「$1+\frac{2}{3}=\frac{5}{3}$」と書かれたものを「日本語」だと思う人はいません。もちろんアラビア語だと思う人もいない。数式の意味は個別の言語を超えた次元で了解されるわけです。もっと面白いことに、「$\frac{2}{3}$」を‘two-thirds’と読む英米人は、まず2を書いてから線を引き、最後に3を書くのに対し、「さんぶんのに」と読む日本人は3を2より先に書きますね。つまり母語の語順が書き方に干渉してくるのですが、当事者は通常そのことを意識しない。こういう点も漢文訓読のあり方に似ているように思います。

次のような木簡を書き残した古代の人々も、自分が何語を書いているかというようなことは特に意識しなかったのではないでしょうか（奈良文化財研究所の木簡データベースによって掲げます。算用数字は長さ・幅・厚さの寸法で単位はミリメートル。記号の・は表裏の区別、○は空白、□は欠損文字、／は割書の始まり、‖は割書の終わりを表します）。

〔資料5〕

・造酒司符○長等／若湯坐少鎌／犬甘名事／日置薬‖
・直者言従給状知必番日向□〔参カ〕

（平城宮跡出土木簡（150），38，3）

〔資料6〕

・府召○牟儀猪養○右可問給依事在召宜知
・状不過日時参向府庭若遅緩科必罪○／翼○大志○少志／四月七日付県若虫‖（平城宮跡出土木簡 282，28，5）

資料5は造酒司から技術者への呼び出し状。下達文書「符」の様式で書き出されていて、裏面が命令の文言です。「直者言従給」は「費用は申請どおりに支給する」の意で、「直《あたひ》は言《こと》に従ひて給ふ」と読ませるつもりでしょう。漢字の配列が和語（畿内語）の語順に沿っています。続く「状知必番日向参」は「状を知り、必ず番日に向かひ参るべし」でしょうか。「状知」という語順はやはり和語のもので、正格の漢文のとは異なります。それでいて、「状」「番日」（勤務日）など、字音で読まれたと思われる語、つまり漢語からの直輸入語が含まれているのです。

資料6は、平城宮を警備していた兵衛を兵衛府の本庁へ呼び戻すためのもの。兵衛の屯所跡から出土しました。訓読すれば「府召す。牟儀猪養《むげのゐかひ》。右、問ひ給ふべき事在るに依《よ》りて召す。宜しく状を知りて日時を過さず府庭に参向すべし。若《も》し遅緩せば必ず罪を科《おほ》せむ」となるでしょう。これも漢文を前提とする書式に則って書かれていて、「状」「日時」「参向」「府庭」「遅緩」など、字音で読まれたらしい語を多く含み、「宜」「若」など、漢文の語法に従った文字づかいも見られるのですが、「問給」という敬語や「依」字の位置、また「科必罪」という語順に、やはり和語の発想が持ち込まれています。

右の二例は、強いて「国語表記史／日本語表記史」の枠組みに収めるならば、漢文から「国語文／日本語文」が自立していく過渡期の産物ということになるかもしれません。「状」「番日」「日時」等の字音語も、外来語ないし借用語として処理することが可能です。けれども、文書そのものはもともと漢文を前提とする枠組みのもとに発想されていたはずなのです。そういう文書に和語をことさら書き込もうとしたと考えるのは、非現実的ではないでしょうか。表意文字で読み書きする行為は、原理的には個別の言語を超えた次元で成り立つものでありながら、実地にはローカルな言語の干渉を免れない――そう捉えておくほうが実際に近いと思われます。

さて、漢文は原理上あらゆる言語で訓読可能である、と前に述べました。実は歴史的にも、漢字・漢文が日本に伝来する前に、朝鮮半島ですでに漢文訓読の習慣が成立していたらしく、現地語の干渉を被った特殊な書記法が発達していたといいます(犬飼、二〇〇五)。次にこの点との関連を考えてみましょう。

〔資料7〕

・左京四条四坊従四位下勲五等太朝臣安万侶以癸亥

・年七月六日卒之○○養老七年十二月十五日乙巳

（太安万侶墓誌銘）

『古事記』撰者の墓誌銘です。一九七九年一月に奈良市郊外の茶畑で発見されたもので、銅板に刻字してあります。「卒之」の「之」で文末を示す語法は、同時代の中国文献には稀にしか見られないのに対し、日本古代の官人が書いた記録体の文章には頻用されていて、しかも六世紀の朝鮮碑文にこれと同じ語法が散見するので、もとは古代朝鮮語の動詞の終止語尾を「之」字で表記したものかと解されています。右の銘文は漢文体で書かれたものですが、その漢文には朝鮮半島の語法が混入している可能性があるわけです。

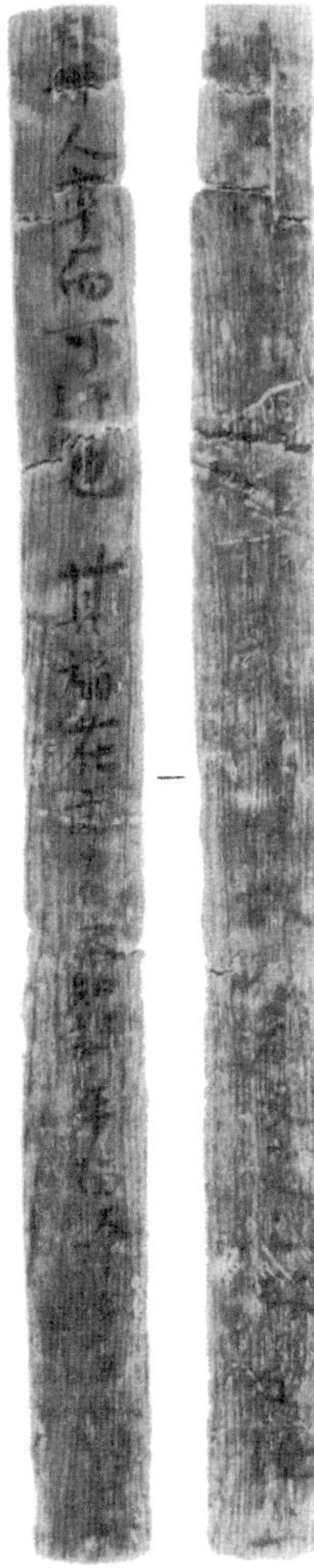

図 1
西河原森ノ内遺跡出土木簡
(『木簡研究』8, 木簡学会, 1986 年)

〔資料8〕

・椋□□〔直称ヵ〕之我□□〔往ヵ〕稲者□□〔馬不ヵ〕得故我者反来之故是汝卜部

・自舟人率而可行也○其稲在処者衣知評平留五十戸旦波博士家

(図1、西河原森ノ内遺跡出土木簡 410, 35 ,2、天武朝中期)

この木簡は琵琶湖東南畔付近の遺跡で一九八五年に発見されました。椋直《くらのあたい》氏の某人から卜部《うらべ》氏の某人への依頼状で、「稲を運びに行ったのだが、馬が調達できなかったものだから僕は帰って来た。君が船頭を連れて受け取りに行ってくれないか。稲は旦波《たには》博士の家にある」というのがだいたいの文意です。欠損部分を補って訓読すれば、「椋直称《い》ふ。我が持ち往《ゆ》きし稲は、馬得ぬ故に我は反《かへ》り来《きた》れり。故是《かれここ》に、汝《なむち》卜部、自《みづか》ら舟人《ふなびと》率《ゐ》て行くべし。其の稲の在処《ありどころ》は、衣知評《えちのこほり》平留《へるの》五十戸《さと》旦波博士が家ぞ」となるでしょうか。

冒頭の「椋直称之」でいったん文が切れ、同じ面の下のほう「我者反来之」でまた切れますが、二つの切れ目にはそれぞれ今述べたのと同じ「之」字があります。発信人の属する椋直氏は、文中の旦波氏とともに倭漢《やまとのあや》氏の別れで、渡来系の氏族です。この木簡は発見当初、漢字を「自《みづから》舟人《ふなひと》率《ゐ》而《て》」と和語の語順に並べている点が注目されたものですが、語順なら朝鮮語のも和語のとだいたい同じですね。もちろん、日本で書かれた木簡が朝鮮語で読まれたとは思えないけれど、こういう書き方自体は朝鮮半島から伝わった可能性があるのです。「者」字で主語を提示したり、理由を表わす条件句を「故」とまとめたり、「之」で文を収めたり、「故是」から新たに文を起こしたりすることが、形式上の大枠となって、訓読しやすい文字をこの枠に嵌め込んでいく流儀で文章が成立している。書く側も読む側も、この大枠と個々の字義さえ了解していれば、漢文の文法に通じていなくても意思の疎通が可能だったのでしょうし、ある局面ではそのほうが実用的でもあったのでしょう。この場合、伝達されるメッセージが和語なのか、漢語なのか、はたまた朝鮮語なのかというようなことは、当事者はおろか言語学者にとっても容易に答えにくい問題ではないでしょうか。

この節に書いたことは、実は大部分が西澤一光氏の論文からの受け売りです（西澤、二〇〇二）。興味をもたれた向きは併読されることをお勧めします。

五　人麻呂歌集の問題

第一節で『万葉集』の書記方式を概観した際、留保しておいた問題を取り上げましょう。人麻呂歌集の問題です。

『万葉集』には、「柿本朝臣人麻呂作歌」として載せる約八〇首とは別に、「柿本朝臣人麻呂歌集出」などと注記される歌が約三六〇首、各巻に散在しています。人麻呂の編んだ歌集が編纂資料として『万葉集』に組み込まれたのです。その際、書き方を改めることはなかったらしい（巻一四所収のものは例外）。人麻呂歌集から採られた歌には「略体」「非略体」と呼ばれる二類の書式が認められ、特に前者は『万葉集』の中でも他に類例のない特異な方式なので、人麻呂の文字づかいをそのまま伝えていると見て差し支えありません。

〔資料9〕（図2）

春日山雲座隠雖遠家不念公念　（巻一一・二四五四）

（春日山雲座《くもゐ》隠りて遠けども家は念《おも》はず公《きみ》をしそ念ふ）

霞発春永日恋暮夜深去妹相鴨　（巻一〇・一八九四）

（霞発《た》つ春の永日《ながひ》を恋ひ暮らし夜も深《ふ》けにけり妹は相《あ》はむかも）

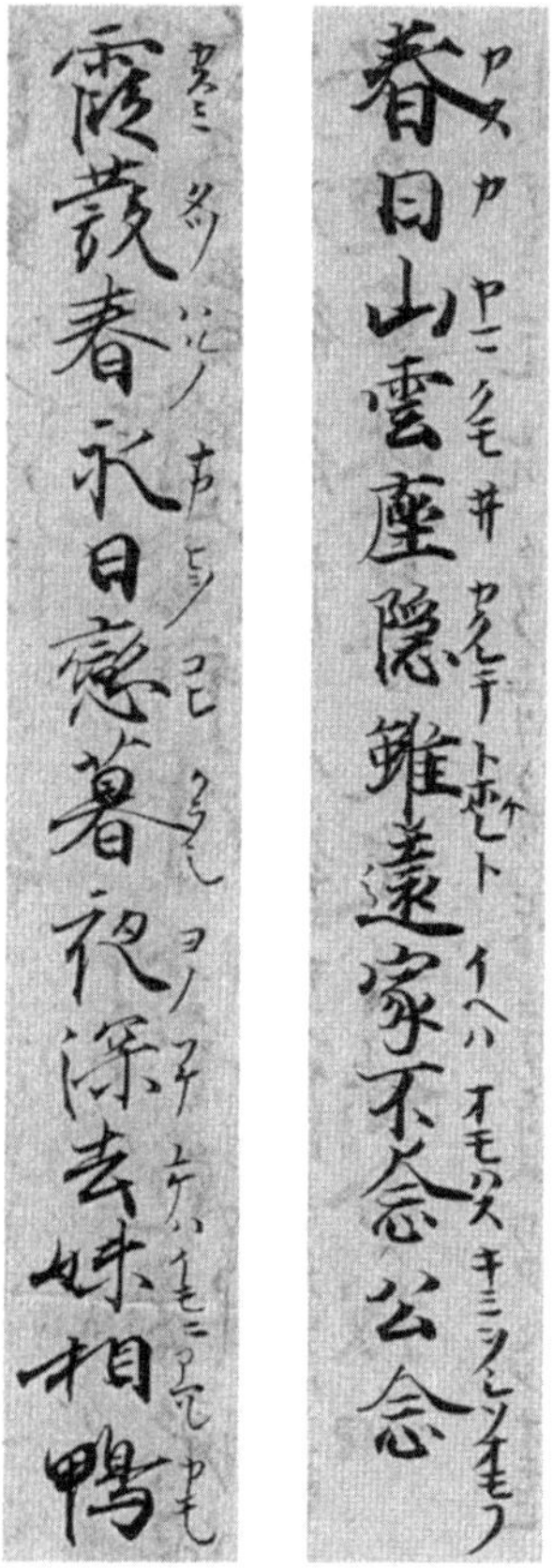

図2　西本願寺本『万葉集』より
（傍訓は鎌倉時代に付せられたもの）

略体歌は訓字ばかりで書き記してあって、表音的な文字づかいはごく例外的にしか見られません。資料9に例示した二首について、それぞれ漢字本文と括弧内の訓読文とを突き合わせてみましょう。訓読文に×印を付した語詞と対応するものが、本文の文字列には見当たりませんね。そしてそれらの語詞がどういう品詞に属するかというと、助詞と助動詞、いわゆる「付属語」です。もっとも、本文の側には和語の付属語にあたる要素が皆無かといえば、決してそうではありません。右の第一首では、トホケドモとオモハズが「雖遠」「不念」と漢文式に、つまり表意的に書いてあります。第二首でフケニケリを「深去」と書いたのも、「去」の字義によって完了の意を示したもの。末尾の「鴨」は、字訓カモを流用して終助詞カモを表したもので（いわゆる「訓仮名」）、これは表音的な書き方の一種ですが、その表音性には表意性が介在しています。

漢字は本来、古代中国語という孤立語を書き記すために編み出されたもので、一字一字が中国語の単語一つ一つに対応するよう体系化されています。他方、膠着語である和語（畿内語）は付属語を多彩に発達させている点が特徴なのですが、それら付属語と単語レベルで対応する文字は漢字にはもともと乏しいわけです。この条件のもと、漢字の表意性を極力活かして書いたものが略体歌であり、そのため略体歌では、書かれたものと読みとが緩やかにしか対応しないのです。つまり、可能な読みを一つに絞りきれないような書き方になっている。現に右の第二首は、第四句と第五句の読みに多くの異説があります（ヨノフケユケバ、ヨノフケヌレバ、ヨノフケユキテ、ヨノフケユクニ、ヨモフケユクニ／イモニアハヌカモ、イモモアハヌカモ、イモニアヘルカモ、等々。前掲の訓読は私案）。

では非略体歌はどうでしょうか。

〔資料10〕

古尓有険人母如吾等架弥和乃檜原尓挿頭折兼

（古《いにしえ》に有りけむ人も吾等《わ》がごとかみわの檜原《ひはら》に挿頭《かざし》折りけむ）　（巻七・一一一八）

焱干人母在八方家人春雨須良乎間使尓為

（焱《あぶ》り干《ほ》す人も在れやも家人《いへびと》の春雨すらを間使《まつかひ》に為《す》る）　（巻九・一六九八）

第一首に沿って言えば、名詞イニシヘを「古」、動詞アリを「有」と記す一方、助詞ニを「尓」、助動詞ケムを「険」と記すなど、表意的に書きにくい語詞については表音式の書き方を適宜交えていて、本文の文字列と読みとの対応が略体歌の場合よりもはるかに緊密です。『万葉集』に見られる訓字主体の書式一般とほぼ同じ方式と言ってもいいでしょう（ただし細かい点では相違が認められるので、人麻呂自身が書いたと判断できるのです）。

この人麻呂歌集については、「国語表記史／日本語表記史」の枠組みに沿った稲岡耕二氏の学説が、一九九〇年代半ばまでの学界を主導してきました。略体の書式を、前節の資料8や、前章に出てきた「山ノ上碑文」（三六ページ参照）と同一の発展段階に位置づけ、天武朝（六七二—八六）の時点では和語の文章はまだこのようにしか書けなかったとしたうえで、付属語を綿密に書き記す非略体の書式は人麻呂の手で新たに開発されたと捉えるのです。稲岡学説の概要を記せば——人麻呂歌集より古い初期万葉の歌々がかえって新しい書式で書かれているのは、それらが口頭で伝誦され、後に書きとめられたことを意味する。歌を書く営みは人麻呂歌集の編纂とともに開始された。それにより歌の内実が大きく変化し、新たな表現が生み出されるとともに、歌詞を細部までくまなく書き伝えたいとの要求が芽生えた。天武朝前半に略体歌を筆録した人麻呂は、この、自らの要求に沿って新たな書式を開発し、天武朝後半から持統朝（六八七—九七）にかけて非略体歌を書き継ぐとともに、持統三年以降の人麻呂作歌をも制作・筆録した。歌集の作成を通して獲得した方法、それも筆録と表現の両面にわたる方法を手に、人麻呂は声の歌から文

図3
観音寺遺跡出土木簡
（木簡学会編『日本古代木簡集成』東京大学出版会）

字の歌への転換期を典型的に横切ったのである。ざっとこんなふうにまとめられるかと思います。

ところが、一九九八年に発見された新資料が火種となって、異論が百出することとなりました。論争は現在なお継続しています（この資料も木簡データベースによって掲げます。記号の／は改行、「　」は異筆ないし追筆、↓はその先が欠損していることを表します）。

〔資料11〕

「奈尓」○「矢己」／奈尓波ツ尓作久矢己乃波奈↓　（図3、観音寺遺跡出土木簡（160）.（43）.6）

阿波国府に比定されている徳島県の遺跡から出土した木簡で、「己丑年」（持統三／六八九）の記載をもつ木簡が出土した第三層より下の、第二層から出てきました。「難波津の歌」と呼ばれる短歌（難波津に咲くやこの花冬ごもり今は春へと咲くやこの花）の上二句が一字一音の音仮名主体で書かれています（「ツ」は「州」の略字体。「矢」は訓仮名）。

難波津の歌は、『古今和歌集』仮名序に「手習ふ人の初めにもしける」とあるように、平安時代には後の「いろは歌」のような役割を果たすのですが、平仮名がなかった時代にも万葉仮名（音仮名・訓仮名）の手習いに利用されていたことが早くからわかっていました。一九四八年に法隆寺五重塔が解体修理された際、天井から発見された落書に「奈尓《なに》」「奈尓波都尓佐久夜己《なにはづにさくやこ》」の文字があったのです。もっともこの落書は、和銅四年（七一一）までに書かれたことは間違いないものの、上限が決定できないため、これと同じ書記方式がいつから存在したのかははっきりしませんでした。それが、資料11の出現によって、人麻呂歌集略体歌や山ノ上碑文などと同時期か、ことによるとそれ以前に遡ること、しかもその当時すでに地方官衙にまで及んでいたことが判明したのです。

難波津の歌を書いた木簡はほかにも陸続と出土しています。ここでは三点だけ例示しておきましょう（記号の〈〉は途中が欠損していて文字数が確認できないことを表します）。

〔資料12〕

・奈尓皮ツ尓佐久矢己乃皮奈泊留己母利伊真皮々留部止／佐久□〔矢カ〕〈〉○□〔皮カ〕○□〔奈カ〕□○職職○〈〉○□○□与・〈〉皮皮職職職馬来田評

（藤原京跡左京七条一坊西南坪出土木簡387,（34）,4）

〔資料13〕

・奈尓波ツ尓佐児矢己乃波奈□□〔布由カ〕↓

・□○□倭部物部矢田部丈部□〔丈カ〕

（明日香村石神遺跡出土木簡（295）,（29）,4）

〔資料14〕

・□〔合カ〕請請解謹解謹解申事解□奈尓波津尓

・佐久夜己乃波奈□〔布カ〕□□

（平城宮跡出土木簡535,（38）,4）

これらの木簡は基本的には習書の跡を示すものであり、やまと歌を作りながら書いたものではありません。特に資料14の場合、前半で解文（上申書）の書き出しを練習し、続けて難波津の歌を書いています。現代に置き換えれば、「拝拝啓拝啓拝啓時下益々あいうえおかきくけこ」と書いた反故紙のようなものですが、もし今から千年後の考古学者がそういう反故紙を発見したとしても、二十一世紀の日本人は手紙の用件を平仮名だけで書いていた、などと判断してもらっては困りますね。難波津の歌の木簡も同じことで、やまと歌を書くときにこの方式が一般的だった証拠にはなりません。

もっとも、一方にこういう木簡も出土しているせいで、話が少々こじれているのです。

〔資料15〕（三九ページ参照）

・□止求止佐田目手□〔和ヵ〕□／○◇・◇／○□〔羅ヵ〕久於母閉皮（飛鳥池遺跡出土木簡（125）,（16）, 3）

天武・持統朝の遺跡から一九九八年に発掘されたものですが、書かれた年まではわかりません。「急《と》くと定めて……（ら）く思へば」と読めますから、どうやらやまと歌を書いたもののようです。もう少し時代を降らせると、ほかにも類似の木簡やら墨書土器やらがぽつぽつ見つかっているので、それらを重視する論者たちは、やまと歌は早くから音仮名主体で書かれていたのであり、それが日常の書き方でもあって、歌集に載せるような特別の場合にだけ訓字主体でも書かれたのだ、と主張しています。そうした論者はまた、難波津の歌が書かれた出土資料についても、「咲くやこの花」が繰り返されるこの歌は多くの音節にわたって万葉仮名を練習するには不向きであるとの理由から、習書と捉えることに反対し、歌を書く練習が恒常的になされていた証拠と見なすのです（犬飼、二〇〇五）。

六　やまと歌を書くこと

もっと厄介なことに、ごく最近こういう木簡も発見されました。二〇〇六年七―九月に難波宮跡の一角（朝堂院南西部）が発掘調査された際に出土したもので、一般に公表されたのは同年一〇月、私がこの文章をいったん脱稿してからのことです。

〔資料16〕

皮留久佐乃皮斯米之刀斯□↓

（難波宮跡出土木簡（185），27，6）

音仮名主体の一字一音式で書かれており、「はるくさのはじめのとし（春草の初めの年）」または「はるくさのはじめしとし（春草の始めし年）」と読めそうです。地層の状況から見て年代は七世紀中ごろ、それも前期難波宮の完成する六五二年以前と推定されるので（藤田、二〇〇六）、資料11よりさらに二十年以上も遡る勘定です。「はるくさの」は『万葉集』で枕詞として使用されているため（巻三・二三九、巻一〇・一九二〇）、この木簡の文面もやまと歌の一部だろうとの観測が流れ、上記の論者らがますます勢いづきそうな気配となっています。

資料16は「皮斯米之刀斯」の読み方がまだ確定できないので、ほんとうに歌を書いたものかどうか、疑問がなくもありません。が、その点にはあえてこだわらないことにしましょう。問うべきはむしろ、歌をこのように書いたことは何をしたことになるのか、という点でしょう。というのも、この木簡は文字の書かれた面が裏面より丁寧に削られていて、しかも側面には面取りが施されているそうです。いくつかの文字には先の尖ったもので字画をなぞった痕跡が認められるともいいます（藤田、二〇〇六）。ここから導けるのは、この木簡はもともと万葉仮名の練習用に作成された、との推測ではないでしょうか。何かに似ていますね――そう、文具店で売っている子供用の帳面です。各ページに点線の平仮名がずらずら印刷してあって、子供がそれを鉛筆でなぞりながら書き方を覚える帳面。あれと同じように使われたものではないか、と思うのです。

「あ・い・う・え・お……」をなぞり書きする子供は、文字列を読んで情報を受け取るわけではありません。資料16の場合も、利用者はまだ読み書きがろくにできなかったはずですから、おそらく歌詞は別途に覚え込んで、それを文字列と付き合わせながら「皮」「留」「久」「佐」等の字画をなぞったのでしょう。それはテキストを読むのとはおよそ異質な行為です。この木簡はやまと歌を書いたものには違いありませんが、その歌を誰かに読ませようとしたものではない。読まれることを期待せずに書いたのですから、その意味ではそもそも歌を〈書いた〉ことにならないだろうと思います。

資料11―15に戻りましょう。これらも歌を人に読ませようとしたものではありません。習書ではないとの意見に対して言えば、そうした意見の持ち主は「習書」という行為を狭く捉えすぎているように思います。仮名字母の習得自体が目的なら、一字ずつ何回も書くやりかたもありえるし、そのほうが能率も上がるでしょう。実際、そうした方式で漢字を練習した習書木簡はいくらも出土しています。けれども、難波津の歌を書いた木簡の大多数は、「奈奈奈奈尓尓尓尓皮皮皮皮……」ではなく、「奈尓皮ツ尓……」と書き流してあるのです。書き手は個々の字母を練習していたのではないのでしょう。では何をしていたのか。筆記作業を開始する前の筆馴らしではないでしょうか。難波津の歌にナ・ニ・ハなど、比較的出現頻度の高い音節が繰り返し現れる点も、字母の習得に不向きである反面、筆馴らしにはかえって好都合だったように思われます。

資料15やその類例も、いま述べたような意味での習書の跡だろうと思います。多少歌ごころのある官人は、自身の旧作か、日常愛吟の歌で筆馴らしをすることもあった――業務の合間を縫って作歌に耽ったとか、いつか自作を発表する日のために歌の書き方を練習したなどと見るよりは、このほうが無理のない想定ではないでしょうか。

ともあれ、七―八世紀の列島社会には多様な書記方式が併存していて、文書の内容や用途に応じてそれらが使い分けられていた。どの方式が古く、どの方式が新しいということは一概には言えない。それよりも、多様な書記方式がどう棲み分けていたかという、位相の問題にこそ目を向けるべきである――議論の大勢は目下そうした方向に傾いているように見受けられます(乾、二〇〇三)。当然の成り行きでしょう。ただ、見直しを迫られているのは稲岡学説ばかりではなく、従来の「国語表記史/日本語表記史」の枠組み全体だと私は思うのです。その点に気づこうとしない向きが多いのは残念だとも思います。

やまと歌の書記に沿って言えば、音仮名主体の書式、人麻呂歌集略体歌の書式、非略体歌および『万葉集』一般の訓字主体の書式、この三者の関係を位相の問題としてどう捉え直すかが今後の中心課題となるでしょうし、またなるべきでしょう。稲岡学説を支えていた発展段階的図式はいったん反故にする必要があるということです。

ただし次の点を見落とすべきではありません。歌はもともと声に出して歌うもので、リズムや旋律、また抑揚や音色といった身体的諸契機と分かちがたく結びついていました。歌を〈書く〉こと――読まれるものとして書くこと――は、一面では歌からそうした諸契機を剥奪する行為でもある以上、文字の歌は声の歌とはおよそ異質なものとならざるをえません。どのような方式で書いたにせよ、文字が肉声を再現してくれないことに変わりはない。音声の連なりを直接表示する音仮名主体の書式にしても、そこに表示される音声とは、文字を介して規格化・抽象化された音声であって、具体的な肉声ではありません。つまり、歌が〈書かれる〉という事態には、往々そう語られるような、歌われたものを「書き取る」「書き写す」というイメージでは捉えきれないものがある。

『日本書紀』斉明四年(六五八)一〇月の記事がこのあたりの事情を裏面から伝えていると思います。この月一五日、紀温泉《きのゆ》に湯治に出かけた斉明天皇は、道すがら、半年前に亡くなった孫の建王《たけるのみこ》を思い出し、悲しみに浸って、

山越えて海渡るともおもしろき今城《いまき》の内は忘らゆましじ

など、三首の歌を詠じました。そして従者の一人、秦大蔵造萬里《はだのおおくらのみやつこまろ》に「斯《こ》の歌を伝へて、世に忘らしむること勿れ」と命じたのです。節を付けて歌い継ぐよう指示したのでしょう。

やまと歌の本来の特徴として、即興性ということが指摘されています。折にふれ詠出され、その場その場の感興を満たすと、あとは忘却に任される。次の機会にはまた別の歌をこしらえるまでですから、ある時ある場所である人が詠じた歌を後々まで伝えようというような意欲は、当初は一般に稀薄だったらしいのです。そうした意欲が高まったのは、私の考えではおそらく七世紀中葉以降、宮廷文化として精錬されていく過程でのことで、五・七音節定型が確立するのもそれと包み合う事態だったろうと思います。斉明天皇が自作を後世に伝えよとことさら指示したことは、まさにこの考えに符合する次第ですが、もっと興味深いのは、彼女がこのとき歌を記録させようとはしなかったことです。資料16のような書記方式がすでに存在したにもかかわらず、書き残せとは命じなかった。なぜでしょうか。記録されただけでは歌が伝わることにならないと思っていたのではないでしょうか。歌の生命は生き身の人間の声に宿る——そう信じていた当時の人々にとって、歌が伝わるとは人々に記憶されて口の端にのぼることであって、書かれて残ることなどではなかったはずです。

右の行幸には額田王も同行し、歌を一首残しています（万葉・巻一・九）。ご存じの向きも多いでしょうが、この、万葉初期を代表する女性歌人の作には、声の歌としての表現上の特徴が種々指摘されています。彼女が華々しく活動した天智朝ごろまでの人々は、歌を書いて人に読ませることになど、およそ関心がなかったろうと思います。

歌は書くべきものでない——近代人の目には固陋とも映るこの観念には、しかし、当時の読み書きのあり方から見ても、至極まっとうな面がありました。なにしろ、数式にも比せられる表意文字の組み合わせによって森羅万象を記述し、理解すること、それが書くこと・読むことの基本なのでした。読み書きを通して伝達されるのは口頭言語が担うのとはおよそ別次元の情報なのですから、ここには文字が声の写しのように見なされる余地はありません。表音的に語形を記すことはできても、その語形は具体的なこの声、あの声を伝えてはくれない。音仮名主体の書式なら容易に歌が書けたはずだと考えるのは、歌がもともと書かれるものだったと考えるのと同じことです。

要するに、稲岡学説の枠組みを廃棄した場合にも、その主張の核心部分は否定されないということです。文字の歌――人々に読ませる歌は、人麻呂歌集という編纂物とともに創始された。ただし、略体歌の書式を当時の「国語文／日本語文」一般に還元してしまうような理解は斥けられなくてはなりません。天武朝の時点では略体歌のような書き方しかありえなかった、と稲岡氏はかつて説いたのですが、むしろ、歌を書こうとすることそれ自体がありえなかったのだ、と捉えるべきでしょう。どのような書式によるにせよ、歌を書くことはそもそも通念に対する侵犯であり、およそ非常識なしわざであった。人麻呂はそこに果敢に挑戦し、新たな地平を開拓してみせた。略体歌の書式は、この未曾有の挑戦に際し、人麻呂が主体的に選び取ったものにほかなりません。それにしても、あんな読みにくい書き方を彼はなぜあえて選び取ったのでしょうか。

私の仮説を示しましょう。略体歌に期待されていたのは、読者が所与の文字列から歌詞を直接読み取ることではなく、歌詞を覚え込むためにそれを文字列に沿って確認することだったと思います。人麻呂は、人の世の男女の心模様をさまざまに詠み分けて提出した。もちろん命ぜられてそうしたのでしょう。それが宮廷の新たな文化財となり、宮廷人の共有財産ともなっていった。その際、書かれたものを台本としてその読みと解釈とを記憶する行為――同時代の稗田阿礼が原『古事記』について行なった「誦習」にも似た行為――がなされたことを想定するのです。歌は声に出すものという通念が健在だったからこそ、肉声による実現を各自の暗誦に託すとともに、漢字の表意性を極力尊重することによって、いわば声と文字との共存を図った。それはやまと歌を世界に接続させる企てでもあったでしょう。小帝国の文芸の創出が人麻呂の使命だったと考えられる次第ですが、以上の仮説を検証するためには、短歌定型が記憶のための形式として発足したことを確かめなくてはなりませんし、またそのためには、七世紀中葉から末葉にかけての、やまと歌の歴史を組み換えなくてはなりません。非略体歌の書式についても再検討が求められるでしょう。そうした作業については他日を期したいと思います。

参考文献

稲岡耕二『万葉表記論』塙書房、一九七六年。

稲岡耕二『人麻呂の表現世界』岩波書店、一九九一年。

乾善彦『漢字による日本語書記の史的研究』塙書房、二〇〇三年。

犬飼隆『木簡による日本語書記史』笠間書院、二〇〇五年。

沖森卓也『日本古代の表記と文体』吉川弘文館、二〇〇〇年。

子安宣邦『「宣長問題」とは何か』ちくま学芸文庫、二〇〇〇年。

西條勉編『書くことの文学』笠間書院、二〇〇一年。

品田悦一『万葉集の発明』新曜社、二〇〇一年。

田中克彦『言語からみた民族と国家』岩波現代文庫、二〇〇一年(初版、岩波書店、一九七八年)。

西澤一光「上代書記体系の多元性をめぐって」『万葉集研究』二五、塙書房、二〇〇一年。

平川南編『古代日本の文字世界』大修館書店、二〇〇〇年。

藤田幸夫「難波宮跡の調査と万葉仮名木簡」(第二八回木簡学会研究集会配布資料)、二〇〇六年。

古橋信孝『誤読された万葉集』新潮新書、二〇〇四年。

◆コラム4◆　訓点、ヲコト点、テニハ点、カタカナ

「訓点」とか「ヲコト点」とか言われているものについて説明します。写真は、奈良時代に書写された「金光明最勝王経」というこの時代に珍重されたお経の本文に、「訓点」を施したものです。

まず、写真の「金光明最勝王経」と「如是我聞」のところを御覧下さい。それぞれ、「金の光明ありて最勝なること王のごとくいます経」「是(の)如きことを我れ聞たまへき」と読むことができ、この読み方は、平安初期の訓法そのままなのです。なぜ、またはどのようにして、このような読み方をいま再現することができるのでしょうか。

写真版のためにわかりにくいところがありますが、文字の回りに白い点や棒線、カタカナらしきものが振ってあります。先の読み方は、この訓点やカナをもとに再現されたものなのです(「仮名字体表」「訓点図」参照)。

訓点とは、主に助詞・助動詞や活用語尾を表すために、漢字に付けた点や線で読み方を示したもので、それを現代の研究者がまとめて整理したものが訓点図です。例えば、漢字の中央下段の白い「・」点は、ノないしシと読む印(この場合はノ・シ兼用)です。そこで「金・」は、「金の」と読めるのです(「是(の)」の「の」は補読です)。「光明」の横の「ナ」のような印は「アリ」、右下の「、」はテですから「光明ありて」、これは右横のカナによる書き込み「アリテ」でもわか

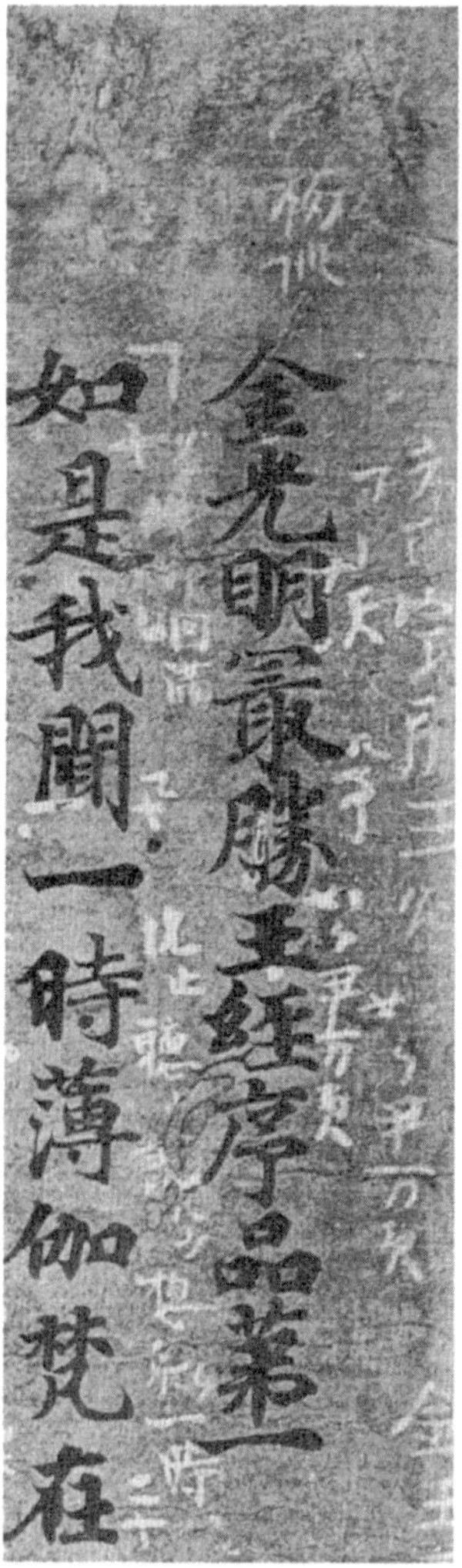

仮名字体表

訓点図

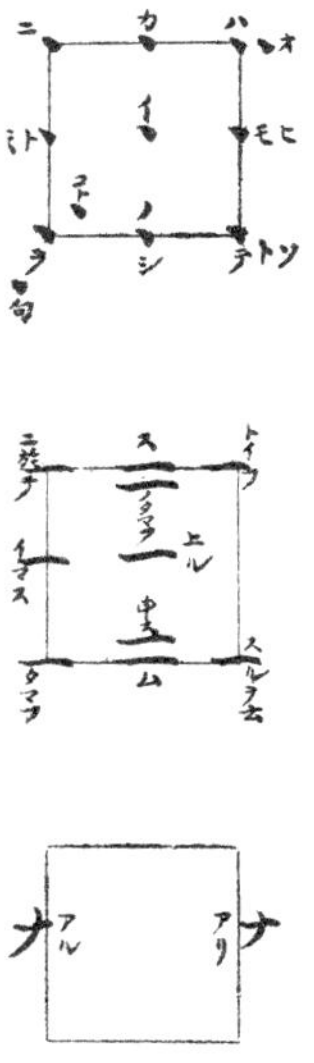

（春日政治『西大寺本金光明最勝王経古点の国語学的研究』による）

ります。また「聞」の左下の「一」のような横棒はタマフ、その左下は句点、右下のカタカナは「ヘキ」、合わせて下二段活用の謙譲語「給ふ」を活用させ助動詞キを加えた「タマヘキ。」となります。訓点とカナを併せて、我々が習ってきた漢文のカタカナ傍記の出発点と考えたら良いでしょう。また何だか、今日の中学生が英語の教科書に書き込みをしたような風情がないでもありません。

訓点は、助詞のヲや便利なコト（＝事）、助詞の「テ、ニ、ハ」などを点で表していましたから、それらに代表させて、「ヲコト点」とか「テニハ点」とか言われています。カタカナもこのような訓読の場で文字体系として発達して行きました。この資料は時代が古いので、万葉仮名や平仮名らしきものも現れています。

訓点が付いた資料は、原文を繰り返し写して伝えられた「写本」とは違って、まず原文が（写経などで）記され、そののち点やカナが加えられた原本が、千年以上の時を経た現代にもそのまま残っています。「写本」は後世の誤りが混じりますから、「原本そのまま」というのは一般に資料的価値が大変高く、見本として示した『西大寺本最勝王経』は、奈良時代の書写、平安初期の加点という特に古いものとして貴重です。それに「読み方」が記されているのですから、当時の日本語を探るために、こんなに有り難い資料はありません。

ただ訓点資料は現物に直接当たらないと読みにくく、おまけに「本ごとに」と言ってよいほど、点の付け方や仮名の字体が異なっており、読みこなすには長年に渡る努力と経験が必要です。地味ながら志の高い研究者によって綿々と引き継がれてきた訓点語研究という世界の存在を、多くの方に知っていただきたいと思います。

（野村剛史）

第Ⅱ部 中世

平安朝以降、漢字・平仮名・片仮名の三つの文字体系はさまざまに組み合わされ、多種多様の言語空間を構成します。室町時代には書記言語としての「口語体」も生まれます。注意すべきは、「漢文体」と「和文体」、「文語体」と「口語体」の間にこそ、大量のことばが生み出されたことです。読み書きの世界の拡がりを実例に即して捉えつつ、あえて「漢文体」を選ぶことで思考を深めようとした世阿弥の能楽論に着目します。

漢文体と和文体の間

平安中世の文学作品

三角　洋一

一　はじめに

ここでは、だいたい王朝期から院政期にいたる平安時代と、中世でも鎌倉時代までを念頭において、古典日本語の世界にふれてみたいと思います。ほんとうのことをいえば、平安時代の貴族や中世の知識人がどのような知的基盤の上に立っていたのかとか、平安時代の女性の教養や娯楽はどうであったかとか、いろいろ解説したいことがあるのですが、残念ながらその余裕はないようです。すこし絞って、さまざまな散文の文章の表記を取り上げ、文学作品と表記の関係を考える手がかりを示し、作品を鑑賞していくにとどめるほかありません。さまざまな表記とそれら相互の関係を見ていくには、説話文学とその周辺を観察するのがよいと思います。説話文学の展望にもなっていれば幸いです。

二　平仮名文の作品——『古本説話集』

古典日本語の文章には、大まかに分けて変体漢文などと呼ばれる漢文表記の日本漢文のほかに、片仮名と漢字・漢文とで表記する片仮名文と、平仮名を基調として漢字を補助的に交える平仮名文があります。ここでは以下、現代人である我われには馴染みの薄い㈠日本漢文と、㈡片仮名文の世界に分け入ろうと思うのですが、手始めに、㈢平仮名文についてごく簡略に述べておくことにしましょう。

漢字の音を借りて日本語の音節を表す万葉仮名に始まって、草仮名を経て、今日いう平仮名が成立したのは九世紀の後半でした。平仮名文の表記は変体仮名による連綿体、すなわちくずし字のつづけ書きとなっており、ごく一部漢字を使用することがあっても、ほとんど仮名文字の連続でしたが、筆の勢いや墨つぎによる切れつづきで単語ないし文節の区切りが示されたため、かならずしも句読点を付す必要はなかったようです。

㈢平仮名文で書かれた文学作品には、大まかなジャンル分けでいえば和歌、歌論、日記紀行、随筆、物語、世俗説話、絵巻などがあります。ここでは、芥川龍之介の王朝物『六の宮の姫君』で知られる『古本《こほん》説話集』（一二〇〇年頃成）上・第二八話「曲殿姫君事《まがりどののひめぎみのこと》」の冒頭と結末を引用してみましょう。

いまはむかし、五条わたりに、ふる宮ばらの御こ、ひやうぶのたいふなる人おはしけり。心ばえあてにふるめかしければ、よにさしいでもせず、てゝ宮の御家の、こだかくおほきなるに、あばれのこりたる

今は昔、五条わたりに、古宮ばらの御子、兵部の大輔なる人おはしけり。心ばへあてに、古めかしければ、世に差し出でもせず、父宮の御家の、木高う大きなるに、あばれ残りたる東の対にぞ住み給ひけ

ひんがしのたいにぞすみ給ける。としは五十よになりぬるに、むすめの十よばかりなるが、えもいはずをかしげなる、かみよりはじめ、すがたやうだい、こゝはとみゆるところなく、こゝろばへけはひ、らうたげにうつくし。

（梅沢記念館旧蔵本）

る。歳は五十余になりぬるに、娘の十余ばかりなるが、えもいはずをかしげなる、髪よりはじめ、姿やうだい、ここはと見ゆるところなく、心ばへけはひ、らうたげにうつくし。

（整訂本文）

活字で組むと読みにくいので、濁点や句読点を付しておきました。変体仮名で読むのと、どちらが難しいですか。

さて話の内容を紹介しますと、皇族の血筋をひく兵部《ひょうぶ》の大輔《たいふ》夫妻には美しい姫君がいましたが、婿を定めぬまま夫妻が亡くなり、よからぬ乳母《めのと》が受領《ずりょう》の息子を導き入れ、姫君はこの男を通わせる身となってしまいます。男の父が陸奥国《みちのくに》の守《かみ》になると、気の弱い男は姫君をとどめて父の供をして任国に下り、常陸《ひたち》の守に婿取られ、七、八年後に帰京します。さっそく姫君を尋ねますが行方が知れず、捜しあぐねて雨宿りした廃屋同然の曲殿に、女法師に介護される若い病人がいました。

女の、いみじくあてにらうたきこゑして、かくいふ、

たまくらのすきまの風もさむかりき身はならは
しの物にぞありける

かくいふをきゝて、むしろをとにしたるをかゝげて、

女の、いみじくあてにらうたき声して、かく言ふ、

手枕のすきまの風も寒かりき
身はならはしのものにぞありける

かく言ふを聞きて、筵を戸にしたるを掲げて、「か

「かくては、いかでおはしけるぞ」といひて、よりてだけば、かほをみあはせて、とをういにし人なりけりと思ふに、えやたえざりけむ、やがてたえいりて、ひえすくみにけり。をとこ、はかなくみなしつれば、あたごにゆきて、もとゞりきりて、ほうしになりにけり…

（原文）

くては、いかでおはしけるぞ」と言ひて、寄りて抱けば、顔を見合はせて、遠う往にし人なりけりと思ふに、えや堪へざりけむ、やがて絶え入りて、冷えすくみにけり。男、はかなく見なしつれば、愛宕に行きて、もとどり切りて、法師になりにけり…

（整訂本文）

この話は話型としては、姫君に焦点を合わせれば身よりのない女が零落する話、男に注目すれば悲恋遁世談で、親がかりの息子が愛する女を不幸にする話ということになるでしょう。また、世俗説話の中でも和歌説話に属し、『大《や》和《ま》《と》物語』（九五〇年頃成）の後半に収められる第一四七段（生田川《いくたがわ》伝説）、第一四八段（芦苅《あしかり》伝説）、第一五〇段（猿沢の池伝説）、第一五五段（安積山《あさかやま》伝説）、第一五六段（姨捨《おばすて》伝説）などと同類の話と考えられます。のちに見るように、『今昔物語集』（一一二〇年以後成）にも採られており、和歌が『拾遺和歌集』（一〇〇六年前後成）恋四に載っているので、この説話の成立は、おおかたには両者の中間、一一世紀から一二世紀前半と考えられているようです。底本は鎌倉末期ごろの写本で、冒頭部では漢字は「五条、宮、御、家、五十、給」だけ、結末部ではさらに「女、風、身、物、思」がある程度で、ほとんど平仮名表記になっているのは一目瞭然です。

三　和漢混淆文体と漢字・平仮名交じり文——『古今著聞集』

㈢平仮名文はほとんどの文字が平仮名で、漢字は稀であるといいましたが、これを㈢①漢字交じり平仮名文と呼ぶとすると、時代が降って鎌倉時代になると漢字表記の量も増えてきて、平仮名と漢字が拮抗する、いわば㈢②漢字・平仮名交じり文も出現します。たとえば、橘成季《なりすえ》『古今著聞集』（一二五四年成）の表記は、出典にひきずられたため漢字のきわめて多い文章となっている説話から、従来通りの平仮名文の説話までさまざまです。編者の成季はもちろん漢文の文章を制作することができました。政道忠臣の序文（通算第七三話）には、

治世之政、万方靡然。是則君以仁使臣、々以忠奉君。君者憂国、臣者忘家。君臣合体、上下和睦者也。（新潮日本古典集成）

治世の政は、万方靡然《ばんはうひぜん》たり。これすなはち君仁をもつて臣を使ひ、臣は忠をもつて君に奉《つかへまつ》る。君は国を憂へ、臣は家を忘る。君臣合体、上下和睦するてへり。（訓読文）

とあります。平仮名に漢字、漢語を多く交えることに抵抗をおぼえなかったのでしょう。

ところで、中世には和漢混淆文体が成立して、和文脈や和歌的修辞を折り込んだり、格調高い漢文訓読文に近づいたりすることが可能になって、表現が豊かなものになりました。和漢混淆文体の作品の代表として、しばしば鴨長明の随筆『方丈記』（一二一二年成）、紀行文の『東関紀行』（一二四二年頃成）、軍記の『平家物語』などが挙げられています。このうち、大福光寺本『方丈記』、延慶本《えんきょうぼん》『平家物語』は片仮名文で書かれていますが、やがて嵯峨

本『方丈記』、覚一本『平家物語』のように漢字・平仮名交じり文で綴られるテキストも出現しました。平仮名文が和漢混淆文体を表記するのに耐えるまでになった、ということなのでしょう。

『古今著聞集』から一例、巻二〇・魚虫禽獣第三〇の通算第六九〇話を引いて見ましょう。

承安二年五月二日、東山《の》仙洞にて鵯合《（ひよどりあはせ）》の事ありけり。公卿・侍臣・僧徒・上下の北面のともがら、つねに祗候のものども、左右をわかたれたり。左方頭親信朝臣《のとうちかのぶあそん》、右方頭《の》右近中将定能《さだよし》朝臣也…

一番左、右衛門督《のかみ》の鳥、字《あざな》無名丸、左少将盛頼《もりより》朝臣持参す。右、五条大納言の鳥、字千与丸、右少将雅賢《まさかた》朝臣持参す。左右ともにうそをふく。その興なきにあらず、勝負いかやうにみゆるやのよし、定能朝臣をもてたづね仰《おほせ》られければ、「右のとり終頭理《しふとうり》ありといへども、中間に又左の鳥理を得たり。かつ又、一番右かつをそれあり」とて、左右持《ぢ》にさだめられにけり…

この事、中御門《なかみかど》左大臣殿の御尋《たづね》によりて、奉行人経房《つねふさ》朝臣かきてたてまつりける也。

（新訂増補国史大系。振り仮名を付加）

これは、じつは承安三年（「二」は誤り。一一七三）に後白河院が催した鵯合の記録です。漢字の字面が多く、和文としてこなれていない感じがするのも当然で、末尾の記載によれば、もともと中御門左大臣藤原経宗《つねむね》の問い合わせに応じて、実行責任者の吉田経房が書いて差し上げたものだといいます。経房は漢文日記『吉記《きっき》』をのこしているので、この記録はもとは『吉記』の抜き書き、ないし『吉記』別記ということになるでしょう。㈢②漢字・平仮名交じり文は、漢文の書き下し文としても使用されるようになっているのでした。この鵯合のことは藤原俊成女《むすめ》の健御前（建春門院中納言）の仮名日記『たまきはる』（一二一九年成）にも回想されていて、どちらも、風流な遊びに興じた後白河院の治世の空気をよく伝えていると思います。

四　片仮名文の三タイプ

漢字・漢文とともに片仮名で表記した文が片仮名文ですが、㈠片仮名文は交じえる漢字・漢文の割合の多寡によってさらに、①漢字・漢文を基調とする片仮名交じり漢字文と、②片仮名を基調とする漢字交じり片仮名文と、③片仮名と漢字・漢文に軽重の差がない漢字・片仮名交じり文の三種に分かれるといいます（中田祝夫ほか『（日本語の世界4）日本の漢字』中公文庫版による）。

片仮名文にはどのような特色が見られるのでしょうか。慈円の著した歴史書『愚管抄』では、片仮名文で日本の歴史を書くことについて、次のように述べています。

> 仮名ニカク《書》バカリニテハ、倭ト詞《やまとことば》ノ本体《ほんたい》ニテ、文字（漢字）ニエカ、ラズ、仮名ニ書《かき》タルモ、猶《なほ》ヨミ《読》ニクキ程ノコトバ《詞》ヲ、ムゲノ事ニシテ、人是《これ》ヲワラフ《笑》。「ハタト」「ムズト」「シヤクト」「ドウト」ナドイフコトバ《詞》ドモ也。是コソ此《この》ヤマト《大和》コトバ《詞》ノ本体ニテハアレ。此詞ドモノ心ヲバ、人皆是ヲシレリ《知》。アヤシノ夫《ぶ》、トノヰ《宿直》人マデモ、此コトノハ《言の葉》ハヤウナルコトグサ《言種》ニテ、多事ヲバ心エラル、也。
>
> （日本古典文学大系。宛て漢字、振り仮名を付加）

すなわち、片仮名文は読み取りにくいのが面倒で、意味が通じると、他愛ない内容だといって軽んじるようだが、それこそ日本語だからだれにでも理解されるはずである、という趣旨でしょう。現代人である私たちの目から見れば、活用語尾や助詞などを補うとか、もう少し漢字表記を多くするとか、文節ごとに分かち書きしてくれたら、ずいぶん読みやすくなるのにと注文をつけたくなります。しかし、卑しい身分の者や宿直人の武者でも理解できる、ということろが肝心だったのです。

五　片仮名交じり漢字文――『今昔物語集』・『金沢文庫本仏教説話集』ほか

まず㈡①片仮名交じり漢字文の代表として、『今昔物語集』を見ていくことにしましょう。巻九第二話「震旦孟宗、老母得冬笋語」（震旦の孟宗、老母につかへて冬に笋《たかんな》を得たる語《こと》）は、

> 今ハ昔、震旦《しんだん》ノ□□代ニ、江都ニ孟宗ト云フ人有《あり》ケリ。其ノ父无《な》クシテ母存セリ。孝養《けうやう》ノ心深クシテ、老《おいたる》母ヲ養フニ、愚《おろか》ナル事无シ。此ノ母、世ヲ経《へ》テ、笋无ケレバ飲食《おんじき》スル事无シ。然《しか》レバ、孟宗、年来《としごろ》ノ間、朝暮ノ備ヘニ笋ヲ構《かま》ヘ求メテ供給《くぎふ》シテ闕《か》ク事无シ。笋ノ盛リナル時ニハ求メ得《う》ル事易《やす》シ、笋ノ不生《しやうぜ》ザル時ニハ東西ニ馳走《ちさう》シテ堀リ出《いだ》シテ母ヲ養フ。而ル間、冬ノ比《ころほひ》、雪高ク雨《ふ》リ積《つも》リ、地《つち》痛ク凍リ塞《ふさぎ》テ、笋ヲ掘リ出デムニ不堪《たへ》ザル朝《あした》、母ニ笋ヲ不備《そなへ》ズ。此レニ依《より》テ、母、食《じきの》時ヲ過グト云ヘドモ、不飲食《おんじきせ》ズシテ、歎キ居タリ。
>
> （日本古典文学大系。平仮名は試読）

という表記になっています。用言の活用語尾や付属語を片仮名で小さく書き添える、いわゆる片仮名宣命書きです。

『今昔』の場合は、さらに小字が二行書きになっています。収められる説話は仏典や漢籍などの漢文資料から訓読したものもあれば、わが国の平仮名文の説話をわざわざ漢語や漢文訓読語に置き換えて綴ったものもあって均質ではないのですが、早い時期の和漢混淆文の例といってよいでしょう。

さてこの話は、筍《たけのこ》を母の食前に備えられないことを、孟宗が天に向かって泣き叫んだところ、たちまち筍が三本生えてきた、これは孝行心に天が感じたのである、とつづく有名な話ですが、出典としては、和製幼学書の『注好選《ちゆうこうせん》』(『今昔』以前成)上・孟宗泣竹第五〇に載る話に近い中国伝来の「孝子伝」の一つが考えられています。

次に、巻一九第五話「六宮姫君夫出家語」の冒頭と末尾の一部を引用してみましょう。『古本説話集』の「曲殿姫君事」のごとき平仮名文を、わざわざ片仮名交じり漢字文に書き換えたものと考えられます。両者を比べてみてください。

今ハ昔、六ノ宮ト云フ所ニ住《すみ》ケル旧《ふる》キ宮原ノ子ニ、兵部ノ大輔□□ト云フ人有ケリ。心□□ニシテ旧メカシケレバ、世ニ指出モ不為《せ》デ、父ノ宮ノ家ノ、木高クシテ大《おほき》ナルニ、荒《あ》バレ残《のこり》タル東ノ対ニゾ住ケル。年ハ五十余ニ成《なり》ヌルニ、娘一人有ケリ…（冒頭）

タマクラノスキマヲ風モサムカリキ、ミハナラハシノモノニザリケルト。此《か》ク云《いふ》ヲ聞クニ、現《あらは》ニ其《それ》ニテ有レバ、奇異《あさまし》ク思ヒ乍《なが》ラ、懸《かけ》タル莚ヲ掻キ開《あけ》テ、「此《こ》ハ何《いか》ニ此《か》クテハ御《おはし》マシケルヲ、尋ネ奉ルトテ此《か》ク迷《まど》ヒ行《ある》キツルニト」云《いひ》テ、寄《より》テ抱《いだ》ケバ、女兒《かほ》ヲ見合セテ、「早ウ遠ク行《ゆき》ニシ人也ケリト」思フニ、難堪《たへがた》クヤ有ケム、即チ絶入テ失ニケリ。男暫《しばし》ハ「生《いき》ヤ返ル」ト抱キタリケレドモ、ヤガテ水《ひ》エ痓《すくみ》ニケレバ…（末尾）

「心□□ニシテ」は、「心ばえあてに」とあったところで、「あて(に)」の漢字表記を思いつかなかったので、空白にしたのでしょうか。「かくては、いかでおはしけるぞ」が「此ハ何ニ、此クテハ御マシケルヲ…」となっているのは、和語的な口語表現を苦心して漢文訓読風な言い回しに変換しようとした努力のあとなのでしょう。「ヤガテ」も漢字表記できなかった現れです。

(二)①片仮名交じり漢字文の代表例として『今昔物語集』を挙げましたが、その編者と考えられているのは穏当なところ、京都か奈良の大寺院の僧侶でした。僧の学問や活動においては、師僧から仏教漢文の訓読による講義を受けるほか、みずからも説教、唱導のため、やはり訓読により仏典を解説しなければならず、口頭表現が介在するという点で漢字・漢文とともに片仮名を使用することが必須であったのでしょう。仏教説話集『金沢文庫本仏教説話集』(一一四〇年以前成)の、四苦のうちの老苦を述べる条から引いてみましょう。

> 三冬ノ雪、首《かうべ》ニ積《つみ》ツレバ、雲ノ鬢ゲ、何ノメデタキ事カ有ル。四海ノ波、面来《おもてにきたり》ヌレバ、玉顔《の》バセ、誰カ心ヲ留メム。目タヾレ口曲《まがり》ヌレバ、衆ニ交《まじは》ルニモ恥多シ。歯スキ、ヲトガヒ□ヌレバ、云《いふ》コトモ人目ヲカシ。
>
> (底本には誤写、誤脱があるので、一部訂正した)

これは、『法華経』随喜功徳品「年八十を過ぎ、髪白く面皺《しわ》みて、将《まさ》に死せんこと久しからず」「彼の衰へ老ゆる相の、髪白くして面皺み、歯疎《す》き枯れ竭《つ》くせるを見て」(原漢文)に由来する老いの描写です。

次に、説法の名人といわれ、数々の逸話とともに多くの唱導書をのこした安居院《あぐい》の澄憲(一一二六—一二〇三)の『澄憲作文集《さくもんしゅう》』(一一九一年成)第四八「老苦相」から引くと、

> 夫尋二老苦一者、病ハ追テレ年ヲ加ハリ、粧《スガタ》ハ随レ日衰コト、貴モ賤モ此ノ苦ハ無シレ替コト、賢モハカナキモ誰カ免ルレ、之ヲ。
>
> それ老苦を尋ぬれば、病は年を追ひて加はり、粧《すがた》は日に随ひて衰ふること、貴きも賤しきもこの

所以ニ紅ノ顔ニ畳ミ二鶏ノ皺ヲ一、緑ノ首《カウベ》ニ戴キ二鶴髪ヲ一。雲ノ鬢雪ノ膚ヘ衰タレバ有ル何ノ美キコトカ。華ノ躰タ月ノ粧ヒ臨レバ老ニ一成《ナリ》ヌ二非《アラ》ヌ事ニ一。歯ハ毀チ口間《ユガミ》ヌレバ交衆ニ多レ憚リ。聾《ミミシ》イ腰鈎《カガミ》ヌレバ出仕ニ有リ煩ヒ…

（東京大学国語研究室蔵影写本）

苦は替はること無し、賢きもはかなきも誰かこれを免るる。ゆゑに紅の顔に鶏の皺《しわ》を畳み、緑の首《かうべ》に鶴の髪を戴き、雲の鬢《ひげ》・雪の膚《はだへ》衰へたれば、何の美《めでた》きことかある。華の躰《すがた》・月の粧ひ老いに臨むれば、非らぬことに成りぬ。歯は毀《く》ち口間《ゆが》みぬれば、交衆に憚り多し。聾《みみし》ひ腰鈎《かが》みぬれば、出仕に煩ひ有り…

（訓読文）

というぐあいです。本行だけを見つめると、訓読を期待した変体漢文になっており、もとより音読すべき漢語も交じえていますが、変体漢文のままでは読み上げる際に支障をきたすことがあるので、返り点、送り仮名、振り仮名が施されているわけです。

口頭の伝授という点では、儒教の経典や『文選《もんぜん》』『白氏文集《はくしぶんしゅう》』など漢籍の学問、教授も同様でした。ここでは、儒仏一致の立場に立つ教訓書の『五常内義抄』（一二六五年成）の序文を引いてみましょう。

夫《それ》五常者《は》、仁、義、礼、智、信、是《これ》也。仁ハ慈、義ハ和、礼ハ順、智ハ賢、信ハ真也。人ノ為《た》ルハ人此《この》五常ヲ振舞ヘリ。人ノ不ハレ為レ人ト、五常ニ常ニ背《そむけ》リ。然者、振舞野馬ノ如而《して》難シレ繋ギ、心ハ山猿ノ如ク而移リヤスシ。依レ之、現世ニハ其威《いきほひ》軽ク、後生ニハ其ノ罪重シ。仍《よつ》テ為勧愚俗、日本、漢朝ノ証拠、幷《ならび》ニ内外典ノ本文ヲ集テ、五常内義抄ト名ケ、亦ハ現当教訓抄トモ云《いへ》リ…

（長禄四年写本）

とあります。「野馬」「山猿」はいわゆる意馬心猿を言い換えたもので、おもに仏教のほうでいう奔放になりがちな心のたとえです。

いずれも片仮名宣命書きを残していますが、『金沢文庫本仏教説話集』は片仮名が多く、『澄憲作文集』は漢文を志向していなくもなく、『五常内儀抄』は漢文表記をとどめた訓読文といった感じがします。片仮名宣命書きの表記は、いかにも学問の素養がしのばれるようで、通例の漢字・片仮名交じり文にくらべて一段格調が高いと意識されていたふしがあります。文学作品では、五〇歳で出家して鎌倉に下った隠者の紀行『海道記』（一二二三年成）、延慶本『平家物語』などに見られます。

六　漢字交じり片仮名文――『和漢朗詠抄註』

(二)②漢字交じり片仮名文は、和歌関係の書物のほか、もともと平仮名文で書かれていてもおかしくない場合によく見られます。僧侶や学者など、漢文や片仮名文を書き馴れている者たちが執筆したり書写したりした結果なのでしょう。作品としては、西念の和歌『極楽願往生歌《ごくらくがんおうじょうか》』（一一四四年成）、藤原教長《のりなが》講義、守覚法親王《しゅかくほっしんのう》受講の和歌注釈書『古今集註（古今集教長注）』（一一七七年成）、歌学書では藤原範兼《のりかね》『和歌童蒙抄』（一一五〇年前後頃成）などがあり、説法の筆録である『百座法談聞書抄』（一一一〇年成）は女房による平仮名文の記録を、僧が片仮名文で書写したものと考えられています。さきほど引用した『愚管抄』には、「アヤシノ夫、トノヰ人」にも日本の歴史が理解できるように片仮名文で記したとありましたが、このように、幼い子供たちやあまり教養のない者を啓蒙する場合にも、漢字交じり片仮名文が用いられました。

藤原公任の編纂した漢詩文と和歌の詞華集『和漢朗詠集』(一〇一二年頃成)は、朗詠に適した詩歌の一節を集成するという当初の目的を実現しただけでなく、注釈が備わることで、中国の故事を広く知らしめるという副産物を生み出しました。院政期以降、幼学書として学ばれます。永済注と呼ばれる『和漢朗詠抄註』(鎌倉前期成)を見てみましょう。下巻・雑部・雲題の一首を掲げます。まず、

竹斑湘浦　雲凝鼓瑟之跡。　鳳去秦台　月老吹簫之地。　〔愁賦　張読〕

(竹湘浦《しやうほ》に斑《まだら》なり、雲鼓瑟《こしつ》の跡に凝《こ》る。鳳秦台《ほうしんたい》を去る、月吹簫《すいせう》の地に老いたり。)

とあります。張読(伝未詳)という文人は、娥皇《がこう》・女英《じよえい》と簫史《しようし》・弄玉《ろうぎよく》の故事にゆかりある地にたたずむ愁いを、四字と六字の隔句対でうたっていました。その説明のうち、下の句についてはこうなっています。

下句、秦穆公《ノぼくこう》ノムスメニ、弄玉ト云人《いふ》アリキ。ヨク簫ヲナムフキケル。カタチヨニスグレタリケレバ、コレヲエムトイフ人オホカリケレドモ、穆公ユルサヾリケリ。簫史トイヒシ人、簫ヲカギリナクメデタクフキケリ。月ノクマナキヨ、穆公ノ辺チカク、簫ヲフキテタ、ズミケレバ、弄玉モトヨリ管絃　ココロヲソメタリケレバ、セウノコヱニツキテイデヽ、アヒニケリ。穆公イサメケレドモ、カクレツヽ、ツネニアヒケレバ、セムカタナクテ簫史ヲムコニトリテ、カレガタメニ台　ツクリテ、スマセケリ。コレヲ秦台トイフ。ソノウテナニ、イモセスミケルホドニ、トモニ仙ニ　ナリニケリ。鳳トイフトリキタリテ、二人ヲノセテサリニケリ。イマソノウテナヲミレバ、鳳ハサリテアトモナシ。ツキノヒカリノミムナシクテラシテ、セウヲフキシアト、

モノサビシクアハレナリ、トイヘルナリ。（細川家永青文庫本）

簫史と弄玉の故事は『列仙伝』上巻・簫史の条に詳しいのですが、じつは唐の李翰《りかん》の幼学書『蒙求《もうぎゅう》』の第五三五句に「簫史鳳台《ほうだい》」とあって、注に『列仙伝』が引かれ、また唐の李嶠《りきょう》の詠物詩『李嶠百二十詠』の霊禽部・鳳（四一）にも「屢向秦楼側（屢《しば》しば秦の楼のかたはらに向かふ）」とうたわれています。『李嶠百二十詠』も詩作の参考書というより、事物にまつわる故事を知る幼学書として利用されたようです。

七　片仮名文相互の交流――『沙石集』と『三国伝記』

㈡③漢字・片仮名交じり文については省略することにします。ところで、片仮名の発生や発達の段階を考えると、㈡①片仮名交じり漢字文が早くから見られ、㈡②漢字交じり片仮名文はむしろ平仮名文の代替として始まり、遅れて㈡③漢字・片仮名交じり文が成立したように観察されます。これら三種の片仮名文ができあがってしまうと、うまく棲み分けることになったのでしょうか。それとも、なにがしかの交流が生じたのでしょうか。

おもしろい事例があります。無住の仏教説話集『沙石集《しやせきしゆう》』（一二八三年成）巻六で、説法の功徳を説いているところですが、無住は脱線して、悪人も縁にあえば改心する話を付会して、中国の戴淵《たいえん》という人の故事を引いています。この戴淵も『蒙求』の第五〇八句「戴淵峰穎《ほうえい》」によってよく知られています。海賊を指揮する戴淵が才知、風采ともに秀でていたのを惜しんで、大臣が取り立てた話ですが、その注に引く『世説新語』自新篇によれば、大臣に相当する人物は西晋の軍人・文人の陸機でした。これが和漢梵の三国の説話を展開する玄棟《げんとう》『三国伝記』（一四〇七年

以後成）巻三第一七話（下段）になると、明らかに『沙石集』（上段）からこの説話を引用して、

昔、漢朝ニ戴淵ト云《いひ》ケル海賊モ、大臣ノ、船ニ乗ジテスギケルヲ、悪党アマタヒキヰテ、彼財《のたから》ヲ掠《かすめ》取ル。岸ニ立テ下知《げぢ》シケル謀《はかりこと》ト云、器量ト云、人ニ勝レテミヘケレバ、此《この》大臣、「アワレ、イミジキ器量ニテ、拙《つたな》キ振舞ヲスル物カナ」ト云ケルニ、心ヲ改メテ、此大臣ニ付テ帝王ノ見参《げんざん》ニ入《いり》テ、将軍ニナリテケリ。

（日本古典文学大系所収の梵舜本）

漢言、昔、漢朝ニ戴淵ト云シ盗人、徒党余多《あまた》有リキ。或時、大臣船ニ乗過ケルヲ、海賊等大勢ニテ白ラ浪ヲ上ゲテ彼ノ財ヲ奪イ取ル。時ニ戴淵ハ岸ノ上ノ緑林ノ本ニ立テ下知シケリ。其ノ謀ト云ヒ器量ト云ヒ恒ノ人ニハ勝レテ見エケレバ、「アハレイミジキ器用人哉。然《しか》ルニカカル拙キ態ヲシテ一生ヲ徒《いたづら》ニ失ヘル事ヨ」ト云ハレケルヲ、盗人聞テ忽ニ吾ガ心ヲ改ツツ…

（中世の文学所収の無刊記版本）

というぐあいに表記しています。上段と下段を見くらべてみてください。『沙石集』は漢字・片仮名交じり文でしたが、『三国伝記』ではみずからの編纂方針に合わせて片仮名交じり漢字文に書き改めています。にもかかわらず、次第に片仮名表記が増えているのは、もとの表記に引きずられたからでしょう。『沙石集』には見えないのに、盗賊の異名である「白波」「緑林」の語が書き加えられていて、編者玄棟の啓蒙的なサービス精神もうかがえるところです。

八　日本漢文の分類

㈠日本漢文というか、日本の漢字文には大まかに分けて、A漢文の作成を志向するものと、B国語文を志向するものとがあり、Aにはさらに①中国古典文に準拠するもの（純漢文）と、②中国古典文にない日本語・日本文法的要素を含むもの（和化漢文）とがあり、Bにもさらに③漢文様式によって日本語の文章を表記したもので、実用文の色彩の濃いもの（記録漢文）と、④漢字文であるが、本来のものとして仮名文が想定されるもの（真名《まな》本）などがあります（峰岸明『変体漢文』東京堂により取捨）。

変体漢文というのは、ABにまたがって②③（と④の一部）を指しています。先に見た『澄憲作文集』などは片仮名交じり漢字文なのでしょうか、それとも漢文で㈠B③イ仏典的な色彩の濃いもの（唱導文）なのでしょうか。これから取り上げるものの多くは㈠B③記録文なので、はじめにいちおうそれぞれについて簡単に述べておくことにしましょう。

㈠A①純漢文の文章にもさまざまありますが、大雑把には漢詩と、藤原明衡《あきひら》の『本朝文粋《もんずい》』（一〇四〇年頃成とも一〇六〇年頃成とも）に収録されているような、儒者・文人が最も腕を揮おうと心がけた賦、表、奏状、詩序、記、伝、願文《がんもん》の類がそれです。この分野の研究はこれまで日本漢文学史というかたちで展望され、国文学史（日本文学史）の中の特殊な世界という風に考えられてきました。

㈠A②和化漢文は和臭漢文、和習漢文などともいわれます。試みに作品名を挙げれば、仏教説話集の景戒《けいかい》『日本霊《りょう》異《い》記《き》』（八二二年成）、往生伝類の鎮源『大日本国法華経験記《げんき》』（一〇四三年頃成）、慶政の収集になる「九条家本諸寺縁起集」（一二七〇年前後成）など記や伝や縁起文《えんぎもん》やそれらの編纂書、太安万侶《おおのやすまろ》録『古事記』（七一二年成）などの歴史書、伝源信『観心略要集《かんじんりゃくようしゅう》』（一一五〇年前後成か）などの仏教書、順徳院『禁秘抄《きんぴしょう》』（一二二一年成）などの有職故《ゆうそくこ》実《じつ》書のほか、教訓書の藤原師輔《もちすけ》『九条右丞相遺誡《うじょうしょうゆいかい》』（九六〇年成）、幼学書の『注好選』（一一五二年以前成）など啓蒙や実用の書を挙げればよいでしょうか。

㈠Aの①②が漢文を志向するのに対して、㈠Bからは国語文を志向するもので、㈠B③記録漢文は天皇や廷臣の漢文日記、また口頭言語に深くかかわり言談・教命を筆録した貴族説話集に見られます。鎌倉幕府の記録『吾妻鏡《あずまかがみ》（東鑑）』（鎌倉末期成）を典型と見て、東鑑体と呼ぶこともあります。㈠B④真名本は真字本とも書かれ、部分的に漢文の語法で綴ることがあっても、漢字で日本語の文章を綴ったものでして、南北朝期から室町時代以降のしわざなのでしょうか。真仮名本の「真名本伊勢物語」、記録漢文に近い「真名本方丈記」などがあります。真名本を時には広義に用いることもあって、真名本『曾我物語』（鎌倉末期成）の表記は㈠B③記録漢文なので、ちょっと注意が必要です。

ここで、一つお断りしておきます。従来の作品の解題で述べられていることと、上記の分類とはかならずしも一致しません。というのも、これまでは多くの場合、①純漢文か②③変体漢文かの二分類しかなされていませんでした。ですから、たとえば軍記の『将門記《しょうもんぎ》』（九四〇年成）は変体漢文、『陸奥話記《むつわき》』（一〇六三年頃成立）は正統な漢文と対比的にいわれていますが、そのまま前者は②、後者は①としてよいのでしょうか。書簡文の教科書である藤原明衡『明衡往来《めいごうおうらい》（雲州往来）』（一〇四九年以後成）は変体漢文、『庭訓《ていきん》往来』（一三五〇年頃成）は東鑑体とされますが、前者が②、後者が③でよいのでしょうか。あらためて見なおすことが必要で、すべて表記史、文章論の今後の課題であろうと思います。そういうわけで、ここでも以下、大まかに変体漢文ということで、話を進めることがあります。

九　和化漢文から平仮名文へ——『扶桑略記』と『水鏡』

㈠A①純漢文の例については省略することとして、㈠A②和化漢文の作品を取り上げてみましょう。といっても、その文章を読み解くのではなくて、さまざまな資料にもとづいて編纂された漢文の歴史書である皇円『扶桑略記《ふそうりやつき》』（一〇九四年以後成）に並べて、㈢平仮名文の中山忠親《ただちか》『水鏡』（一一九五年以前成）を読んでみたいと思うのです。歴史物語の鏡物の一つに、神武天皇から仁明天皇までを語る『水鏡』がありまして、これは『扶桑略記』から記事を抜粋し、平仮名文にしたものなのです。聖武天皇の天平五年（七三三）以下の条を引きますが、上段が『扶桑略記』、下段が『水鏡』になります。

天平五年癸酉七月庚午〈六〉日、始令備盂蘭盆供於大膳職…

天平六年甲戌正月十一日、皇后藤原氏〈光明子〉本奉為先妣贈従一位橘氏往生菩提、相当忌日、興福寺内建西金堂、安置釈迦丈六像、及挟侍菩薩…

天平七年乙亥…四月辛亥〈廿六〉日、入唐留学生従八位々道朝臣真備、献唐礼一百三十巻…夫所受業、渉窮衆芸、由是太唐留惜、不許帰朝。或記云、爰吉備竊封日月。十箇日間、天下令闇恠動。令占之処、

天平五年七月、盂蘭盆《うらぼん》は始まりしなり。

同六年正月十一日に、光明皇后、御母の橘の氏の御ために、山階寺《やましなでら》の内に西金堂をたて給ひき。

同七年、吉備《きび》の大臣、唐土《もろこし》に留められて、月日を封じたりければ、十日ばかり世の中暗くなりにけり。この事を占はしめけるに、「日本国の人を留めて帰さざるによりて、秘術をもちて日月を隠せるなり」と申しければ、この国へ帰り来たれりしなり。

（高田専修寺本）

日本国留学人、不能帰朝、以秘術封日月。勅令免宥、遂帰本朝。（新訂増補国史大系）

『水鏡』の作品としての評価は、歴史書としても文学としてもかならずしも優れているとはいえませんが、それだけ逆に、忠親が『扶桑略記』を僧侶や学者の専有物にとどめず、これを種本にして、広く日本の上古の歴史を知ってもらおうと考え、鏡物のかたちを借りて執筆したのだという事情がはっきりしてきます。さきには、後白河院の鵯合についての『吉記』の㈠B③記録漢文が㈢平仮名文に書き下された例を見ましたね。

十　記録漢文から平仮名文へ——『江談抄』と『吉備大臣入唐絵巻』

さきに、㈡①片仮名交じり漢字文は口頭言語と結びつきが強いことを指摘しましたが、㈠B③記録漢文の文章にあっても、口頭言語と深くかかわる分野がありました。院政期に入ると貴族社会では職務分掌がすすみ、有職故実や学芸や家職にかかわって、年長者が若者に故事逸話や言い伝えを語って聞かせ、若者がそれを記録するようになります。これを言談、教命の聞き書きといい、学者・文人である大江匡房《おおえのまさふさ》談、藤原実兼《さねかね》記の『江談抄《ごうだんしょう》』（一一〇四年成）、摂関家の藤原忠実《ただざね》談、中原師元《もろもと》記の『中外抄』（一一五四年以後成）、忠実談、高階《たかしな》仲行記の『富家語《ふけご》』（一一六一年以後成）があって、源顕兼《あきかね》編の貴族説話集『古事談』（一二一五年以前成）ではこれらをも出典にあおいで編纂しています。

『江談抄』第三第一話「吉備入唐事《きびにっとうのこと》」は、のちに『吉備大臣入唐絵巻』という絵巻になって広く知られた説話です。

真備《まきび》は『文選』を読みこなし、囲碁に勝ち、「野馬台詩《やまたいし》」を読み解いて唐で名を挙げたといいますが、ここでは『水鏡』とかかわる箇所から引用してみます。唐では真備を絶食させて殺そうとしたので、援助者の鬼から一〇〇年を経た双六《すごろく》の道具を手に入れ、賽《さい》を盤に置き筒《どう》で賽を覆うと、

唐土ノ日月被封テ二三日許不現シテ、上従帝王下至諸人、唐土大驚騒叫喚無隙動天地。令占之、術道者令封隠之由推之…被問吉備尓答云…可被還我於本朝者、日月何不現歟ト云尓、可令帰朝也。早可開ト云。仍取筒バ日月共現。為之吉備仍被帰也。

（新日本古典文学大系）

唐土の日月《じつげつ》封ぜられて、二、三日ばかり現はれずして、上は帝王より下は諸人に至るまで、唐土大いに驚き騒ぎ、叫喚《さけ》ぶこと隙《ひま》なく天地を動《とどろ》かす。占はしむるに、術道の者封じ隠さしむる由推《おしはか》る…吉備に問はるるに、答へて云はく、「…我を本朝に還《かへ》させらるべくは、日月何ぞ現はれざらんや」と云ふに、「帰朝せしむべきなり。早く開くべし」と云へり。よりて筒《どう》を取れば、日月ともに現はる。ために吉備すなはち帰らるるなりと云々。

（訓読文）

ということでした。助詞などの付属語や活用語尾などを片仮名で表記する箇所はわずかで、ほとんど変体漢文のみといってよいほどですが、日本語の叙述に近い漢文法で綴られ、日本語の助動詞の用法を念頭に置いた「被」「令」「可」が多用されるため、細部の読みにおいては揺れがあっても、ほぼ一定の訓読文に読み下される文章なのです。もともと匡房が実兼に語り聞かせた話なので、もっと口頭言語が反映されていてもよいとも思うのですが、たとえ

ば「術道者…由推之」、「…ト云尓…ト云」などは日本語の語りにもとづくものでしょう。

あいにく『吉備大臣入唐絵巻』にはこの部分の詞書がないので、ためしに鬼が登場する場面を比較してみましょう。じつは(二)③漢字・片仮名交じり文で綴った大東急文庫蔵本の『吉備大臣物語』もあるので、三本対照ということになります。

『江談抄』

及深更、風吹雨降、鬼物伺来。吉備作隠身之封、不見鬼天、吉備云、「何物乎。我是日本国王使也。王事靡盬。鬼何伺ヤ」ト云ニ、鬼云、「尤為悦。我モ日本国遣唐使也。欲言談承」ト云ニ、吉備云様、「然バ早入レ。」然停鬼形相可来也」

『吉備大臣入唐絵巻』

よなかばかりになるらむとおもふほどに、あめふりかぜふきなどして、身のけたちておぼゆるに、いぬゐのかたより、おにうかゞひきたる。きび、身をかくすふをつくりて、おにゝみえずながら、きびのいはく、「いかなるものぞ。われはこれ日本国の王のおほむつかひなり。わうじもろきことなし。おになむぞうかゞふや」といふに、おにこたへていはく、「もともうれしきことなり。われも日本国のけむたうしにてわたれりしものなり。ものがたりせむとおもふ」といふに、きびこたへていはく、「あはむとおもはゞ、

『吉備大臣物語』

夜《ヨ》深向《しんかう》ニ及《ヲヨビテ》、風《カゼ》吹《フキ》雨《アメ》フリテ、鬼ウカヾヒ来《キタル》。吉備身《ミヲ》隠《カクス》符《ヲ》ツクリテ、鬼ニミエズ。吉備ガ云《イハク》、「ナニモノゾ。我ハ是《コレ》日本国之王ノ使者《つかひ》ナリ。皇子モロヒコトナシ。鬼ナンゾウカヾウ」ト云《イフニ》、鬼之云《イハク》、「尤《モトモ》悦《ウレシキ》、《カナヤ》喜哉《ヨロコバシキ》《カナヤ》。我《ワレモ》又日本国ノ遣唐ノ使者《ツカヒ》也。イヒカタラントオモフ」ト云《イフニ》、吉備ガ云《イハク》、「早《ハヤク》還《カヘリテ》鬼ノ形《カタチ》ヲ止《トヾメ》テ可来《キタルベシ》」ト云《イフニ》随《シタガヒテ》鬼還《カヘリ》テ、衣冠

ト云ニ随天鬼帰入天、着衣冠出来ルニ相謁ニ、鬼先云、「我是遣唐使也。我子孫安倍氏侍ャ…

おにのかたちをかへてきたるべし」といふに、おにかへりさりて、いくわむをしていできたり。きびあひぬ。をにまづいはく、「われはこれ日本のけむたうしなり。わがしそむあべのうぢはべりや…（新修日本絵巻物全集）

正《タヾシウ》シテ出来《イデキタル》。吉備アヒヌ。鬼先《マヅ》云《イハク》、「我《ワレハ》是《コレ》遣唐ノ使也。我《ワガ》子孫安穏ニ氏《ウヂハ》侍哉…（新修日本絵巻物全集）

『江談抄』の㈠B③記録漢文が元のかたちですが、㈢平仮名文の絵巻の詞書では「夜中ばかりになるらむと思ふほどに」とか、「身の毛立ちておぼゆるに、乾の方より」というように、世俗説話らしい感じが出るように加筆しています。『吉備大臣物語』では漢文を誤読したのでしょうか、「王事」を「（王子↓）皇子」、「安倍」を「安穏」とし、またていねいに「尤悦《ウレシキ》《カナヤ》、喜哉《ヨロコバシキ》《カナヤ》」と訓読していました。

十一　平仮名文から記録漢文へ――『今鏡』と『古事談』

㈢平仮名文の文章をわざわざ㈠B③記録漢文に変換することも珍しいことではなかったようです。一例として、寂超編の歴史物語『今鏡』（一一七〇年成）昔語り第九「祈る験《しるし》」の禅林寺の僧正深覚《じんかく》の話を取り上げてみましょう。

禅林寺の僧正と聞《き》こえ《ゑ》給ひけるが、宇治の太政大臣《おほきをとゞ》にやおはしけん、時《とき》の関白のもとに消息《せうそく》たてまつりて、「宝蔵のやぶれて侍る、修理《すり》して給はらむ」と侍りければ、家の司《つかさ》何《なに》のかみなどいふうけたまは《給》りて…僧正の坊《ばう》にまうでて、「殿より、宝蔵《ほうざう》修理《すり》つかうまつらんとて、破《やぶ》れたる所々《ところぐ》記《しる》しになん参《まい》りたる」と申しければ、僧正呼《よ》び寄《よ》せ給ひて、「いかにかく不覚《ふかく》にはおはするぞ。公《おほやけ》の御後《うし》ろ見《み》も、かくてはいかがし給ふと申せ」と侍りければ…

（新訂増補国史大系。漢字を宛てて平仮名をルビに残す。•を付した平仮名は私に補う）

僧正深覚が宇治殿頼通に「宝蔵を修理してほしい」と手紙で訴えたので、家司を修理箇所の調査に遣わしたところ、「殿はお気がきかない。これでは天皇の補佐がつとまりましょうか」と返事をした話です。これにもとづいて、貴族説話集『古事談』第三僧行の通算第二五五話では、

禅林寺僧正、宇治殿へ被レ報二消息一云、「宝蔵破壊シテ侍リ。加二修理一可レ給」云々。仍被レ仰二付家司一〔某朝臣〕為レ採二損色一、遣二下家司一、示二其由一。僧正聞二此由一、召二御使直一仰云、「イカニカク不覚ニハ御坐哉。加様ニテハ君ノ御後見イカヾ」ト云々…

（新訂増補国史大系）

禅林寺の僧正、宇治殿へ消息を報ぜられて云はく、「宝蔵破壊して侍り。修理を加ふべし」と云々。よりて家司〔某朝臣〕に仰せ付けられて、損色を採らんがために、下家司を遣はしてその由を示す。僧正この由を聞き、御使ひを召して、直に仰せて云はく、「いかにかく不覚におはしますや。かやうにては、君の御後見いかが」と云々…

（訓読文）

と書き換えています。この説話のおちは、老い女房がいて、僧正は病気で栄養補給したいのでしょうと教えたので、魚と副食物を届けると、「材木賜りて、破れたる宝蔵つくろひ侍りぬ」と礼状をよこしたということになっています。

顕兼のここでの表記法には、ところどころに片仮名が見られますが、これはもとの平仮名文を無理に漢文に変換しないで、平仮名文による語り口を残したものと、好意的に理解しておきましょう。

以上、しばしば説話集の表記を取り上げて問題にしてきたので、最後に展望をかねて一覧表にして掲げておきます。若干の仏教書、歌論書も含めてみました。

	平仮名文	漢字・片仮名交じり文他	片仮名交じり漢字文	変体漢文
八〇〇			『東大寺諷誦文稿』	『日本霊異記』（景戒）
九〇〇	『三宝絵』?（源為憲）			『往生要集』（源信）
一〇〇〇				『日本往生極楽記』（慶滋保胤）
一一〇〇	『俊頼髄脳』（源俊頼）	『百座法談聞書抄』		『本朝神仙伝』（大江匡房）
			『今昔物語集』	『江談抄』（同）
			『打聞集』	『注好選』（同）
			『金沢文庫本仏教説話集』	『中外抄』
				『富家語』
	『唐物語』（藤原成範）			『袋草紙』（藤原清輔）
	『宝物集』?（平康頼）		『澄憲作文集』	『選択本願念仏集』（法然）
一二〇〇	『古本説話集』	『発心集』?（鴨長明）	『長谷寺観音験記』	

一三〇〇
一四〇〇

『宇治拾遺物語』
『続古事談』?
『閑居友』（慶政）
『今物語』（藤原信実）
『西行物語絵巻』
『古今著聞集』（橘成季）
『撰集抄』
『一言芳談』

『十訓抄』?
『沙石集』（無住）
『東斎随筆』（一条兼良）

『五常内義抄』
『雑談集』（無住）
『私聚百因縁集』（住信）
『真言伝』（栄海）
『三国伝記』（玄棟）

『古事談』（源顕兼）
『元亨釈書』（虎関師錬）

なお、この章で考察したことについては、私も共編者となっている『日本の散文――古典編』（放送大学教育振興会、二〇〇三年）、『日本の古典――散文編』（同前、二〇〇六年）に執筆した内容を土台にしていることをお断りしておきます。

◆コラム5◆　鎌倉時代の読み書き

鎌倉時代は、言文の不一致が大いに進んだ時代でした。

平安時代の「かな文」は、おおむね当時の話し言葉に基礎を置いています(「「抄物」の世界」(野村)参照)。また、室町後期になると「口語体」の資料がたくさん現れます。ところが、我々がなじんでいる鎌倉時代の文芸作品、『平家物語』(軍記)や『宇治拾遺物語』(説話)や『徒然草』(和文)などは、当時すでに「文語文」でした。文語文の中には、その時代の口語的要素が入り交じることがあります。しかし、基本的には文語文から、その時代の話し言葉を推定することはできません。だから、鎌倉時代の話し言葉は、平安時代の話し言葉と室町時代の話し言葉を結ぶ線から、推定するしかないのです。

書き言葉では、漢文系の文章が圧倒的に優勢です。第一に正式の漢文ですが、これはさておいて、第二に、軍記や説話の文章の多くは、漢字カタカナ交じりの文章です。カタカナは漢文を日本語読みしようとする過程で発達してきた仮名ですから、漢文訓読系の文章では、自然に平仮名よりもカタカナが使われるのです。これも既に固定化した形式となっていますから、一種の文語文で、和漢混淆文とも言われます。第三に、鎌倉幕府の記録文書の『吾妻鏡』(『東鑑』)などに見られるような、一種の変体漢文があります。これはもう漢文と言うにしては滅茶苦茶ですが、それでもパターン化された漢文系の文章なのです。実例を見てみましょう(原文に句読点を按分しています、ためしに読んでみて下さい)。

二品、御参詣、鶴岡宮。而、老僧一人、徘徊、鳥居辺。恠之。以景季、令問名字給之處。佐藤兵衛尉憲清法師也。今号、西行。(文治二年八月一五日)

第四に注目すべきは、『東鑑』型の変体漢文の「変体」ぶりが更に進んだような文章で、古文書類によく現れます。量から言えば、これが鎌倉時代で最も広がりのある(多くの人が書き記した)「文章」と言ってもよいでしょう。この当時の多数の人々にとっての識字力は、土地を中心とした権利関係の証文の読み書きとして、最も重要だったと考えられるのです。一々の出典は挙げませんが、鎌倉時代の文書の幾つかの例を見てみましょう。

①寄進水田事
……(水田の場所、大きさなどが記されている)……
右、件田者、五郎宗実相伝所領也……(以下、寄進の理由・年月日などが記される)
②寄進　水田事　(以下、右と同様)
③譲渡
鶴岡宮寺供僧職事　(以下、弟子に僧侶の役職を譲ることが記されている)
④ゆつりわたす大谷保内　(以下、詳しい場所・年月日などが記されている)

このようなタイプの証文は、非常に多いのですが、これらに見受けられる「……事」という形式は、「釈迦如来人界宿給語」(『今昔物語集』巻一)というような説話の題目の付け方と同じで(『今昔』では「語」を「こと」と読んでいるが、他の説話集では「事」という字が使われている)、とすれば①の「寄進水田事」は、「水田を寄進する事」とでも読めそうです。しかし次の②では、「寄進」と「水田事」との間に切れ目があり、③では行が変えられています。どうも「譲渡」などで一回切れて「鶴岡宮寺供僧職の事」とでも読んでいそうです。そうすることによってむしろ、②が「寄進状」、③が「譲渡状」であることがはっきりするわけです。ということは「寄進水田」なども「水田を寄進する」のように漢文風に「返って読む」のではなく、「寄進、……」のようにそのまま読んでいたものと考えられ、更に④では、「譲渡」に当たる部分が「ゆづりわたす」と「日本語化」しています。こうなると、一体何語で文章が書かれているのか訳がわかりません。要するに、明瞭に意味が通ずるということが何より大切で、これが漢字・漢文を受け入れた社会の一つの現実でした。

このようなあり方は、日本の言語社会の中に例えば次のような結果をもたらしました。一つは大量の難しい漢語の社会進出です。「寄進」「譲渡」なども難しいと言えば難しく、また現在でも方言によっては、「徒然《とぜん》」(=「退屈」――こちらも難しい)、「無塩《ぶえん》」(=「塩をしていない、生の」)など、他地方で聞き慣れない漢語が日常生活に取り入れられていることも多いのです。結果のもう一つは、「表彰状」など、一種の公文書の中に現れるあのスタイルです。

(野村剛史)

「抄物」の世界

室町時代の言語生活

野村　剛史

一　話し言葉と書き言葉

私たちは日常、「話す・聞く、書く・読む」という言語生活を送っています。「話す・聞く」、「書く・読む」は、それぞれが言葉としてのセットになっていますから、私たちは「話し言葉」と「書き言葉」の言語生活を送っている、と言ってもよいわけです。日本語の歴史という時は、おおむねこの「話し言葉」と「書き言葉」の時代的な変遷を考えているのです。

さて、皆さんは、書き言葉の文章には「口語体」と「文語体」の二種類があることをご存知だと思います。「口語」と言わず「口語体」と言うのは、「口語」と述べると「話し言葉」と紛らわしくなってしまうためで、それを避けるために「口語体」と言うのです。

簡単な事ですが、それらの関係を表にしておきます。

話し言葉 ─ 口語体
書き言葉 ─ 文語体

「口語体」というのは、その時代の「話し言葉」に基づいた「書き言葉」です。文語体の文章、すなわち「文語文」は外国語(その変種化したものも含む)であるか、古典文です。

古典文というのは、ある言語の昔の形態です。中世までのヨーロッパでは、もっぱら書き言葉にラテン語を使っていました。ラテン語は、イタリアとかフランスとか、ラテン系の言語を使っている人々には、「古典文」ということになるわけです。イギリスやドイツのように、非ラテン系の言語の使用者には、ラテン語は外国語のように感じられたことでしょう。

江戸時代までの日本では、多くの人々が書き言葉に、漢文と古典文を使っていました。漢文は、本来外国語です。古典文は、昔の日本語です。漢文はたいてい訓読していて、それは書かれている漢文を日本語で読んでしまうわけです。ところがそのときの日本語は、古典文の日本語です。そこで漢文の訓読体というのは、元々は外国語をベースにしながらも結局は日本語の古典文であるという、考えてみれば大変にややこしい形態であると言えるかも知れません。

多くの方は、「言文一致」という言葉をご存知でしょう。明治になって、書き言葉が文語体ばかりだと不便だから口語体の文章を書こう、という運動が「言文一致運動」です。これは、当時の「書き言葉文語体」に慣れた人々には抵抗感が強かったのですが、それはともかく、口語体と文語体とではどこが決定的に異なるかというと、文法要素です。文法要素というのは、日本語では大体、助詞・助動詞・活用形式などのことと考えて下さい。いわゆる「係り結び」なども含まれます。例えば、「昨日書籍を購入した。」と言えばずいぶん硬い文章ですが、口語体なのです。ところが、「きのう本を買いき。」（いわゆる「仮名づかい」は問題にしていません）と言えば、語彙はやさしくなっていますが、文語体です。キという文法要素が、古典語に基づいているからです。なぜ文法要素がそれほど重要かと言うと、文法要素には一種の強制力があるのです。現代の日常生活で「きのうこそ本を買いしか。」などと言ったら、おかしいどころでは済まないでしょう。一方、「昨日書籍を購入した。」と言ったら、語彙に漢語が多くて多少おかしいかも知れませんが、その程度で話は済んでしまうのです。四、五〇年前にトニー・谷という司会を得意としたお笑いタレントがいました。「家庭の事情」という言葉を流行らせた人です。トニー・谷は、「みーんな家庭の事情ではべれけれ」などと歌っていました。日常卑近の事柄に「はべれけれ」などという無茶苦茶な「文語文法」を持ち込んだ所に、この歌詞の滑稽な要素の一つがあります。私たちは多少の教育を受けていますので、「文語体」に鼻が利くのです。

先に日本語の歴史は、「話し言葉」と「書き言葉」の時代的な変遷を追うと述べましたが、以上のような事からも、書き言葉では第一に、「口語体」の変遷に注目しなければならないということになります。文語体は「古典文」、つまり「昔の」「基準となるある時代の」言語だからです。

もちろん、ある時代の文語文には、その時代の話し言葉が無意識に入り込んでしまうことがあります。それが積み重なると、「文語文」も単なる「古典文」とは言っていられなくなります。明治三九年に文部省内の「国語調査委員会」が、『現行普通文法改定案調査報告之一』という報告書を作りました（ちなみに『二』はありません）。「普通文」というのは、その頃広く行われていた「文語文」です。内容の一々には触れませんが、とにかく「文語文」も（話し言葉の影響で）変わってしまった、だからそれを追認しよう、一部はそれを本来の形に戻そう、という「調査報告」でした。

またある時代の話し言葉の中には、考えてみると相当に「難しい」と感じられる漢語などが取り入れられて、ごく日常的に使われています。「あいさつ」などという言葉は、その代表格でしょう。このように話し言葉にも、「文語文」に使われるような言葉が影響を与えます。それでも、基本的に「文語体」からは日本語の変遷を追うことはできません。さらに「口語体」は話し言葉に基礎をおいた文章なのですから、日本語の変遷をたどる時、結局は話し言葉の変遷を頭に置いて考えているのです。考えてみれば、昔は多くの人が文字の読み書きができなかったわけですから、これは当然のことと言えましょう。

現在のわたしたちが「古典文」と言うとき、その基準となる時代は、平安時代の中期です。大体、『源氏物語』が書かれた時代とそれよりも少し前くらいの時代です。ではこの時代の人々にとってはどうだったかと言うと、漢文がこの時代の文語文でした。一方、源氏物語の文章などは、話し言葉に基礎をおいた書き言葉、すなわち「口語体」だったのです。また、漢文の訓読体や和歌はすでに文語的な固定化が進んでいましたから、たとえ和歌を即興で口ずさんだとしても、文語文と言ってもよいかも知れません。例えば、ふつう和歌の中には、係助詞のナムが現れることがありません。これは和歌が「古典化」していることの一つの証拠です。ナムは比較的新しい係助詞なのです。ただ和歌の文法は、源氏物語の文章などと比べてみると大きく違っている感じもしませんから、今よりもずっと話し言葉に近く感じられたことでしょう。

源氏物語の文章は、当時の宮中の女性の（ということは比較的礼儀正しい）話し言葉を反映していると考えられます。宮中を「雲の上」などとも言いますが、実際に宙に漂っているわけではありません。宮中の人々の言葉も、数の上からはずっと多い下々の人々の言葉と、上から下へ（下から上へ）順繰りに接触があります。だから源氏物語の言葉は、当時の京言葉と言ってもよいのです。しかし一方では、日本語らしい言葉が流通している九州から関東地方くらいまでにも、さまざまな方言があったでしょう。けれども、そのような言葉については到底わかりませんから、平安時代などでは、京言葉で日本語を代表させるしか仕方がないのです。

話し言葉は、話されたその場で消えてしまいます。また時代とともに変化していきます。ところが書き言葉は、後々まで形を残します。また学んで身につけなければなりません。後の時代の人々は、前の時代の権威ある書き言葉の真似をしようとします。こういう風に書くものだと思いこみます。このように書き言葉は固定化される一方、話し言葉は変化します。こうして、段々に言文不一致になるのです。つまり、昔の「口語体」が、新しい時代の「文語体」になっていきます。

鎌倉時代の初めには、「言文」は相当に不一致だったと思われます。「思われます」とは頼りない書き方ですが、話し言葉の資料に乏しいので仕方がないのです。

話し言葉の資料としては、実際に話された言葉が残っていれば一番良いのですが、レコードの無い時代には望むべくもありません。また、口語体と思われる文章も無いのです。しかし文語体と思われる文章の中にも、話し言葉をそのまま写したのではないかと思われる「会話」が記されている場合があります。これで部分的に話し言葉がわかります。また、前に述べたように、無意識に文語文に入り込む話し言葉の影響も見ることができます。これは例えば、主格を表す助詞ガの使い方に現れています（後に説明します）。

鎌倉時代にはまた、いわゆる「仮名づかい」問題が発生しています。仮名づかい問題というのは、例えば中古前期には別々の発音だったア行のオ（ｏ）とワ行のヲ（ｗｏ）とハ行のホ（「顔」カホのホのような「ホ」）が、この時代には同一の発音になっています。そうすると今度は、仮名で書くときに、「顔」はカオと書くべきか、カヲと書くべきか、カホと書くべきかわからなくなってしまいます。これが仮名遣い問題です。大抵の人はそんなことは気にもしないで、ひたすら発音に従って云わば滅茶苦茶に書きます。ところが文章家の中には、それにこだわる人が出てきます。藤原定家という鎌倉初期の歌人がそうで、彼は悩んだ末に自分で「仮名づかい」を定めました。後の世に「定家仮名遣」と言われています。もしもこの時代の文章が、歌を含めて話し言葉に基礎を置いた「口語体」であったなら、定家と言えどもそんなことは気にならなかったはずなのです。現に平安中期以前にだって同じ様に発音の変化が起きていたのに、だれもそんなことは気に留めませんでした。仮名づかい問題の発生は、言文の不一致化の一つの証拠と考えられるのです。

そんなわけで、鎌倉時代は「言文」の乖離が非常に進んだ時代でした。だから日本語の話し言葉の変遷を追うと言っても、鎌倉・室町前期の日本語の様子はよくわかりません。ところが室町の後期になると、当時の話し言葉の様子が比較的よくわかるようになります。話し言葉に基礎を置いたと思われる文献資料が、一度に現れはじめるからです。それが、次節以下で記す「狂言」、「キリシタン資料」、「抄物」です。

二　狂言、キリシタン資料

広く知られているように、「狂言」はセリフによる舞台劇で、室町時代に成立しました。ところが初期の狂言は、せいぜい筋書きの形でしか書き留められていません。今日のシナリオなどのようにセリフがしっかりと書き留められている狂言詞章は、江戸時代に入って初めて出現しました。そのセリフは、多少パターン化されてはいても、おおむね室町後期の上方の話し言葉と考えられています。その言葉の有様を少し紹介します。『末広がり』という狂言の太郎冠者のセリフです。表記は読みやすく改めました。

都へのぼった事がござらぬ。見物がてら、一段の事でござる。参る程に都ぢかくやら賑やかなよ。参る程に上がりついた。さりながらはったと失念致いた。末広がりは、どこもとにあるという事を問いも致さいで、不念《ぶねん》な事を致いた。何と致さうぞ。さすが都でござるぞ。見れば売り買う物を呼ばわると見えた。それがしも呼ばわって通らう。

大蔵虎明《とらあきら》本「すゑひろがり」

「致さう、通らう」などは、ほとんど「致そー、通ろー」に近く発音されていたでしょうから、そう考えると、さらに現代語に近く感じられると思います。

さて、室町後期から江戸初期にかけて、多くのポルトガル人が貿易やキリスト教の布教の目的で日本に渡航して来たことは、よく知られています。彼らは南蛮人とかキリシタンと言われていました。キリシタンというのは、当時のポルトガル語を日本語風に置き換えたもので、英語のクリスチャンに当たります。キリシタンという言葉には、江戸時代の暗い弾圧の歴史がこびりついている上に、遠い時代の異国趣味を醸し出すところもあって、今日キリスト教徒を表す言葉としては、普通には用いられないのです。明治四二年に発刊された北原白秋の『邪宗門』という詩集の「われは思ふ、末世の邪宗、切支丹でうすの魔法。」のような詩句は、典型的に「キリシタン」という言葉にまつわる雰囲気を利用しています。

キリシタン・イエズス会の宣教師達は、布教のために万難を排して日本にやって来ました。布教のためには日本語を学ばねばなりません。外国語を効率よく学ぶためには、辞書、文法書、読本(リーダー)が必要なことは、昔も今も同じことです。彼らはそれらを作りました。

辞書としては、『日ポ辞書』(原題の訳「ポルトガル語の説明を付けた日本語辞書」、『日葡辞書』として邦訳がある)が有名です。一六〇三年に長崎で刊行されました。多くの神父(パードレ、パーテレ、バテレン)や日本人イルマン(兄弟、法兄弟、修道士)の協力によって作られたようです。文法書としては、ジョアン・ロドリゲス『日本語文典』(他本の『小文典』と区別するため『大文典』とも呼ばれる)が有名です。三巻本で、一六〇四—〇八年に、やはり長崎で刊行されました。リーダーとしては、『平家物語』や『エソポ物語』(江戸期には異本が「伊曾保物語」として流布)が有名です。これらの多くは、天草で刊行されたので、「天草版」と言われています。辞書や文法書は、当時の日本語を知る上でもちろん有効ですが、物語は口語体の文章が長く記されているので、当時の生きた日本語が最もよくわかります。

宣教師達は布教を目的としているのですから、まず第一に、巧みに日本語が話せ、説教ができなくてはなりません。その際の日本語は、上品でなければ人々の敬意を得られません。規範となるのは、京のクゲ(キリシタン文献では、ローマ字でクゲ(qugue)と書かれています)や貴族(上級の武家、ブケ(buque)と書かれています)の、なるべく優雅な日本語です。それとともに特にカソリックでは聴聞を重視しますから、いろいろな地域・階層の日本人の話が理解できなくてはなりません。下々の人々の方言も理解できなくてはならないのです。更に文語文の読み書きも必要です。そのような要求を満たすため、キリシタンの語学書は今日の水準から見ても、極めて高度なレベルに達しています。

天草版の『平家物語』はリーダーですから、当然日本語で、しかしローマ字を使って書かれています(図1)。これを作った人の中心には、不干斎ハビアン(当時のハはファと発音されていましたから、現代では「ファビアン」とも書か

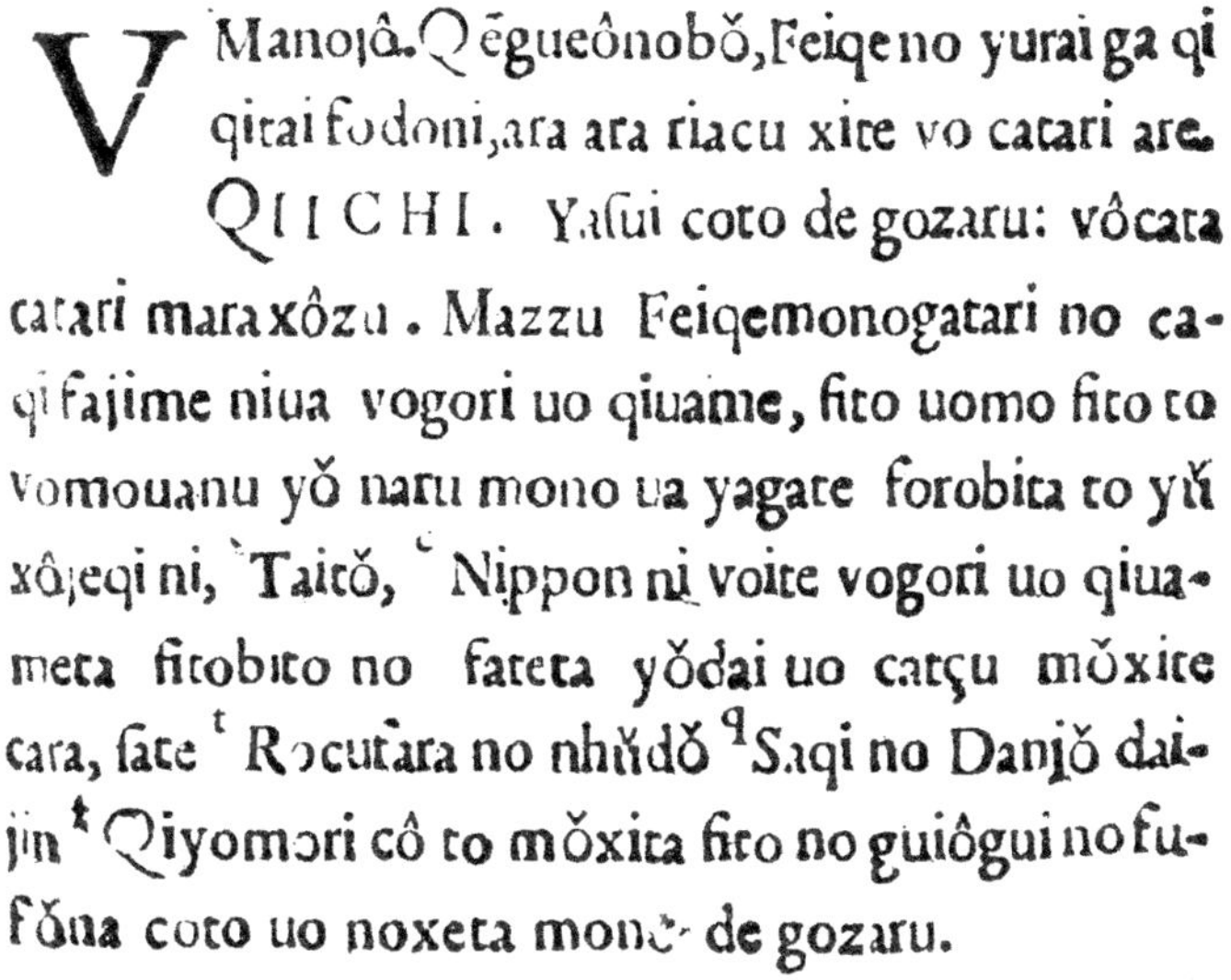
VManojô. Qēgueônobǒ, Feiqe no yurai ga qiqitai fodoni, ara ara riacu xite vo catari are.
QIICHI. Yaſui coto de gozaru: vôcata catari maraxôzu. Mazzu Feiqemonogatari no caqi fajime niua vogori uo qiuame, fito uomo fito to vomouanu yǒ naru mono ua yagate forobita to yŭ xôjeqi ni, Taitǒ, Nippon ni voite vogori uo qiuameta fitobito no fateta yǒdai uo catçu mǒxite cara, fate Rocufara no nhŭdǒ Saqi no Danjǒ daijin Qiyomori cô to mǒxita fito no guiôgui no fufǒna coto uo noxeta mono de gozaru.

図1　『天草版 平家物語』上（大英図書館蔵．勉誠社文庫）

れたりします）という日本人がいました。ハビアンは元禅僧で、その後キリシタンとなり、また転向してキリシタンの排撃書をしたためるなど、複雑な軌跡をたどった人物でした。それはともかく、ハビアンのようなミヤコの言語をよく心得ている知識人でなければ、あの『天草版平家物語』の生彩ある日本語のリーダーは作れなかったでしょう。

『天草版平家物語』は、私たちが普通に知っている平家物語とは異なって、対話体で書かれています。ウマノジョー（右馬之允）というある程度の身分のブケが、キイチケンギョー（喜一検校）という法師に平家一門の盛衰を語ってもらう、という体裁です。宣教師フランシスコ・ザビエルの周辺には盲目の琵琶法師イルマン・ロレンソがいて（「ロレンソ」というのは洗礼名）、ザビエルの日本退去後も活躍していたので、キイチには、そのイメージが重ねられていたかも知れません。図1の対話の部分を、漢字仮名交じり文にして紹介します。ローマ字と対応させて読んでみて下さい。

右馬之允　検校の坊、平家の由来が聞きたいほどに、あらあら略してお語りあれ。

喜一　やすいことでござる。大方語りまらしょーず。まづ平家物語の書き初めには、おごりをきわめ、人をも人と思わぬよーなる者はやがて滅びたとゆー(言う)証跡に、大唐、日本においておごりをきわめた人々の果てた様体をかつ申してから、さて六波羅の入道前の太政大臣清盛公と申した人の不法なことをのせたものでござる。

これを読むと、多少耳慣れない言葉も出てきますが、大方はいわゆる「古文」よりもずっと現代の日本語に近い、という印象を読者も持たれるのではないでしょうか。例えばこの『平家』には、「俊寛の幼うより不便《ふびん》にして召し使われた童があったが、名をば有王と申した」とか、「六波羅には軍兵どもが馳せ集まっていた」とか、「蔵人殿こそそなたを恨むることがあると言うて」とかいう表現があります。これらでは主格を表すガが使われています。このように、主文で主格のガをさかんに使うのは、近代語の特徴です(日本語史では中世以降の言語を近代語と呼んでいます)。また、古代には完了や過去を表すのにツ・ヌ・タリ・リ・ケリ・キなど沢山の助動詞が使い分けられますが、この『平家』では、ほぼタ一本です。「馳せ集まっていた」のようなテイルという形も古代では用いられません。さらに、「ある」は元々終止形アリ、連体形アルですが、もっぱら連体形で文を終止するのも近代語の特徴です。現代語の動詞の終止形は、みんな元々は連体形だったのです。いわゆる係り結びも、ほとんど用いられなくなりました。このように話し言葉は、平安時代と比べると、五〇〇年くらいの間に、大いに変化しました。その後の現代までの五〇〇年くらいの方が、変化が少ないのです。

一方、耳慣れない言葉の代表としては、「まらしょーず」があります。詳しいことは省きますが、これは「まらする」という言葉に「行こう」のウに当たる「うず」という言葉が付いて出来ているものです。「まらする」は丁寧語で、「すでにはや、武士が向かいまらする」の様にも使っています。この言葉は、「参《まい》らする」→「まらする」→「ますする」と変化して、今日の「ます」になりました。「行きまする」くらいなら、現代の時代小説にも出てきそうです。ちなみに、芥川龍之介の『奉教人の死』という小説は、『天草版平家物語』の文体に従ったものだそうですから、機会があれば両者を読み比べてみるのも面白いでしょう。もっとも私には、さすがの芥川とはいえ、あまりうまく真似ができてはいないように感じられるのですが。

このようにキリシタン資料は、私たちに当時の話し言葉の様子を生き生きと伝えてくれますが、同時にこの『平家』の語法は、ミヤコ(ローマ字でミヤコと書かれています)周辺の教養ある人々の丁寧な話し方であることも忘れてはなりません。ミヤコから遠い国々の、長年の戦乱で食うや食わずの農民などがどんな言葉を使っていたかは、なかなか分からないのです。

「キリシタン資料」は一般にはあまり知られていない資料ですが、キリシタンが安土桃山時代や江戸初期に大勢いたことはよく知られています。ところが次の「抄物《しょうもの》」となると、これは専門家以外にはほとんど知っている人がいないと言ってもよいでしょう。では「抄物」とは何でしょうか。

三　抄物

室町時代後期には、「論語抄」とか「史記抄」とか「毛詩抄」とか、「――抄」(「抄」は「鈔」とも書かれる)と名前が付く書物が沢山作られていました。これらの書物は、「抄物」と呼ばれています。室町時代言語の先駆的研究者として知られる湯沢幸吉郎は、日本語史の資料としての「抄物」の性格を次のように規定しています（大塚光信『中華若木詩抄　湯山聯句鈔』解説でのまとめによる）。

イ　書名として多く「――抄」というように「抄」という字を持つ。

ロ　主として室町中期頃から徳川時代に至るまでの、禅僧（多くは京都五山の僧徒）および学者の注疏。

ハ　注疏のうちの国字解である。

ニ　それも口語体のものである。

「抄（鈔）」は、もともと「取る、抜き取る、書物を写し取る」の意の字ですが、現在では書物の題が「――抄」であると、専ら「抜き書き」、「部分を取ってまとめた」のような意味になります。一方、抜き書きして注を付けても「抄」なので、ロの「注疏」というのは、それに当たります。先の「論語抄」とか「史記抄」とか「毛詩抄」とかなどは、「論語」、「史記」、「毛詩（詩経）」についての注釈書です。ある書物の全部を「抜き書き」しても構いません。実際には、原文無しの注釈・解説だけの「抄物」も多いのです。原文は別に見ればよいというわけです。さて、昔の注釈はおおむね漢籍に対する注釈で、ハの「国字解」というのは、「注を仮名で（日本語で）付けた」ということになります。江戸期には漢籍教養についての一般の需要が高かったので、「国字解」は大いに流行しました。江戸中期の例を一つ挙げておきます。『唐詩選』中のある詩句の解説部分で、漢字片仮名交じり文ですが、表記は改めました。

さて、この聖果寺へ上るには、中峰まではあちこち道も別れてをれども、中峰より聖果寺へさしてゆく処の道が、あちらこちらへ曲って付けてある。しかも蔦かづらなどが　生ひかかってある。その中を通りぬけて寺に至ってみれば、甚だ風景のよい処である。

服部南郭『唐詩選国字解』巻之三「聖果寺」

ニに「口語体のものである」とあります。大抵「抄物」は（江戸期の「国字解」もそうですが）、講述者（先生）が受講者（弟子）たちに講義をし、それを聞き書きしたものという体裁を取ります。講義ですから、「口語体」になるのです。実際に講義は行われたでしょうし、受講者もそれを書き留めたことでしょう。その講義の状況がどのようであったかは後に少し触れますが、「聞き書き」の様子については、江戸期になると「先生の講義通り一語一句も違えない」のように記されることもあります。しかし、先生の講義をそのまま丸書きすることはなかなか困難でしょうから、後に「講義録」としてまとめあげたり、場合によっては初めから先生が「抄物」を作っておいた、ということもあったようです。とすれば「抄物」は「口語体」の書き言葉ということにもなるのです。

現存する最古の抄物は、応永二七年（一四二〇）には書写されていた『論語抄』です。狂言やキリシタン資料が室町後期・江戸初期の言語を反映しているとすれば、抄物はそれよりも一〇〇年以上も前の言語を反映しているということになります。ただ『応永二十七年本論語抄』は文語体によるもので、口語体による抄物は、一五世紀の後半を待たなければなりません。いま、そのような抄物の一つの例を示します（漢詩の語句の解説部分です）。抄物はこのように漢字カタカナ交じりの文章で、カタカナは漢文の読み下しとともに発達したため、広い意味での漢文系の文章中に現れるのです。

禅宗ノ清規《シンギ》ナンドニモ、冬ノ寒キ時ハ、五日一度ゾ、浴ニ入《イル》ゾ。夏中《ゲチュウ》ハ、日々ニ淋汗《リンカン》ト云ゾ。淋汗トハ風呂ニ入、湯ニ入レバ必汗ガ垂《タ》ルヲ云ゾ。淋汗ハ汗ヲ淋《ソソ》クノ心ゾ。カウ云タハ、我ガ叢林《ソウリン》ノ浴ニ入ノ法デアルゾト……

『湯山聯《れん》句鈔』（永正元年〔一五〇四〕）は、普通の漢籍についての「抄」ではなく、兵庫県の有馬温泉で連歌のように漢詩の連句のやりとりをした「湯山連句」（明応九年〔一五〇〇〕）についての抄物です。抄者（注釈者）は一《いっ》韓《かん》智《ち》翃《こう》という五山の僧侶です。

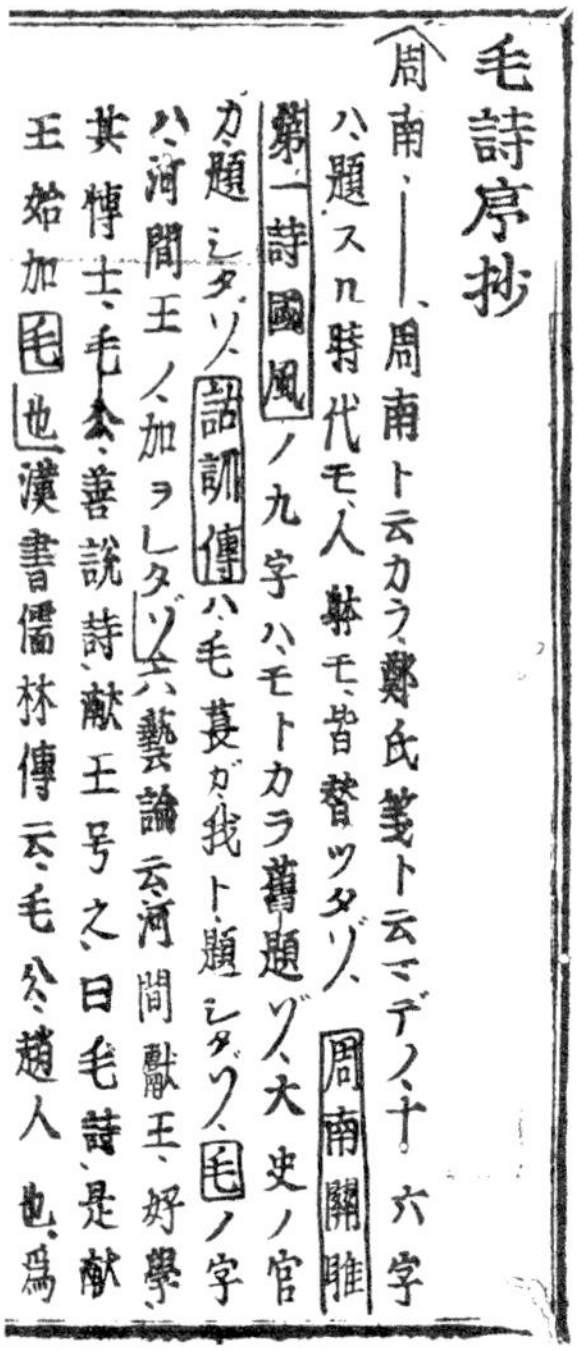
毛詩序抄
周南、――、周南ト云カラ、鄭氏箋ト云マデノ十六字
ハ、題スル時代モ、人ノ躰モ、皆替ツタゾ、周南關雎
第一詩國風ノ九字ハ、モトカラ舊題ゾ、大史ノ官
カ題シタゾ、詁訓傳ハ毛萇ガ我ト題シタゾ、毛ノ字
ハ河間王ノ加ヲレタゾ、六藝論云河間獻王、好學、
其博士毛公、善説詩、獻王号之曰毛詩、是獻
王始加毛也、漢書儒林傳云、毛公趙人也、爲

図2　『毛詩抄』（抄物大系，勉誠社）

このケースのように、抄物の抄者は五山僧であることが大変多い。五山は鎌倉五山・京都五山などと言われ、臨済宗の格式の高い寺院（「官寺」に近い）ですが、室町時代では南禅寺・天竜寺・相国寺・建仁寺・東福寺・万寿寺を擁する京都が中心でした。寺名が六つあるのは、南禅寺が「五山の上」とされるからです。当時の学問・文芸の中心は、ミヤコの寺院、特に中国の宋時代の新しい仏教（禅宗）や儒学（宋学、朱子学）を移入していた五山寺院にあったわけです。禅僧たちは心の持ち方・気分を重視していたので、仏教経典の解釈学よりも詩文を好みました。五山僧の抄物は、漢詩漢文の注釈が大きな割合を占めています。

もう一つの抄物の例として『毛詩抄』を挙げておきます。図2と対比して見て下さい。図2には、解説されるべき原文がありません。それを加えてあります。

周南關雎《しゅうなんかんしょ》詁訓傳第一　毛詩国風　鄭氏箋《じょうしせん》

周南ト云《いう》カラ、鄭氏箋ト云マデノ十六字ハ、題スル時代モ人體《にんてい》モ、皆替ツタゾ。周南關雎第一詩国風ノ九字ハ、モトカラ舊題ゾ。大史ノ官ガ題シタゾ。詁訓傳ハ毛萇《もうちよう》ガ我ト題シタゾ。

『毛詩抄』は中国最古の詩集『詩経』（毛萇という人が伝えたので「毛詩」という）についての講義録で、講述者清原《きよわら》宣賢《のぶかた》は博士家に属します。清原家は古くからの「明経道《みようぎようどう》」の博士家であり、あの清少納言も清原家の一族でした。「明経家」は、経学（儒教）を考究する学問の家なので、清原家は『論語』などの抄物を残していますが、中で抄物の講述者として最もさかんに活躍したのは、『毛詩抄』の清原宣賢です。清原宣賢は文明七年（一四七五）に吉田神道の吉田家に生まれ、その後清原家に入り、天文一九年（一五五〇）に没しました。『毛詩抄』は、天文年間の早い時期（一五三〇年代）に、講述がなされたようです。講述の筆録者は、林宗和、林宗二という南都（奈良）の饅頭屋です。林家は、日本に饅頭をもたらした家として知られています。

ご覧のように『毛詩抄』には、「毛詩」の本文そのものが載っているわけではありません。「毛詩」の語句が示され、それについての解説が語られています。これはノートならば当然のことで、実際の講義では講者も受講者も、「毛詩」のテキスト（原典）を用意していた（場合によっては事前に頭に入れていた）ものと思われます。

さて抄物の日本語ですが、「その博士に毛公と云者がある。其がよく詩をとく程に、その時獻王の初て毛の字を加たぞ」（平仮名に改めた）、また別の箇所に「（舟が）汎々と流れて居たまでぞ」とあるように、過去・完了にタを使い、連体形アルで文を終止し、主格のガ、継続のテイルも現れ、係り結びが使われない、などキリシタン資料や現代語に通じる特徴を持っています。鎌倉・南北朝の文語体時代を経て一度に現れる室町後期の話し言葉資料は、このような近代語的性格を共有しているのです。「（鏡は）それはいや、是をばうつさうなどはいはぬぞ」ともあり、いかにもくだけた話し言葉の雰囲気を伝えてくれもします。しかし一方、抄物の文末は「ぞ」で終わっているものが大変に多く、パターン化しています。全体としては、日常の生き生きとした話し言葉とは言いにくいような気がします。これは、講義というやや堅苦しい場面、それに加えて抄物が沢山作られるという状況の中で、講者・受講者は違っても、それぞれの側に「抄物」とはこういうものだ、という固定的なイメージが形成された事に起因するのではないかと思われます。繰り返し講述が行われ、数多くの抄物が作られた以上、抄物の元である講義にも、書物としての抄物にも、それだけの需要が存在したと考えられるわけです。

では一体、その需要を支えていたのは、どのような人々であったのでしょう。博士家は基本的に宮廷内の学者の家ですから、クゲや皇室が授講の対象でしょう。また、家流の学問を子孫に伝えていかなければなりません。一方寺院は、僧侶の再生産のための学校の役割を備えています。そのような云わば同族的な弟子筋を対象とした学問の再生産機構は、当然古代から存在していました。ところが、抄物の元となる講述は、時に数十人の聴者を相手に行われ、またそれをわざわざ(当時の習慣に反して)口語体で書き留めて本にしているわけです。つまり、講義の受講者や書物としての抄物の需要者には、講述者の属するグループの再生産のサイクル内にいる者以外の人々(サイクル外の人々)が含まれていたに違いなく、そうでなければ口語体の講義録などが生まれてくるわけがないのです。仮に京都五山の一角で抄物の元となる講義が行われたとしても、その受講者のすべてが、先生と同様の五山僧になるということではないでしょう。抄物の受講者にはそれだけの広がりがあったということです。ここではさらに、その広がりについて考えてみたいと思います。

四　知識人の流動

応仁・文明の乱（一四六七―七七）によって京都が焼け野原になり、また諸国の荘園が次々と武士・農民に支配権を奪われて（この時代、武士と農民にはっきりした区別はありません）、ミヤコのクゲやボーズ（坊主、キリシタンの言葉）などの知識人たちは、一斉に地方へ流出しました。例えば、五山の僧侶で抄物の作成者として知られる桃源瑞仙《とうげんずいせん》（「史記抄」）、横川景三《おうせんけいさん》（「周易抄」聞書）、景徐周麟《けいじょしゅうりん》（「毛詩聞書」聞書者）などは、近江に戦火を避け、万里集九《ばんりしゅうく》（「三体詩抄」）は、近江・美濃・尾張を転々とし、文明一七年（一四八六）には江戸の太田道灌のもとに下りました。さらにいわゆる戦国時代で考えてみましょう。この時代に繁栄していた地方都市としては、北条氏の小田原（神奈川県）、今川氏の駿府（静岡県）、大内氏の山口、島津氏の鹿児島などが有名です。また商人や一揆勢力の自治都市として、堺、石山（本願寺、大阪府）などもよく知られています。戦国期西日本における文化の一大中心地だった山口では、連歌師の宗祇や公家の三条公敦、また関東足利学校の再興者である上杉憲実などが領内で大内氏の庇護を受け、また大内版と呼ばれる漢籍が多く発刊されています。山口は、キリシタン文化の集積地でもありました。このような地方都市とミヤコの知識人との関係を考える上での興味深い事例として、先の『毛詩抄』の講述者清原宣賢と、越前朝倉氏との関係を見てみましょう。

現在の福井市の南東約一〇キロメートルの所に越前朝倉氏の城下町、一乗谷があります（一乗谷の様子は、近年の発掘により非常にはっきりしてきました）。越前朝倉氏は、応仁・文明の乱後、初代孝景《たかかげ》が越前の全域を手中にして以来、天正元年（一五七三）に織田信長に滅ぼされるまで、一〇〇年近くにわたって越前一国を支配する戦国大名でした。特に越前は、一六世紀中国内でほとんど戦乱が存在しなかった希有の国でした。清原宣賢は、大永五年（一五二五）

に初めて越前に下向し、ついで能登・若狭などをも訪ね、天文一一年(一五四二)には再度一乗谷を訪れ、孝景の厚遇もあって以後定住、儒書、日本書紀などを毎年のように講じ、天文一九年にその地で死を迎えます。日本書紀の講述が行えたのは、もともと宣賢が神道家の出生だったからです。

宣賢の再度下向の翌年春、孫の清原枝賢《しげかた》が祖父を訪ねた時の記録が残されています(「天文十二年記」)。枝賢は四月二〇日に京を発ち近江坂本泊、二一日は舟で琵琶湖岸の海津に、二二日は新保(敦賀市)、二三日は越前府中(武生市)、二四日に一乗谷に入りました。府中から一乗谷へは、福井平野には入らず朝倉街道に沿って峠越えの道を撰んだことでしょう。その後枝賢は、越前朝倉四代目孝景(初代と同名)に見参、また府中の祭見物に出かけたりしていましたが、五月一三日に孝景から宣賢に『論語』『六韜《りくとう》』『毛詩』の講義の依頼があり、枝賢が手伝って講読が行われました。受講者は主として五代義景の小姓たちでした。彼らはいずれ義景の馬廻り衆(親衛隊)となり、織田信長軍と対戦、多くは降参ないし討ち死にしたものと思われます。

この時講義された書物の中『六韜』というのは、『孫子』『呉子』などとともに、中国古代の七つの兵法書、「武《ぶ》経《けい》七書」の一つに当たります。「龍韜」「虎韜」など六部からなって、その「虎韜」から、今日の「虎の巻」という言葉が生まれたと言われます。この後、枝賢がどのように一乗谷で過ごしたかはわかりませんが、バテレンのルイス・フロイスが書き綴った『日本史』によれば、ずっと後の一五六三年に、彼は高山右近らとともに南都でバテレンのヴィレラ、イルマンのロレンソ(既出)らと対面、キリシタンになりました。清原枝賢のキリシタン改宗は、ミヤコの人々に大きな驚きを与えたようです。枝賢の娘、清原マリアは後の細川ガラシャ夫人の侍女です。ところが枝賢自身は、その後キリシタンから棄教、先のハビヤンと同様何とも複雑な人生の軌跡を描いた人物でした。

さて、宣賢が活躍した時代(一六世紀前半)は、戦国時代のただ中です。『毛詩抄』の講述が行われたとおぼしい天文三、四年頃の著名な武将としては、北条氏康、織田信秀、武田信虎、さらに今川義元、毛利元就などがおり、彼らは、信長などの一世代前の人々です。それ以前の応仁の乱以降（一五世紀後半）、さらに場合によってはそれ以前から、本来ならミヤコに住み着いていたと思われる公家や僧侶たちが、日本の各地を流動していたわけです。彼らは、あるいは戦乱を避け、場合によっては「食を求める」のような事情によって京を離れたのでしょうが（ただし僧侶たちは、もともと寺院を転々とすることもありました）、彼らを受け入れた側にも受け入れ側の事情があったでしょう。地方の武家や豪農などは、今や在地の支配者・実力者として着々とその地歩を固めています。いくら下克上の時代とは言っても、当然の事ながら、腕力だけでは如何ともし難いのです。合戦を含めたその統治実務を遂行し、また大なり小なり一種の権威を獲得するために、彼らにはどうしても「教養」が必要であったように思われます。

江戸に城塞を作った太田道灌に、次のような話があります。道灌が野でにわか雨にあった。あいにく雨具を持ち合わせていない。たまたまそこらに住む婦人に雨具を所望したところ、山吹の枝を示された。これは「七重八重花は咲けども山吹の実の一つだに無きぞわびしき」という歌にかけて、「そまつな簑（雨具）一つさえ持っていない」と伝えたのですが、道灌はそのことが理解できない。それを恥じて、以後道灌は文武両道に励んだというのです（『常山紀談』）。これは一種の伝承でしょうが、私は結構深刻な意味を含んでいると思う。在地実力者も、教養を身につけなければならない立場に置かれるようになったということだと思います。もっとも在地実力者と言っても彼らの趣味もさまざまで、大内氏や駿河の今川氏のように和学＝公家的教養を好んだ人々もあったでしょうが、多くの武家にとっての教養需要は、漢学でしょう。当時の彼らにとっては、それが「実戦的」であったからです。

その供給の場として、一乗谷における清原宣賢の講義の有様は象徴的です。江戸期には、各藩ごとにしばしば「藩校」が設置され、その伝統は各地方で今日まで続いています。朝倉義景の小姓たちへの宣賢の講義が恒常化すれば、それは事実上の「藩校」です。もちろん室町時代には、そこまでの「学校」の成長は認められません。しかし一方、武家的教養の集約点としての「大学」が関東にありました。現在の栃木県足利市にあった足利学校です。

五　足利学校

足利学校の創建の由来は、はっきりしません。確かなことは、関東管領だった上杉憲実《のりざね》が永享一一年(一四三九)に足利学校に漢籍を寄進して学校を再興し、以後室町時代を通じて学校が発展したということです。関東はこの上杉憲実のころから、戦国的様相が現れてきています。この永享一一年という年に、鎌倉公方の足利持氏が室町将軍に反抗のそぶりを示し、結局関東管領の上杉憲実と幕府方とに滅ぼされます。憲実の漢籍寄進はちょうどその一連の事件の最中でした。そして鎌倉五山の僧快元(生没年不詳)が、足利学校の初代の庠主《しょうしゅ》(校長)になっています。憲実は主君に叛逆したということで出家して、後に諸国を放浪、大内氏の山口で一生を終えました。

憲実は足利学校の学規を自らの手で定め、そこには「三注・四書・六経・列・荘・老・史記・文選ノ外、於学校不可講之段云々」と、学ぶべき漢籍の名が並んでいます。「三注」というのは京都五山系の用語で「蒙求注」「千字文注」「胡曾詠史詩注」の三書を指し、「四書」は「大学・中庸・論語・孟子」、「六経」は「詩経・書経・易経・春秋・礼記・楽経」を、それぞれ指します。これによって、この学校の教授内容が五山系儒学のそれであることがわかります。また再興当初より易学も重視されたようで、さらに学校最盛期の七世庠主・玉崗瑞璵《ぎょくこうずいよ》(別名九華)の時代(一五五〇年から三〇年ほど)には、先にも名前の出た「武経七書」や医学関係の学問も行われていました。足利学校がいかに武家の教養需要に応じたものであったかがわかります。儒学はそもそも統治者の心構えの教えです。また兵書の学びの需要は当然でしょう。易もまた、兵学の必須科目です。当時の武家頭領や軍配者(指揮参謀)たちは、作戦を立て出陣儀式を主宰するためには、どうしても占いの知識が必要でした。足利学校となると必ず引用される江戸初期の軍書『甲陽軍鑑《こうようぐんかん》』に、次のような記事があります。甲州で評判の高かった占い師について、武田信玄が「占いは足利にて伝授か」と聞き、足利ではないことを知ると、評判をただちに否定したというのです。

足利学校には、人々が全国から集まりました。室町末までの九世庠主で出身国のわかる七人は、熊本、福岡、広島、滋賀、鹿児島、宮崎、佐賀の出身でした。また学生となると、下野(栃木)、山城(京都)を多としますが、北は陸奥から南は琉球まで、全国に及んでいます。もっともこの頃の学生の出身地が、みなよくわかるわけではありません。

宣教師ザビエルは、日本に上陸した年(一五四九)にイエズス会に報告して、「日本にはミヤコ以外に五つ大学(アカデミア)がある、高野、根来寺、比叡山、近江である。どの学校も三五〇〇人以上の学生を擁しているが、最も有名で大きいものは坂東にあって、学生の数も遙かに多いという」と伝えています。三五〇〇人以上というのはいかにも誇大ですが、日本側記録にも足利について「風雅之一都会也」とあり、フロイスも「仏僧が諸国から参集」(フロイスは仏教のアカデミアと考えていたようです)としていますから、室町期を通じて相当数の学生がいたことは確かです。先に示した七世庠主玉崗瑞璵(一五〇〇—七八)についても、「大隅伊集院氏支族也　九華学業尤盛　生徒蓋三千　在庠三十年」(『足利学校住持世譜略』)と記されています。終生の生徒数は三〇〇〇人だと言うのです。その「生徒」たちは、講義を受け、読書し、相互に切磋琢磨したはずです。では彼らは、学校の中でどんな言語生活を送っていたのでしょうか。

室町時代が、その前後の時代とともに「話し言葉は方言、書き言葉は文語体(と漢文)」の時代であったことは明らかです。そして、話し言葉の資料はミヤコを中心としています。その他の方言資料は、断片的にしか存在していません。その断片を見てみると、例えばロドリゲスが関東方言について、「坂東の者はʃeの音をささやくようにseと発音するのではなはだ有名である」と記しています(『日本大文典』)。この当時、上方やシモ(下、九州)では、サ行音を「sa ʃi su ʃe so」のように発音していたのですが、関東では「se」だと言うのです。

このように方言による言葉の差異があることは当然ですが、私は室町時代の関東から九州までの方言差は、江戸期よりも僅少であったろうと思っています。もっとも積極的な証拠は何もありません。ただ、この時代、方言差によって言葉が通じなくて弱ったという話を聞かないのです。足利尊氏は南北朝時代、軍勢とともに関東から九州までをうろうろしましたが、言葉による障害が述べられることはありません。ロドリゲスなども九州方言などについての注意をしていますが、通じなくなるほどのことを心配しているわけではないようです。むしろ、上品でないから注意しろ、という程度のものです。実は同じ禅宗でも、五山・臨済系のものとは別に曹洞宗の東国系の抄物というものがあって、そこでは上方の「人ぢゃ。」の代わりに「人だ。」、「行かぬ。」の代わりに「行かない。」が使われています。しかし「人だ」は京都五山系の抄物にも現れますし、「行かぬ」や「人ぢゃ」は東国抄物にも現れます。極端な異なりは無いようです。足利学校は坂東の大学ですから関東方言が幅を利かせていたかもしれませんが、仮に関東方言が優位だとしても、「講義」を含めた公的、半公的な場面では、五山系の抄物の言語のような話し方が歓迎されていたのではないでしょうか。

足利学校に関わりのある抄物としては『足利本論語抄』が有名です。この本は、先の七世庠主玉崗瑞璵(九華)が関係しているもので、現在足利学校に隣接する足利氏の菩提寺鑁阿寺《ばんなじ》に蔵されています。九華は鹿児島の島津氏の出で、五山で禅を学び、享禄三年(一五三〇)ごろ足利学校に遊学、その後天文六年(一五三七)に京の東福寺で参禅、天文二〇年(一五五〇)足利学校庠主、永禄三年(一五六〇)小田原逗留、結局一五七八年に死ぬまで庠主であり続けました。抄物の講述者であってくれると有り難いのですが、『足利本論語抄』は、清原枝賢かその子の国賢の講を九華が書写・整理したものらしい。同系の他本に「九華東福寺講論語時」(九華が東福寺で論語の講義をした時)という記述がありますが、それが天文六年のことであるかは、わかりません。また時代はずっと古くなりますが、柏舟宗趙(一四一六—九五)の『周易抄』(前出)という抄物があります。柏舟は近江の出、永享一二年(一四四〇)に足利学校入学、周易を一世庠主快元に学びました。文明元年(一四六九)近江永源寺で桃源瑞泉、横川景三、景徐周麟などに易を講義、それを横川景三がまとめたものが『周易抄』です。これまでの研究によれば、以上の『論語抄』『周易抄』を含め足利学校に関わる抄物には、曹洞宗系抄物に見られる東国系と思われる言葉遣いが現れることは無いようです。足利学校には先生も生徒も全国から集まっていました。また京都五山や博士家との接触もはなはだしかったわけで、そこでの言語には東国方言臭は薄かったのではないかと、私には思えます。

今日までに大いに進歩した抄物言語の研究の成果に従えば、抄物の言語は、五山系であれ、博士家系であれ、同じようにパターン化している。それは共通の「講義の場」による言語ということもありますが、同時にキリシタン資料や狂言の言語との共通性ということから考えても、当時の上方の言語に基盤を置いているのでしょう。そしてそのタイプの言語が、足利学校をはじめ各地方の文化の中心地で共通に講義された。そのような場合には、パターン化された言語がむしろ歓迎されたと、私は思います。それは典雅なミヤコの言葉を彷彿させるところがあるからです。講義の内容のみならず、言語そのものが、この場合「教養」を形成しているのです。ロドリゲスは『大文典』『小文典』の中で、「ミヤコの言葉遣いが最も優れていて、言葉も発音法もそれを真似るべきである」というような事柄を、繰り返し述べています。キリシタン宣教師たちにはキリシタン宣教師の事情があったでしょうが、在地の武家には在地の武家の事情があったでしょう。足利学校の場合は、学校という場所ですからむしろ自然に共通語化が進んだでしょうが、在地の武家たちも今や彼らは各地の支配者であるわけですから、どうしても「教養」が必要だったわけで、その「教養」の中にはミヤコの言葉遣いに通じている、という項目もあったと言えないでしょうか。

幸か不幸か、やがてそのような「教養」が役立つときがやって来ました。豊臣秀吉の天下統一です。秀吉は全国各地への単なる号令者になっただけではありません。奥州から九州までのすべての領地支配者が、京・伏見・大阪へ引きずり出されました。彼らはそこで、ミヤコの人士や各地のブケたちとの交際を始めなければなりませんでした。以前には思いもかけなかったことでしょう。その時、彼らの「教養」は、その交際を多少なりともスムーズにしたものと思われます。そしてその後、彼らは集団で江戸に移転します。領地は各地にあっても、彼らは江戸に参勤交代をしなければなりません。秀吉時代に上方で鍛えられた彼らの言語は、今度は江戸の山の手の武家屋敷地区に集積します。それはさらに近代の「標準語」に引き継がれ……。このような流れがあるからこそ、現在の「標準語」は、むしろどの方言にも増して、狂言やキリシタン資料や抄物の言語に近く感じられるのだと思います。

以上は、云わば社会の上澄みの言語の流れを考えてみたに過ぎません。底辺近くで何が起こっていたかを考えないのは、片手落ちというものでしょう。しかし、この点では資料的な制約から、言語史が語りうることは少ないのです。中世の百姓文書類を見ても、日本化した漢文の漢字文書で、その内容も土地の権利関係の契約書(証拠書類)が多く、せいぜいが文語体のカタカナ文書です。しかし一体誰がそのような文書を書いたのか、という問題は残っています。

新しい支配階層としてのブケも、もともとの出自は農民と同じです。一方が支配階層として自らを農民から区別しようとすれば、他方はそれに対抗しようとするでしょう。地所支配権の奪い合いです。支配階層の統治が大規模になれば、被支配階層も団体行動(一揆、一揆というのはもともと一斉団体行動の意味です)を起こすようになります。団体行動にも、最低限文字というメディアが必要になってきます。私は別に文字だけが教養だとは思っていませんが、やはり識字が底辺においても教養の重要な一角を担っていたのは確かでしょう。江戸期には「寺子屋」という言葉があり、別にその場所は寺院とは限らなくとも、その言葉はやはり寺院が文字教育を中心を占めていた時代を引きずっているものと思われます。そのような民衆相手の寺院の僧侶たちは、もう五山僧ではありません。一向宗(浄土真宗)や日蓮宗や時宗などの僧侶たちであったと思われます。彼らは本山やそれに類する大寺院で漢文やカタカナを習ってきて(カタカナくらいは事前に知っていたかも知れませんが)、それを百姓・国人(国侍)に教えたのかも知れません。そういう場所で生産された文書が日本語を伝えてくれることは少ないけれど、なまじパターン化されていないだけに、時に面白い事例を提供してくれます。

正長元年(一四二八)、畿内で連鎖的に大規模な土一揆が発生し、徳政(債務の棒引き)を求めて京にも乱入しました。その時期に現在の奈良県柳生で、一つの文がその地の大石に刻み込まれました。「徳政碑文」として、世に知られています(奈良県重要文化財)。漢字とカタカナで「正長元年ヨリサキ者《は》カンヘ四カンカウニヲヰメアルヘカラス」(正長元年より先は神戸四箇郷に負い目あるべからず)と書き込まれているのです。「神戸四箇郷」はこの辺りの四郷で、「負い目あるべからず」とは、徳政の実施を意味しているのでしょう。「四カンカウ」がなぜ「四箇郷」と読めるかと言うと、この時代仮名には濁点を付けないから「カウ」は「ガウ」、「郷」の字音は「ガウ」が本来で、それが畿内で「ゴー」と発音されるようになったのは、もっと後のキリシタン時代でした。そして濁音のガの発音は前に軽く鼻音の「ン」が現れるのが普通なので、「四カンカウ」は発音に忠実な書き方と言えるのです。

さて細かな詮索はともかく、このような碑文を書いてのけた人物は誰かから文字を習ったはずで、その先生は一体どこのどのような人物だったのでしょう。ボーズの系列か、在地の国人的武士の系列か、はたまた能・連歌師のような旅の芸能者の系列（以上はすべて一種のインテリ）でしょうか。資料的な制約から、本章はもっぱら抄物的な、社会の上澄みの教養を問題にしてきましたが、必ずやもう一つの（あるいはいくつかの）言語教養の系列が存在していただろうことにも、私たちは視線を向けておく必要があるように思われます。

参考文献（なるべく手に取りやすい出典・資料を本章で挙げた順に示します。）

池田廣司・北原保雄『大蔵虎明《とらあきら》本狂言集の研究　本文篇』表現社、一九八三年。

土井・森田・長南編訳『邦訳　日葡辞書』岩波書店、一九八〇年。

土井忠生訳『ロドリゲス　日本大文典』三省堂、一九五五年。

池上岑夫訳『ロドリゲス　日本語小文典』岩波文庫、一九九三年。

亀井高孝・阪田雪子翻字『ハビヤン抄キリシタン版平家物語』吉川弘文館、一九六六年。

大英図書館蔵、福島邦道解説『天草版　平家物語』（勉誠文庫7）勉誠社、一九七六年。

大塚・尾崎・朝倉校注『中華若木詩抄　湯山聯句鈔』（新日本文学大系）岩波書店、一九九五年。

湯沢幸吉郎『室町時代言語の研究』風間書房、一九五五年（初出一九二九年）。

日野龍夫校注『唐詩選国字解』平凡社東洋文庫、一九八二年。

倉石武四郎・小川環樹校訂『毛詩抄　詩経』岩波書店、一九九六年。

福井県立越前朝倉氏遺跡資料館編『越前朝倉氏　一乗谷』福井県立越前朝倉氏遺跡資料館、二〇〇五年（近年の発掘の成果について）。

近藤喜博「越前一乗谷の清原宣賢」（東京国立博物館編集『MUSEUM』一八〇号、一九六六年、「天文十二年記」翻刻）。

川瀬一馬『増補新訂足利学校の研究』講談社、一九七四年。

史跡足利学校事務所・足利市立美術館編『足利学校』足利市教育委員会、二〇〇四年。

『常山紀談』岩波文庫、一九三八年。

中田祝夫編『足利本　論語抄』勉誠社「抄物大系」、一九七二年。

鈴木博『周易抄の国語学的研究　影印篇・研究篇』清文堂、一九七二年。

永原慶二『下剋上の時代』(日本の歴史一〇)　中央公論社、一九六五年(正長土一揆徳政碑文について)。

水島福太郎「正長土一揆の経過」『日本歴史』二〇二号、一九六五年(正長土一揆徳政碑文について)。

黒田弘子『ミミヲキリハナヲソギ――片仮名書百姓申状論』吉川弘文館、一九九五年(鎌倉期の「百姓」の識字能力を論じたもの)。

世阿弥の身体論
漢文で書くこと

松岡 心平

一 はじめに

この章では、中世の古典日本語の風変わりで、しかも代表的な書き手として世阿弥に登場してもらいましょう。なぜ世阿弥を取り上げるかというと、次のような理由からです。

世阿弥は、表記法も含め文章のスタイルについてとても意識的であり、しかも彼の演劇的思考にとって、和文体を採るか漢文体を採るかは、思想の生命を左右するといっていいほどの重要な問題であった、と思われるからです。同一人物の中に、文体の揺れをこれほど抱える人間は、古典世界にあっては世阿弥のほかにあまり見当たらない、と言っていいでしょう。

世阿弥が書き残したものは、大きく二つのグループに分けられます。①能本、②能楽論の二グループです。この章で主として扱うのは②の能楽論です。①の能本、つまり劇作家としての世阿弥が書いた能のテキストの中でも、当然、和文体と漢文体の相関の問題は、複雑かつ重要なテーマです。しかし、これを考えるには膨大な量の能のテキストを扱わざるをえないので、ここでは取り上げません。ただし、世阿弥自筆の能のテキストの表記法については少し細かく見ておくことにしましょう。①②以外では、世阿弥の娘婿の金春禅竹宛て自筆書状が二通残っています。手紙ではありますが、これも彼の表記法を考えるときの参考にしましょう。

ともあれ、ターゲットは②の能楽論です。なにが問題なのかを、まずは見定めておきましょう。

資料Aは、世阿弥自筆『花伝第六花修』の冒頭部分です。「花修《かしゅ》」と呼ばれる第六番目の『花伝』は、応永一〇年代前半期（一四〇三―〇八）頃に書かれたと考えられ、四〇歳を過ぎた頃の世阿弥の能楽論と見られます。ときどき漢字が交じりますが、全体的に平仮名書きという特色があります。

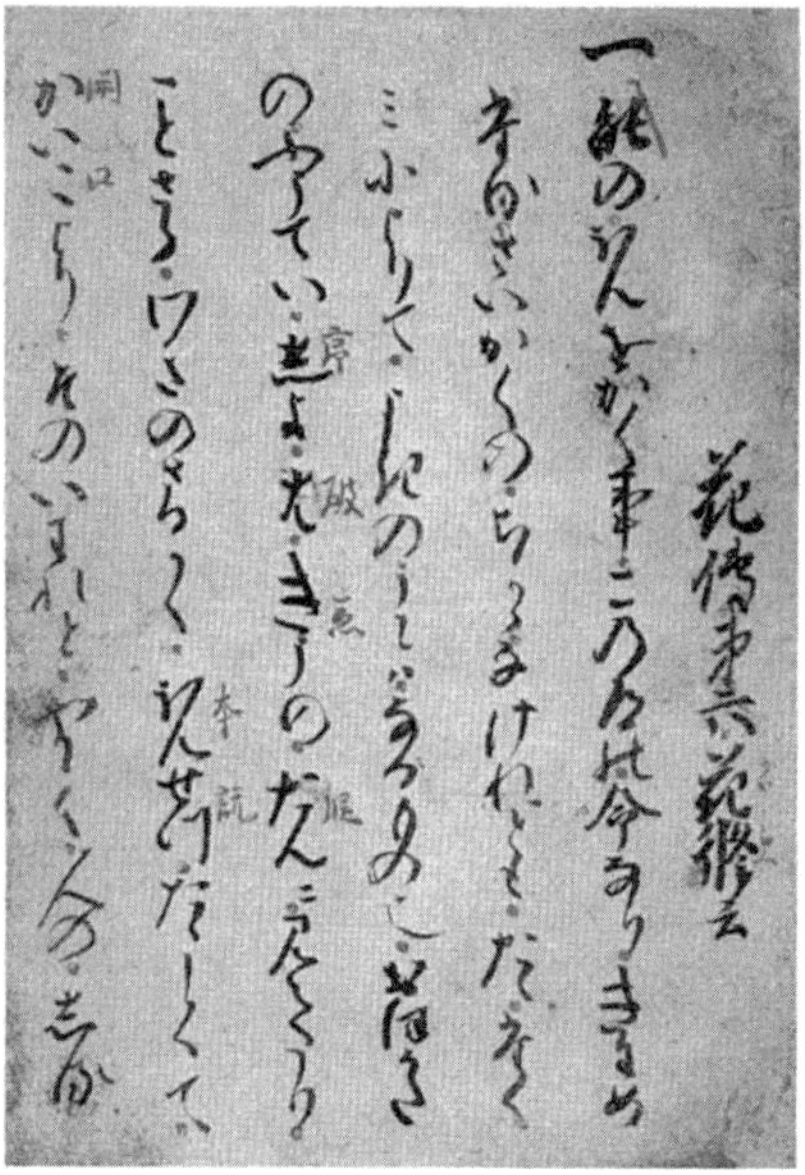

（『別冊太陽 能 日本のこころ25』平凡社、一九七八年）

資料A

花伝第六花修《クワシュ》云

一　能のほんをかく事・この道の・命なり・きわめたる・さいかくの・ちから・なけれとも・たゝ・たくみによりて・よきのうには・なるもの也・おほかたの・ふうてい・しょ《序》・は《破》・きうの《急》・たんに《段》・見えたり・ことさら・わきのさるかく・ほんせつ《本説》・たゝしくて・かいこ《開口》より・そのいわれと・やかて・人の・しる

これに対して、資料Bは、応永二八年(一四二一)、世阿弥が五九歳の時に書いた『二曲三体人形図』の冒頭部分です。世阿弥自筆本ではなく、金春禅竹自筆本ですが、禅竹は世阿弥自筆の原本を忠実に臨写したと考えられますので、世阿弥自筆本に準じて扱って良いと思われます。

資料Bを見ると、六〇歳にもなろうとする世阿弥が、片仮名による振り仮名で読みを補いつつも、とにかく漢字だけで文章を書こうと試みていることがわかります。

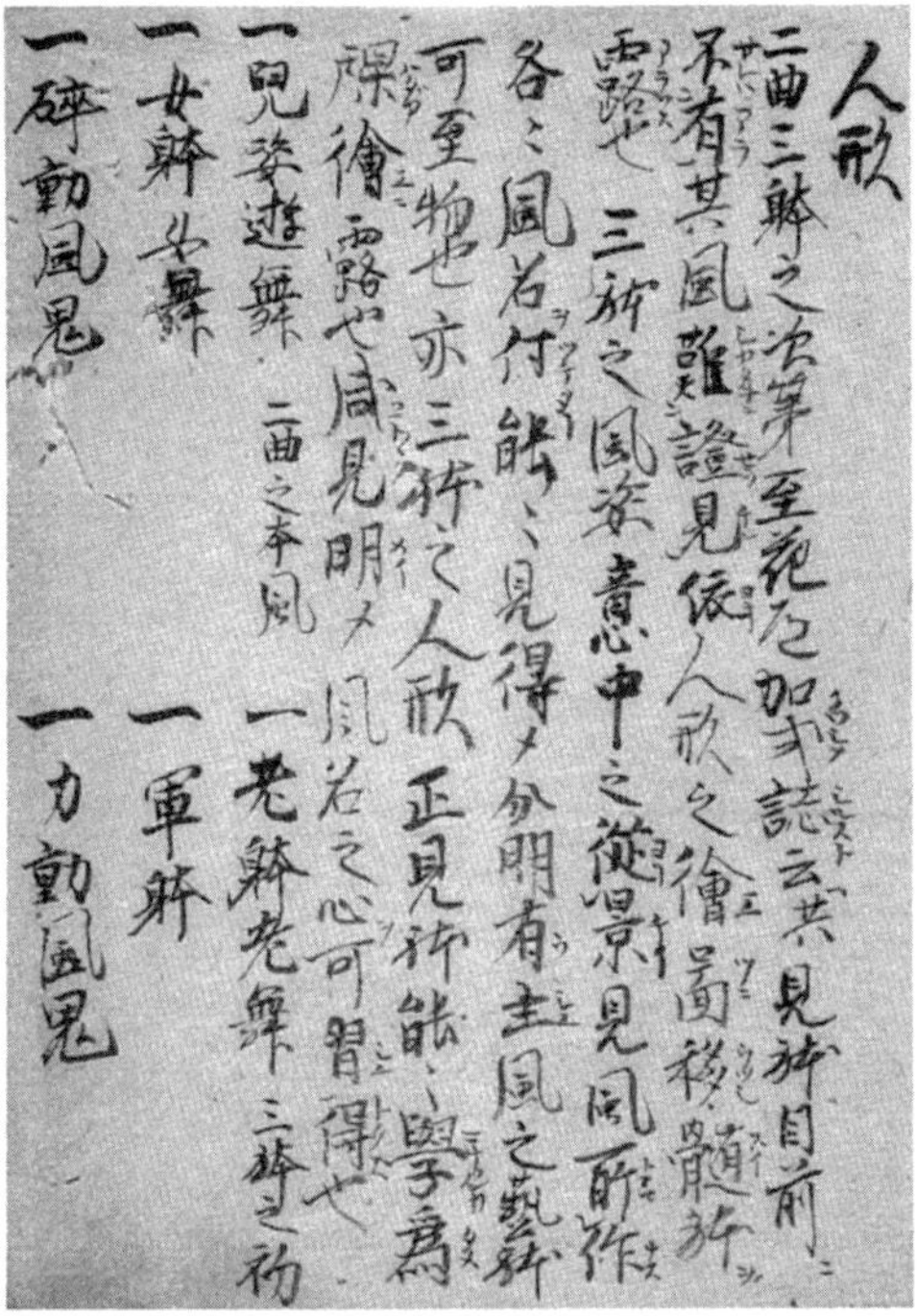

(『別冊太陽 能 日本のこころ25』平凡社、一九七八年)

資料B

人形

二曲三体之次第至花道加式《クワシク》誌《シルスト》 云《ヘ》共見体目前《ニ》

不《サレハアラ》二有一其風 難《シカタキニ》二証見《セウケン》一依《ヨテ》人形之絵《エ》図《ツニ》移《ウツシ》髄《スイ》体《ヲ》

露《アラワス》 也 三体之風姿意中之従《ヨリ》レ景《ケイ》見風所《トコロナス》レ作

各々風名 付《ヲツケタリ》 能々見得〆分明有主《ウシュ》風之芸体

可至物也 亦三体之人形正見体能々 学《マナハンカタメ》 為

裸《ハダカ》 絵《エ》露《ニ》也 咸《コトヽク》 見明《メイ》〆風名之心《ヲ》可習得《シュトクス》也

一児姿遊舞 二曲之本風 一老体老舞 三体之初

一女体女舞 一軍体

一砕動風鬼 一力動風鬼

もちろん、この漢字だけによる実験的漢文体の文章は、『二曲三体人形図』の中だけでもあとにゆくと崩れてしまいます。次の「児姿遊舞」の項では、「難波津に咲くやこの花……」の和歌のみが平仮名主体の漢字交じり文で書かれ、ほかはまだ漢文体で一貫しますが、その次の「老体老舞」の項では、地の文の中に仮名書きがかなり入ってきており、漢字だけの文章ではなくなってしまいます。

しかし、漢語が多用され、漢字を多く用いて漢文体に近い文章を書くという、六〇歳近くの世阿弥が獲得した新しいスタイルは、そのまま彼の後期能楽論書の中へなだれ込んでいくのです。

なぜ世阿弥は、六〇近くにもなって、自己改造ともいえるような文体改造を行ったのか。そうすることで、演劇についての反省的言説の中で、どのような新しい思考の地平が切り開かれたのか。そのことについて少し詳しく考えてみようというのが、この章の目的です。

二　世阿弥の文体、能本と手紙

世阿弥の能楽論に話を進める前に、まず自筆本が最も多く残る能のテキスト、能本の表記法を見ておきましょう。例として挙げたのは、「柏崎《かしわざき》」の能本です。能のテキストは普通、謡本《うたいぼん》と呼ばれますが、謡本とは文字通り、そのテキストを謡うための教習本です。ところが世阿弥が書いた能のテキストは、扮装や演出についての注記があったり、能の前場と後場をつなぐ間《あい》狂言が書かれていたりして、全体として上演台本に近いので、能本と呼ぶわけです。

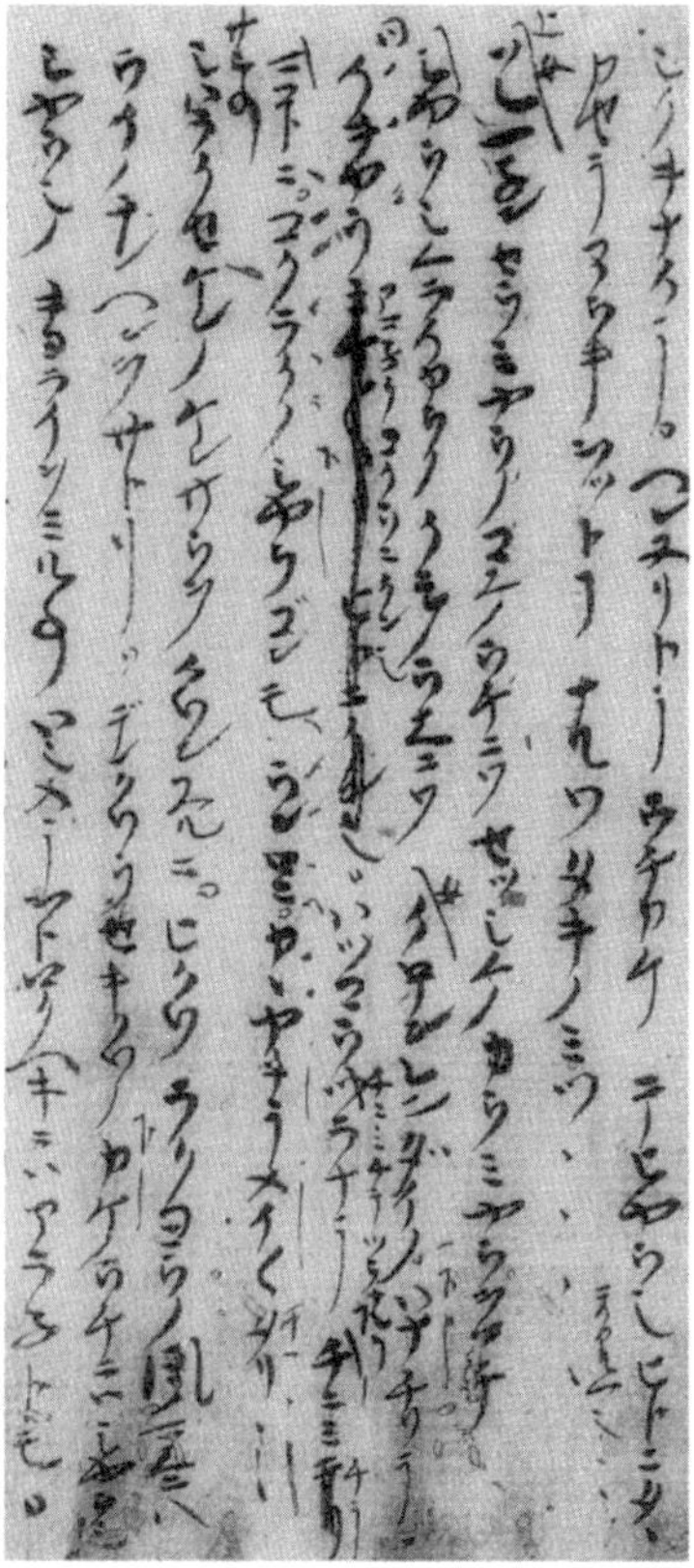

図1　「柏崎」能本

（月曜会編『世阿弥自筆能本集 影印篇』岩波書店，1997年より．左の翻字にあたっては，訂正された後の本文を採り，鉤記号や役名表記，ゴマ点等の発音表記，句点などは略した．）

シクキナイテ　ヘンヌリトテ　ウチカケ　テヒヤウシ　ヒトニタ、
カセテ　アウキヲットリ　ナルワ　タキノミツ　、、、、　マイアルヘシ　、、
ソレ一ネン　セウミヤウノコエノウチニワ　セッシユノカウミヤウヲマチ
シヤウシユライカウノ　クモノウエニワ　クワンレンダイノ　ハナチリテ
イキヤウアマネクコクウニクンシ　ハツコウ　チニミチテツラナレリ
マコトニ　コクラクノシヤウゴンモ　ウンロニ　カ、ヤキテ　メイ〱タリ　、、、
シハラクセケンノ　ケンサウヲ　クワンスルニ　ヒクワ　ラクヨウノ風ノマエニハ
ウイノテンヘンヲサトリ　デンクワウセキクワノ　カケノウチニハ
シヤウシノ　キヨライヲミル事　ハシメテヲトロクヘキニハ　アラネトモ

しく着《き》ないて　縁塗《へんぬ》り取ってうち掛け　手拍子《てびやうし》人に叩かせて　扇おつ取り

〔（ワカ）〕（狂女）鳴るは滝の水

【舞あるべし】

〔（クリ）〕〈狂女〉それ一念称名《いちねんしやうみやう》の声のうちには　摂取《せつしゆ》の光明《くわうみやう》を待ち　（同音）聖衆《しやうじゆ》来迎《らいかう》の雲の上には　（狂女）九品蓮台《くほんれんだい》の花散りて、

〔ノリ地〕（同音）異香《いきやう》普《あまね》く　虚空《こくう》に薫《くん》じ　白虹《はつこう》地に満ちて　列《つら》なれり　まことに　極楽《ごくらく》の　荘厳《しやうごん》も雲路《うんろ》に　輝《かかや》きて　明々《めいめい》たり、

〔サシ〕（狂女）しばらく世間《せけん》の幻相《げんさう》を観《くわん》ずるに　飛花落葉《ひくわらくよう》の風の前には　有為《うゐ》の転変《てんぺん》を悟り　（同音）電光石火《でんくわうせきくわ》の影のうちには　生死《しやうじ》の去来《きよらい》を見る事　初めて驚くべきにはあらねども

（月曜会編『世阿弥自筆能本集　翻刻篇』〔岩波書店、一九九七年〕による）

一見してわかるように、ほとんど片仮名で書き通されていることが、第一の特色です。「一」（三行目）と「風」（七行目）と「事」（九行目）が漢字ですが、あとはすべて片仮名です。片仮名文体は、「難波梅《なにわのうめ》」（応永二〇年〔一四一三〕）から「布留《ふる》」（応永三五年〔一四二八〕）の間に書かれた「盛久《もりひさ》」「多度津左衛門《たどつのさえもん》」「江口《えぐち》」「雲林院《うんりんいん》」「松浦《まつら》」「阿古屋松《あこやのまつ》」や「柏崎《かしわざき》」（これのみ年記なし）の自筆能本九本すべてに共通しており、忠実な臨模本の「弱法師《よろぼし》」（正長二年〔一四二九〕）、世阿弥自筆本を真似て書かれた久次本「知章《ともあきら》」（応永三四年〔一四二七〕）にも共通しています。

前節で見た能楽論では、応永二八年頃に漢字だけで文章を書こうとする変化が生じているのに、能のテキストの方は、応永二〇年頃から正長二年にかけての二十年弱の間に、何のブレもなく片仮名文体で一貫しているわけです。

どうしてかと言いますと、能のテキストにおいて世阿弥は、音をそのまま後代に伝えることを最優先しており、そのため、音を転写するのに適合的な片仮名による文体に固執しつづけたのです。そこでは、意味の表記は二の次と考えられています。

そのような世阿弥の姿勢が、江戸時代にならないと一般化してこないような特異な表記のあり方を生み出します。二行目の「アウキヲットリ」(扇おっ取り)や三行目の「セッシユノカウミヤウ」(摂取の光明)の「ッ」の字を見て下さい。右に寄せて小さく書かれていますね。これはいまわたしたちが促音便や内破音の「つ」「ッ」を右寄せ小字で書く表記法と同じです。その最も早い表記例の一つが世阿弥自筆能本に見られるのです。

また四行目の「クヮ(ホ)ンレンダイ」(九品蓮台)、六行目の「コクラクノシヤウゴン」(極楽の荘厳)、八行目の「デンクワウセキクワ」(電光石火)の「ダ」「ゴ」「デ」は、現代と同じ濁音表記となっていますね。世阿弥は「゛」「゛」という二種の濁点を用いますが、「゛」が圧倒的に多く、これも現代の表記法を先取りしています。もっとも、「極楽」は「コクラク」としか書かれておらず、「ゴクラク」とは書かれていません。世阿弥はすべてに濁音表記を行わず、注意を喚起したいところだけに濁点をつけたようなのですが(その基準はよくわかりません)、ともあれ、このような表記法を採ること自体、当時にあって画期的な試みでした。

もう一つ、七行目から八行目あたりを見て下さい。「シハラクセケンノケンサウヲクワンスルニ」(しばらく世間の幻相を観ずるに)のあとに、「◦」が右寄せで入り、「ヒクワラクヨウノ風ノマエニハウイノテンヘンヲサトリ」(飛花落葉の風の前には有為の転変を悟り)が続き、またここで「◦」が書かれた後、「デンクワウセキクワノ」(電光石火の)と続いていることがわかります。意味の切れ目のところに「◦」が入ってきており、これは現在の読点「、」の機能を果たしています。「。」は、実際に謡うときの息継ぎ個所の指定とも考えられますが、いずれにせよ、意味の切れ目のところに点が打たれているわけです。

一行目の「ウチカケ」(うち掛け)と「テヒヤウシ」(手拍子)の間に一字分くらいの空白があって、いわゆる分かち書きが見られることとも合わせ、意味と意味の切れ目に敏感な意識を働かせる世阿弥の姿が浮かび上がります。それもこれも、世阿弥にとって、自分が実現しているパフォーマンスのすべてを、なるべく完全な形で後代にテキストとして伝えたい一心の努力なのでありました。

そうであるかぎり、「難波梅」のあたりで開発された、片仮名主体の文に種々の表記上の工夫が加えられる文体はゆるぐことはなかったのです。

参考までに、世阿弥自筆の書状を二通あげておきました。どちらも世阿弥が晩年に金春禅竹に宛てたものです。五月一四日付書状は永享初年頃(一四三〇―三三年頃か、世阿弥は七〇歳前後)のもの、六月八日付書状は永享七年(一四三五年、世阿弥七三歳)のものと考えられます。六月八日付書状は、佐渡に流された世阿弥が禅竹に送ったもので、佐渡状とも呼ばれます。

前者は、平仮名に漢字交じり、後者は、片仮名主体で漢字交じりの文章です。書状なので連綿体で書かれるところが多く、さすがに分かち書きや句読点は見られません。能本や「花修」などに比べ、漢字を用いる割合は多くなっていますが、漢語を平仮名や片仮名で書いているところも多く見受けられます。

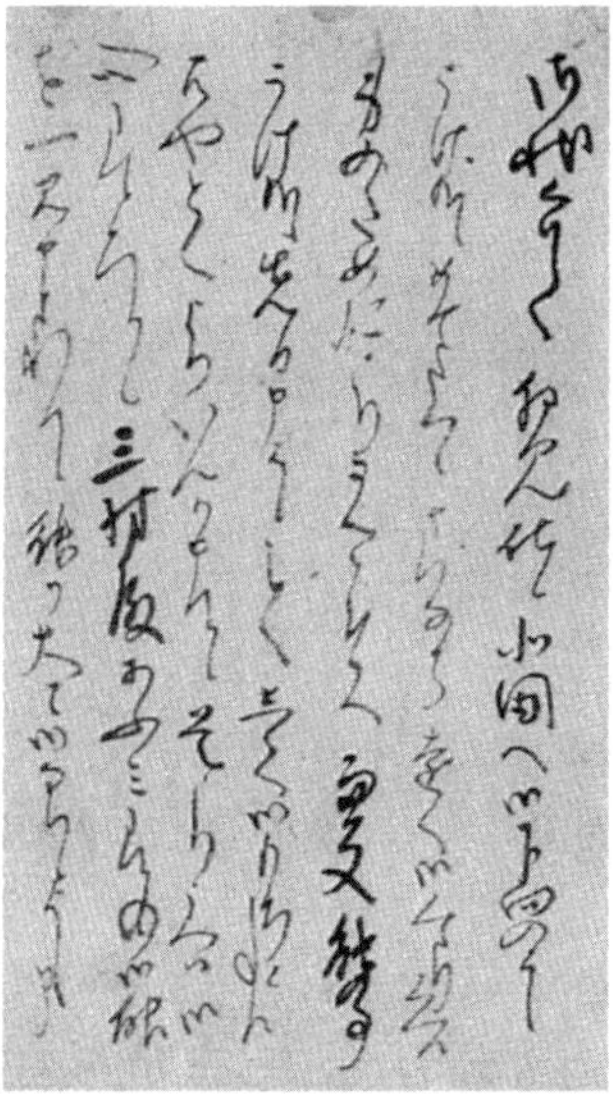

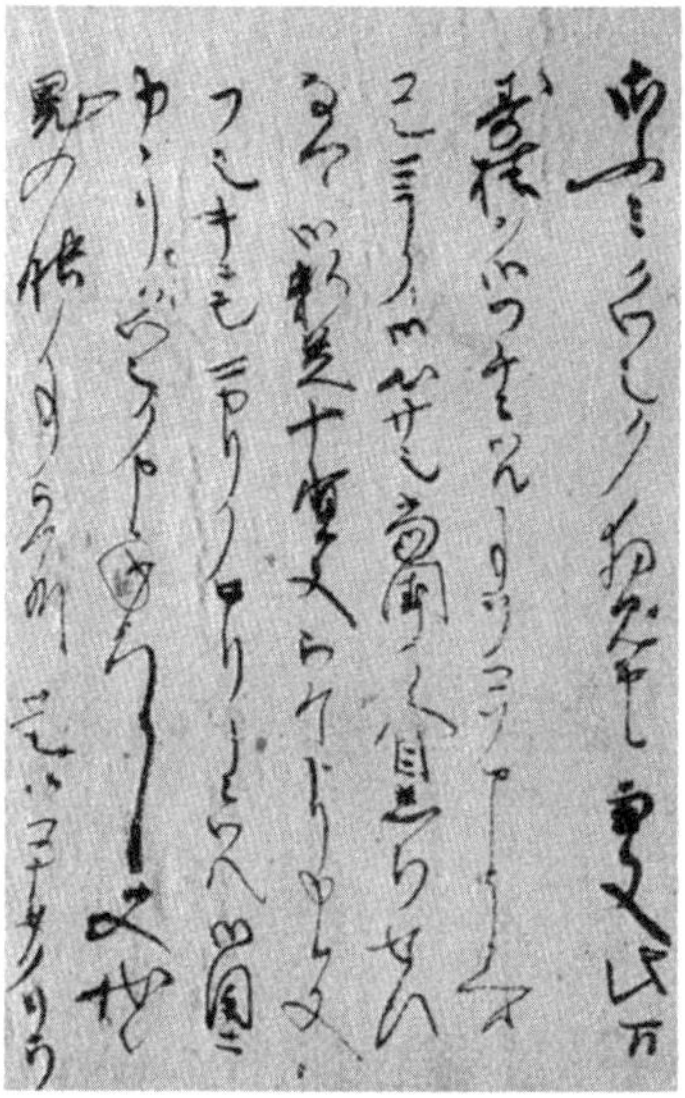

（『別冊太陽 能 日本のこころ25』平凡社、一九七八年）

（五月一四日付書状）

御状くハしく拝見仕《（つかまつり）》候。北国へ御下向のよし
うけ給候。めでたく候。さりながら遠く御下《くだ》り候《（さふら）》へバ
身のため便《たよ》りなくこそ候へ。兼又《（かねてまた）》、能の事
うけ給《（たまはり）》候。先日申候《（まうしさふらひ）》しごとく、為手《して》御持《も》ち候事ハ
はやとくより印可《いんか》申て候。是より上《うへ》ハ、御
心にて候べく候。三村殿、近江《あふみ》にての御《（ご）》能
を一見申されて候。能が大《（おほき）》に御なり候よし、申

（六月八日付書状）

御文《ふみ》クワシク拝見申《（まうし）》候。兼又《（かねてまた）》、此間《（このあひだ）》
寿椿ヲ御扶持《フチ》候《（さふらひ）》ツル事ヲコソ申テ候ヘバ、
コレマデノ御心ザシ、当国ノ人目実《じち》、是非《ぜひ》
なく候。御料足十貫文、受《ウ》ケ取《ト》リ申候。又
不思議《フシギ》ニモ罷《マカ》リ上《ノボ》リテ候ワバ、御目ニ
カヽリ、クワシク申承《（うけたまはり）》候べく候。又、状に
鬼の能ノ事ウケ給《（たまはり）》候。是《（これ）》ハ、コナタノ流《リウ》

三　『二曲三体人形図』の実験的漢文体

能本のテキストと『花伝第六花修』では、表記法において共通する面が多いといえるでしょう。「花修」では、意味の切れ目のところに必ず「・」という朱の句読印がつけられており、分かち書きという点では、能本よりもさらに徹底しています。

また、漢字表記よりも仮名表記を優先させて、読み方をはっきり示す点でも共通しています。これに対し、手紙では、分かち書きや句読点はなく、漢字の割合も多くなりますが、それでも仮名主体の文章であることは共通します。

ところが、そうしたテキスト群から、『二曲三体人形図』は大きくかけ離れています。漢字ばかりの異様な文章です。

問題は漢字だらけの文章、という点だけにあるのではなく、その内実にもあります。その文章は一見すると漢文のようですが、よく読んでみると、ほとんどが和文に漢字を当てただけの漢文体なのです。

一行目の「二曲三体之次第至花道加式《クワシク》誌《シルスト》云《へ》共」は、「二曲三体の次第、至花道に詳しく誌すと云へども」と書けばいいところを、「詳しく」を「加式」とわざわざ漢字で書いて振り仮名を添え、「誌すと云へども」も漢字だけで書いています。「見体目前不《サレハ》㆓有《アラ》㆒」も、「不有」に返り点がついていて普通の漢文のように見えますが、通常の漢文では「目前不㆑有㆓見体㆒」となるべきところです。次の「其風 難《シカタキニ》㆓証見《セウケン》㆒依《ヨテ》」も同様で、「難証見」のところは一応漢文風の語順ですが、「依」の位置が明らかにおかしく、通常の漢文では「難㆑証㆓見其風㆒故」となるところでしょう。「人形之絵図《エツニ》移《ウツシ》、髄《スイ》体 露《ヲアラワス》也」などは、まるっきり和文の語順であり、少しでも漢文に近づこうとするならば、「移二人形之絵図一、露二髄体一也」と書くところでしょう。

もっとも「露」を「アラワス」と読む例を含め、こうした特異な漢文体については、たとえば『日諱貴本紀』(南北朝初期に遡るとされる両部神道書)のような先例をあげることは可能です。しかし、そうした書物に世阿弥が目を通し、それを模倣したとは考えにくく、このような文体は、世阿弥が綴った独特な漢文体と見てよいでしょう。

じつは、『二曲三体人形図』の漢文体は、語彙の面でも特異です。造語風の熟さない漢語がやたら多く見られるのです。

「花修」と比べてみましょう。

「花修」では、「さいかく(才学もしくは才覚)」、「ふうてい(風体)」、「しょはきう(序破急)」、「ほんせつ(本説)」、「かいこ(開口)」など、熟語はすべて慣用的な言葉ばかりです。「かいこ(開口)」は特殊な言葉ではありますが、「最初の謡」の意味で、能(猿楽)の世界では慣用語です。

ところが『二曲三体人形図』の漢文体は、序の部分だけ見ても、「見体」「証見」「髄体」「見風」「風名」「見得」「有主風」「芸体」「正見体」「見明」といった、世阿弥による新造語とおぼしき漢語群を多く伴っているのです。

『二曲三体人形図』の序を見る限りでも、世阿弥による新造語が、「見」や「体」や「風」といった漢字を基軸に作られていることがわかります。「見」がつく熟語が六例、「体」がつくものが四例、「風」がつくものが三例です。これは、この時期の世阿弥がいかに「見」ること、あるいは「見」られることにこだわり、いかに身体の「体」や風体の「体」や本体の「体」にこだわり、またいかに「風」によるタイプ分析にこだわり、「風」という気象のあり様に舞台表象を重ねてこだわっていたかを示すものであります。

四　「風」による新造語群の消長とパラレルな実験的漢文体の消長

ここでは「風」のつく新造語を取り上げてみましょう。世阿弥の能楽論を初期から追っていくと、「風」による新造語の増大と減少のあり方が、実験的漢文体の出現とその漸減というあり方に重なると思えるからです。

もう一度、『二曲三体人形図』の序を見てみましょう。そこには「風名」という言葉が二度出てくるとともに、「三体之風姿」という言い方の中に「風姿」、そう、あの『風姿花伝』の「風姿」という言葉が出てきます。

「風姿」は、世阿弥の新造語ではないので当初カウントしませんでしたが、これは「風」をめぐる新造語の領域に入れてもいいような、どちらかというと非慣用的な言葉です。

「風姿」という言葉は、中国での用法を受けて、日本でも古くから「人のすがたかたち、風采」という意味で用いられてきました。また歌論では『愚秘抄』（一三世紀）に、「かの十体を本基として、なほ風姿あまた交《まじ》はるべきにや。いはゆる十八体なり」と見えるように、和歌の風体を意味する語として鎌倉時代には用いられています。世阿弥とほぼ同時代では『古今連談集』に、「善阿の風姿は、家持の歌の道を残すほどの連歌なりと仰せ有き」とあるように、連歌作者の句風の意味にも用いられています。

しかし、それは、「花修」の冒頭部分にも見える同義語「ふうてい（風体）」に比べれば、圧倒的にマイナーな用語であったといえるでしょう。このマイナーな用語を世阿弥が能の世界に導入し、キー・コンセプトの一つとしたのは、彼の人生の中でも後年の出来事でした。「風姿」という言葉が実質的な意味を担って能楽論に登場するのは、『至花道』（応永二七年〔一四二〇〕）が最初なのです。このとき世阿弥は五八歳でした。「風姿」は、『至花道』に二例あらわれ、『至花道』の第一条「二曲三体事」を翌年、絵図入りで詳しく論じ尽した『二曲三体人形図』に先の例を含め二例あらわれ、その後『三道』に二例、『花鏡』の増補本文中に三例、『拾玉得花』に四例、『五音曲条々』に一例という具合に展開していくのです。

「じゃあ、世阿弥の初期の能楽論『風姿花伝』とは何なんだ」という疑問が出てくるでしょうが、それはこういうことです。

世阿弥は当初、現在『風姿花伝』と呼ばれる書物を、『花伝』という題名においてしか考えていませんでした。世阿弥自筆の『花伝第六花修』という名称がそのことを物語っています。ところが、世阿弥が六〇歳近くなって、自分の若書きの芸論である『花伝』の増補改訂作業を続け、『花伝』の完成本文を作ろうとしていたとき、ちょうど彼の視界の中に入ってきた「風姿」という言葉がとても気に入り、『花伝』全体を『風姿花伝』と名付け直したのです。

その時の世阿弥の気持ちを推しはかると、歌論の代表である藤原俊成の『古来風体抄』というタイトルにも見られるように、「風体」は和歌を語るキー・コンセプトだが、自分としては能を語るとき、「風体」ではない「風姿」をキー・コンセプトとし、これを「花」とともに語っていこう、といったところでしょうか。

「風姿」という言葉が『至花道』ではじめて出現し、ひきつづき『二曲三体人形図』にも現れるというのは、じつに象徴的です。というのは、『至花道』およびこれと一体の『二曲三体人形図』というテキストにおいて、「風」をめぐる新造語が最も激しく乱舞するという現象があらわれるからです。

これを見るために、『花伝』『至花道』『二曲三体人形図』『花鏡』の四書を取り上げ、それぞれ「風」および「風」を含む熟語の用例を調べ比較してみましょう。

まず『花伝』です。

後年の増補改訂作業の結果加えられたと思われる「風姿」三例（「奥義」巻に書名として見える例）を除外すると、七種、一一八例をあげることができます。

風体	76	風情	28	風	5	風月	4
風流	2	風義（儀）	2	風俗	1		

これに対して『至花道』では、『花伝』の六分の一弱の分量であるにもかかわらず、三〇種、五九例をあげることができます。

用風	7	見風	6	非風	5	無主風	4
風体	4	曲風	2	芸風	2	本風	2
風	2	風力	2	達風	2	是風	2
風姿	2	風根	1	風曲	1	幽風	1
有主風	1	異風	1	風道	1	奥風	1
習風	1	満風	1	瑞風	1	無風	1
骨風	1	肉風	1	皮風	1	為風	1
古風	1	末風	1				

『花伝』に比べて『至花道』では、「風」が入る熟語の分布密度は三倍以上であり、しかも、「風」の熟語の種類が一気に拡散しています。

『花伝』では、「風体」「風情」といった歌論・連歌論でもおなじみの用例が全体の八割以上を占め、あとの「風月」「風流」「風義」「風俗」も、「風義」を除けば一般的な用例といえます。

ところが、『至花道』では様相が一変します。「風体」が四例、「風情」がゼロと『花伝』的「風」熟語が鳴りをひそめる一方、あとは世阿弥手製の「風」熟語のオン・パレードです。「風姿」「異風」「古風」以外はほとんど世阿弥の新造語でしょう。

もちろん、『花伝』には見られなかった、○風、○○風といった用例の多出が「風」の熟語氾濫の主因であり、またこの傾向は、世阿弥の後年の論書において一般的ではあります。それでも『至花道』での、○風、○○風の濫発はことに顕著であり、さらに「風力」「風根」「風道」といった、上に「風」がくる新造語の多さも見逃せません。

この傾向は、『二曲三体人形図』においてもっと著しくなります。

風	6	見風	5	遊風	3	砕動風	3
曲風	3	風名	2	有主風	2	風姿	2
本風	2	力動風	2	幽風	2	用風	2
風体	1	風見	1	風色	1	一風	1
舞風	1	根本風	1	上風	1	感風	1
急風	1	再風	1	春風	1	妙風	1
風合	1	人風	1	便風	1	風曲	1

『至花道』に比べ半分強程度の分量しかない『二曲三体人形図』ですが、「風」の用例は、二八種、五〇例にものぼるのです。○風はさらに濫発され、上に「風」がつく熟語も「風名」「風見」「風色」「風合」「風曲」が新たに加わります。

これらに対して、二〇年近い歳月をかけ応永三一年（一四二四）に本文の完成を見た『花鏡』では、「風」の入る熟語の分布とその様相は、『至花道』や『二曲三体人形図』のそれに比べれば、やや落ち着きを取り戻しています。

風体	27	風情	8	風	4	見風	3
手体風智	3	風姿	3	風義	3	無風	2
体風	2	舞体風智	2	本風	2	瑞風	2
有文風	1	無文風	1	有無風	1	有無和合風	1
風曲	1	本態風	1	芸態風	1	芸風	1
曲風	1	感風	1	古風	1	老風	1

『花鏡』は、テキストの分量からすると、『花伝』のほぼ半分です。したがって、「風」熟語の数、『花伝』一一八、『花鏡』七三からすると、その分布密度は『花鏡』の方がやや高い程度といえるでしょう。また『花鏡』では、「風体」「風情」といった『花伝』以来の世阿弥愛用語も復活を遂げています。しかし、二四種という「風」熟語の多様性では『花伝』を完全に抜いており、『至花道』や『二曲三体人形図』に近い様相を示しています。

このような『花伝』から『花鏡』への、「風」熟語の使用法の変化は、そのまま、平仮名が主体でときどき漢字が混じる『花伝』の文体から、平仮名書きながら漢字が多用される『花鏡』の文体への変化に対応しているように思われます。

これに対して、『至花道』（応永二七年）と『二曲三体人形図』（応永二八年）の時期は、特異です。『至花道』も本文は、『花鏡』と同程度に漢字が多用される平仮名書き文体で書かれたと思われますが、その跋文は、『二曲三体人形図』ほどではないにせよ、同じような漢文体です。

この時期、世阿弥は憑かれたように漢字だけの文章にこだわり、漢字を組み合わせた新造語を濫発したのです。『至花道』第一条の「二曲三体事」を絵図入りで詳説したのが『二曲三体人形図』であり、両者は一体とさきに述べましたが、この「二曲三体」論こそは、世阿弥が打ち出した新しい演技体系であり、それはまた彼が重視する役者の新しい稽古体系でもありました。

二曲三体という新演技体系の表明にあたって、漢字だけで書かれる文体が出現し、漢字による新造語群が噴出したのでした。

問題は、この現象をどのように考えるかです。

私の基本的な考え方を述べておきましょう。

私は、世阿弥の新文体を次のように考えます。今まで書かれたことのない身体や舞台という演劇表象、しかもそのより内的で目に見えないレベルでおこっている事態を日本語でなんとか表現しようとする際に要請された、あるいは世阿弥が自ら編み出した、新しい言語実験であり、新しい思考のスタイルである、と。

それは、能本の表記の選択に如実にあらわれていたような、日本語に対して距離をとり意識的であった世阿弥にしてはじめて行うことができた言語実験というべきものかもしれません。

その言語実験の場が、『二曲三体人形図』であったことには、両様の解釈が可能でしょう。一つは、そこで語られる二曲三体論という内容との関係を強く見る立場であり、もう一つはそれを軽く見る立場です。

私は、前者、二曲三体論であったからこそ新しい言語実験が行われた、という立場をとります。このほか、絵図入りの論書という面から漢字選択を考える立場もありうるとは思いますが、そのようなモメントもあったにせよ、それほど本質的なものではないと考えます。

五　二曲三体の世界

世阿弥によれば「二曲」とは歌（謡）と舞であり、「三体」とは老体・女体・軍体という三つの演技のタイプのことです。

世阿弥は、二曲つまり歌（謡）と舞が能の基本芸であるとしました。

まず、歌（謡）から考えましょう。

世阿弥の前期（『花伝』期）と後期（『花鏡』期）では、語られるテーマや対象が異なってきますが、歌（謡）に関してほぼ同一の演劇的事象が二様に語り分けられている珍しい例もあります。ここから考えていきましょう。

舞台に登場した演者が最初に声を出してつまり謡を謡って観客の心をつかむ場面が、『花伝』と『花鏡』では次のように異なります。

もちろん両者では、語られる文脈が異なっていますので、それをまず示しておきましょう。『花伝』は、会場の雰囲気からその日の能の成否を占うという文脈です。『花鏡』は、「時節感に当たる事」というタイトルの下、観客の期待感を受けて演者が謡い出すタイミングにポイントが置かれます。

『花伝』

まづ、その日の庭を見るに、今日は能よく出で来べき、瑞相あるべし。これ、申しがたし。しかれども、およその料簡を以て見るに、神事、貴人の御前などの申楽に、人群集《くんじゅ》して、座敷いまだ静まらず。さるほどに、いかにもいかにも静めて、見物衆、申楽を待ちかねて、数万人の心一同に、遅しと楽屋を見る所に、時を得て出でて、一声《いっせい》をも上ぐれば、やがて座敷も時の調子に移りて、万人の心、為手《して》の振舞に和合して、しみじみとなれば、なにとするも、その日の申楽はや良し。

『花鏡』

中楽の当座に出《いで》て、さし事・一声を出すに、その時分の際《きわ》あるべし。早きも悪し。遅きも悪かるべし。まづ、楽屋より出て、橋がかりに歩み止《と》まりて、諸方をうかがひて、「すは声を出だすよ」と、諸人一同に待ち受くるすはなちに、声を出だすべし。これ、諸人の心を受けて声を出だす、時節感当なり。この時節少しも過ぐれば、また諸人の心ゆるくなりて、後に物を云ひ出《いだ》せば、万人の感に当たらず。この時節は、ただ見物の人の機にあり。人の機にある時節といつぱ、為手《して》の感より見する際なり。これ、万人の見心を為手ひとりの眼精《がんぜい》へ引き入るる際なり。当日一の大事の際なり。

『花伝』と『花鏡』の語り方の差異は、「万人の心、為手の振舞に和合して」（『花伝』）、「万人の見心を為手ひとりの眼精に引き入るる」（『花鏡』）という二種の言説の差として決定的にあらわれており、『花伝』のそれを外在的把握とすれば、『花鏡』のそれは内在的把握と言っていいでしょう。

『花鏡』で問題となっているのは、演者と観客との間におこる内的な感応であり、それは両者間の内的なエネルギーの授受と言い換えられるかもしれません。「万人の見心を為手ひとりの眼精に引き入るる」という言い方では、万人の内的なエネルギーを演者がその「眼精（目の玉）」に引き入れ、引き受けて、それを逆に謡の声として万人に投げ返していく、といった、演者と観客のインタラクティブの相が捉えられているのではないでしょうか。

そこで重要な役割を果たしているのが、「見心」や「眼精」といった漢語です。「見心」は世阿弥の造語、「眼精」

は禅語と言っていいでしょう。「心」や「振舞」といった和語ではなく、「見心」や「眼精」といった一種の抽象語である漢語を駆使しなければ、演劇的事象の内的な相は捉えられないと世阿弥は考えていたにちがいありません。

『花鏡』では、演者と観客の間で内的感応のスパークがおこる瞬間が「時節感当」として焦点化されています。このとき、「この時節は、ただ見物の人の機にあり。人の機にある時節といつぱ……」のように、「機」という概念が出てくることが注目されます。この「機」は、単にタイミングを言うだけでなく、観客が息をつめて演者の発声を待っている、その観客の側の気合という意味をも含んでいます。

そして、そのようなニュアンスを含む「機」は、『花鏡』「時節感に当たる事」の最後の一節にもう一度あらわれます。そこでは、

また、内にての音曲なども、その座敷の人の心を取る時分あるべし。早きも悪く、遅からんもまして悪かるべし。「すは声を出だすよ」と、人の心を待ち受けて、心耳《しんに》を静むる際より、声を出だすべし。ここにて、一調二機三声を以て、声先《こわさき》を出だすなり。

のように、屋内で謡う場合に演能の際と同様の注意が述べられます。しかし、最後の一文中の「一調二機三声」の「機」は、観客ではなく演者の側の「機」です。

「一調二機三声」とは、『花鏡』冒頭の、「謡」に関する注意事項です。「謡」が能芸の根本であることは、それが『花鏡』の第一項に立項される中に明示されていますが、世阿弥が注意を向けるのは、演者の中で、謡が声となって出現してくるまでの内的プロセスです。

調子をば機が持つなり。吹物の調子を音取《ねと》りて、機に合はせすまして、目をふさぎて、息を内へ引きて、さて声を出せば、声先《こわさき》、調子の中より出づるなり。調子ばかりを音取りて、機にも合はせずして声を出だせば、声先調子に合ふ事、左右《さう》なく無し。調子をば機に籠《こ》めて声を出すがゆへに、一調・二機・三声とは定むるなり。

「音程(調子)を整えて声を出す」というのが普通の発声論でしょうが、そこに世阿弥は「機」の概念を導入します。「機」は、ここで読む限りでは、演者の内部のエネルギー、内的強度、通俗的には「気合」という言葉に置き換えられるようなものでしょう。

もっとも、「機」=「気」だとすると、演者の呼吸、息扱いと密接に関係するはずです。その息に関して、世阿弥は『曲付《ふしつけ》次第』で「息をば継げども、機を切らぬ在所あるべし」つまり、息は切って継ぐけれども、内的な気合は持続させるべき歌い所がある、とも指摘しています。「機」は、息に密接に関わるけれども息そのものではなく、息という呼吸に内在する、演者内部の根底的な気合と考えるべきでしょう。

もっとも世阿弥晩年の書『拾玉得花』(一四二八年)には、「大神、岩戸を閉ぢさせ給ひて、世界・国土常闇になて、諒闇なりしに、思はずに明白なる切心《せつしん》は、ただうれしき心のみか。これ、覚えずして微笑《みせう》する機なるべし」といった用例があり、この場合の「機」は瞬間・タイミングの意味合いが強い用法と考えられます。

とすれば、「一調二機三声」では、能役者の身体の内部に、音程を見計らいつつ、発声にまで持っていくべき内的エネルギーが充満し、それがある瞬間に発火して声となり表現となって外にあらわれる、というプロセスが指し示されていると見るべきでしょう。

「機」は仏教語で、「対機説法」といった形で用いられる場合には、仏の教えを受けるべき人間の側に内在する能力を指し、「機根」などとも言い換えられます。しかし、世阿弥の用法は、むしろ、伊勢神道の思想家度会《わたらい》家行が『類聚神祇本源』（一三二〇）などで展開する「機前」の概念に近いかもしれません。家行は、天地開闢直前の混沌・有無を超絶した状態を「機前」とし、それを清浄なる状態と捉えます。神道において重要な「清浄心」の根源を、天地開闢の直前状態にもっていくわけです。世阿弥の場合、「機」を転換点として、無の世界から「声」という有が発現するのですが、「機前」には、清浄心ならぬ気合が役者の身体に充満していると捉えるわけです。もっとも最近では、度会家行の「機前」をめぐる言説の背景として、円爾弁円らが説く、禅の「機前」説を置く考え方も出てきています。円爾の弟子癡兀大慧は「機前」「句後」と言っています。言語化された状態「句後」に対して「機前」が用いられ、言語化直前の状態を指し示します。世阿弥の「機」に近い用法です。

要するに、世阿弥は仏教語、神道語あるいは禅語として存在する「機」を、独自の仕方で消化して「一調二機三声」という発声法の中に組み込み、新たな身体論を形成したということができるでしょう。

そして、気合とタイミングの両方の意味を持つ「機」が、演者だけでなく、観客の側にも用いられて、両者の内的な感応を語る際にもキーワードとなったのです。

では、二曲のうち「舞」の方はどうでしょうか。

「舞」は、前期の世阿弥にとっては、それほど重要な演技の要素ではありませんでした。世阿弥たち大和猿楽の舞の芸は、足踏みの芸に舞台周回の動きが付く程度のプリミティブなものであったと考えられます。ところが、世阿弥の先輩役者である近江猿楽の犬王は、舞の芸だけで観客を感心させるような高度な舞事「天女の舞」を売り物にしており、この「天女の舞」を世阿弥は自分たちのレパートリーに取り込もうとしたのでした。

「天女の舞」導入の結果、「舞」を中心に劇を構成する「井筒」のような、世阿弥の代表作ができあがることになります。「天女の舞」の導入は、能の劇構造の変革をもたらしたのであり、この面からしても、「舞」が世阿弥にとって重要なテーマとして浮上する理由がうかがえます。

「天女の舞」導入がもたらした、もう一つの重要な変革は、能役者の身体に関わるものです。むしろ、こちらの方が、演者の内的な力やエネルギーのあり方を問題にしているわたしたちの文脈では大切でしょう。

『二曲三体人形図』の最後に別項として立てられる「天女の舞」、その説明文の冒頭を引いてみましょう。

天女之舞、曲風を大かうに宛てがひて、五体に心力を入満して、舞を舞ひ、舞に舞はれて、浅深をあらはし、花鳥之春風に飛随するがごとく、妙風幽曲之遠見を成て、皮肉骨を一力体に風合連曲可為《すべし》。

この一文に見えるように、天女の舞は、「五体に心力を入満して」舞われます。全身に「心力」をみなぎらせて舞うのが、天女の舞なのです。

しかし、これは、世阿弥たち大和猿楽の常識を越えた舞い方でありました。『二曲三体人形図』「女体」の項に「心を体にして力を捨つる」とあり、「女舞」の項に「心体力捨を忘れずして」とあるのが従来の大和猿楽の女性の演じ方であり、舞台の上で女性に扮して舞う場合、力を抜くのが、世阿弥たちの習いだったのです。「心を体にして」の「心」とは、女性らしい心持ち、くらいの意味でしょう。そのような女性らしい心持ちを主体にして、力を捨てる、体から力を抜き、なよなよとした女性らしい身体を表現する、というリアリズム演技が「心体力捨」でしょう。

これに対して、「天女などをも、さらりささと、飛鳥の風にしたがふがごとく」(『申楽談儀』)舞ったとされる犬王の、その天女の舞は、あくまで「五体に心力を入満して」舞われました。犬王は、じつに体に力を入れながら、大和猿楽が女性を表現する以上の美しさを発散させていたのです。

そのような演技のあり方を一言で表現しようとしたのが、説明文末尾の、

皮肉骨を一力体に風合連曲可為《すべし》。

という難解な一文だと思われます。

「一力体」を「万体」とする本文もありますが、あえて「一力体」(吉田本)を採ったのは、「天女の舞」の項の後半部に「凡、天人之舞、五体心身を不残、以正力体成曲風遊風なれバ」のように「正力体」という言葉が見え、また「五体に心力を入満して」でも「心力」であり、「力」という言葉が入る流れを重視しての処理です。

この一文で重要なのは、「一力体」とともに、「皮肉骨」という『至花道』ではじめてあらわれる概念です。「皮肉骨」は次のように語られます。

一、この芸態に、皮・肉・骨あり。此三《このみつ》、そろふ事なし。しかれば、手跡にも、大師の御手ならでは、この三そろひたるはなしと申伝たり。抑《そもそも》、此芸態に、皮・肉・骨の在所をささば、まづ、下地の生得ありて、をのづから上手に出生したる瑞力の見所を、骨とや申べき。舞歌の習力の満風、見にあらはるる所、肉とや申べき。この品々を長じて、安く美しく極まる風姿を、皮とや申べき。

「骨」とは、その役者に生まれつき備わっている根底的な芸力をいいます。「肉」とは、訓練によって習得された舞や謡の技術力のことです。それらの要素を内に抱えながら、外には「安く、美しく、窮まる風姿」となってあらわれるものが「皮」です。つまり、芸の地力や技術力を充分備えていても、あくまで表現としては、自在でしかも

美しく窮まるような風姿、皮一枚で残って、軽く美しく立ち、風のような姿となっていることが求められています。ただし「骨」で説かれる「瑞力」、「肉」で説かれる「習力」は、同じ「力」という言葉でも「五体に心力を入満して」のときの「力」つまり役者の身体の内的強度をいう「力」とは異なります。

「皮肉骨」説が、このように時間とともに築かれる「芸力」という見地から説かれる限りでは、身体の強度の視点は入ってきません。ところが、世阿弥が「天女の舞」の項で指摘したかったのは、「皮」のような舞台表現が役者の生得の、あるいは年功的芸力に支えられるとともに、より直接には役者の身体の内的強度によって支えられている、という身体内部の力学です。それを彼は、「皮肉骨を一力体に風合連曲可為《すべし》」と言ったのではないでしょうか。犬王の天女の舞は、身体に心力が入満しているにもかかわらず、その力が外には見えず、かえって軽く流れるような舞姿のみが印象づけられる、奇跡的なダンスだったのです。少なくとも、世阿弥はそのように犬王の身体を捉え、自分たちの身体モデルとしたのです。

さらに世阿弥は、能役者の身体の内側に働く内的強度をもっと一般化して語っています。それが、『花鏡』「万能を一心に綰《つな》ぐ事」です。

見所の批判に云く、「せぬ所が面白き」など云事あり。是は、為手《して》の秘する所の安心なり。まづ、二曲を初めとして、立はたらき・物まねの色々、ことごとく身になす態《わざ》なり。せぬ所と申すは、その隙なり。このせぬ隙はなにとて面白きぞと見る所、是は、油断なく心をつなぐ性根《しやうね》なり。舞を舞い止《や》む隙、音曲を謡ひ止む所、その外、言葉・物まね、あらゆる品々の隙々に、心を捨てずして、用心を持つ内心なり。この内心の感、外《そと》に匂ひて面白きなり。かやうなれども、この内心ありと、よそに見えては悪かるべし。もし見えば、それは態になるべし。せぬにてはあるべからず。無心の位にて、わが心をわれにも隠す安心にて、せぬ隙の前後を綰《つな》ぐべし。これすなはち、万能を一心にて綰ぐ感力なり。

身体で演じる態《わざ》と態《わざ》の隙が「せぬ所」であり、なぜ「せぬ所」が面白いかというと、それは「油断なく心をつなぐ性根《しやうね》」によるものだ、と世阿弥は言います。なにもしない所、演技の空白は、役者の「内心の感」によってつながれ、この「内心の感」が「外に匂ひて面白」いと述べています。この役者の「内心の感」を、世阿弥は末尾の一文で「万能を一心にて綰《つな》ぐ感力」と言い換えていますが、この言葉こそ、世阿弥が捉えた役者の身体の内的強度である、といっていいでしょう。

もちろん、それは、二曲の一つ、謡の局面で捉えられた「機」と通底しています。謡が発声されるときに働く、役者の内的な力、気合こそが「機」であり、それが身体レベルで一般化されると「万能を一心にて綰《つな》ぐ感力」となるのです。

こうしてみると、世阿弥は、謡と舞の二曲それぞれにおいて、その内的な力の身体のあり方を見据え、そのレベルにおいて二曲を捉え返そうとしていることがわかります。

目に見えない、内的なレベルの力の身体の把握です。

一方、これと並行して、世阿弥は能芸全体を構造化して捉えようとします。

世阿弥は、二曲を能芸の中から要素として抽出しますが、それと同時に、物まね演技——役者が役に扮してそれらしい演技をすること——の構造化がおこり、これが「三体」としてまとめられます。

『花伝』第二「物学条々《ものまね》」で、「女」「老人」「直面《ひためん》」「物狂《ものぐるい》」「法師」「修羅」「神」「鬼」「唐事《からごと》」の九つのカテゴリーにランダムに分けられていた物まね演技が、「老体」「女体」「軍体」という三体として構造化され、「鬼」のような演技は、「軍体」の派生風としての「砕動風」「力動風」の中に転じ込められます。

物まね演技が、三つのタイプとして構造的に把握され、その一つ一つのタイプの演技の基本的あり方が先に示され、そこから具体的演技へと向かうという、教育も兼ねたシステムです。

三体にまとめられた物まね演技のあり様を展開するのが、『花鏡』の第五項「先能其物成《まづそのものによくなり》、去能其態似《さてよくそのわざをにせよ》」です。

「其の物に能く成る」と申したるは、中楽の物まねの品々なり。尉にならば、老したる形なれば、腰を折り、足弱くて、手をも短か短かと指し引くべし。その姿に先づ成りて、舞をも舞ひ、立ちはたらきをも、音曲をも、その形の内よりすべし。女ならば、腰をも少し直《すぐ》に、手をも高々と指し引き、五体をも弱々と、心に力を持たずして、しなしなと身を扱ふべし。さて、その姿の内より、舞をも、音曲をも、立ちふるまふ事までも、その態をすべし。怒《いか》れる事ならば、心に力を持ちて、身をも強々と構《かま》へて、さて立ちはたらくべし。その外、一切の物まねの人体、先づ其の物に能く成る様を習ふべし。さて其の態をすべし。

「其の物に能く成る」とは、心理的に対象に同化することから始めるスタニスラフスキー・システムのような演技とは全く異なります。最初に基本的な形や型をマスターする、つまり「その姿に先《ま》づ成」ということからはじめて、「その形の内より」すべての具体的な演技に降りて行きなさい、という教えです。その姿の三つの基本的タイプが、老体・女体・軍体であるわけです。

ここでは、演技の様式化、抽象化への志向が明確に打ち出されています。『花伝』段階の写実演技から大きなジャンプを遂げているのです。

このように二曲三体論では、『花伝』段階の演技把握とは全く違う新しいレベルの演技把握がなされています。より内的に、より様式的・抽象的に進化を遂げる演技そのものに深く寄り添いながら、能芸全体の構造的把握が明確に打ち出され、それがそのまま実践的な教育システムとなっていくのです。

このような身体の内部に働く力や心の内側からの把握、また様式化する演技を構造的に捉える仕方、そうした方向を、言語として定着させるための文体は漢文体であり、その用語は、漢語・禅語であると、世阿弥は漠然とは考えていたでしょう。しかし、それは世阿弥の中で明晰な認識となっていたわけではありません。

『二曲三体人形図』の、漢語の濫発、異様な漢文体の創出の中でおこっていたことは、漢語・漢文をあやつることによる分析的思考能力の飛躍あるいは増殖という可能性を前にして、世阿弥自身なかばそこに意識的に入っていきながらも、かえってそれに溺れているような事態だったのではないでしょうか。

漢字、漢語によってひらかれる抽象的、分析的思考によって新しい演劇的事象をつかみながらも、なおそれを文章に定着させることにおいて、過剰な漢字・漢語の増殖がおこってしまうといった、前人未到の思考の領野での世阿弥の苦闘、その痕跡をあざやかに残す書として『二曲三体人形図』は読めるのではないでしょうか。

参考文献

『日本思想大系24　世阿弥・禅竹』（表章・加藤周一校注）岩波書店、一九七四年。
小川豊生「十三世紀神道言説における禅の強度」『文学』（特集〈東アジア――漢文文化圏を読み直す〉）二〇〇五年、一一・一二月号。

表章「〔花伝〕から〔風姿花伝〕への本文改訂」『語文』〔大阪大学〕三八輯、一九八一年四月。

松岡心平「風の世阿弥」『表象のディスクール3　身体——皮膚の修辞学』東京大学出版会、二〇〇〇年。

松岡心平「能の身体と力——世阿弥は天女の舞をどう受け容れたか」『岩波講座　文学』5、岩波書店、二〇〇四年。

◆コラム6◆　見る文字と表わす言葉――その世界への問い

日本語において最初の文字はただ漢字だけでした。その漢字との出会いは、基本的にどんな「こと」だったのでしょうか。漢字は何か「もの」「こと」を表わす文字です。これを人はまず「見る」。それは「音」をもち、また「訓」として意味がそこに結び付きます。その漢字、音・訓を人は繰り返して学び用います。「音」が文字によって訪れたもの、その表象の響きだとすれば、「訓」は求められた手元のもの、その意味の表われだ、といえるでしょう。

この「音」と「訓」。日本語の世界では、その一方を排除してしまうことは、個々の場所ではともかく、全体としては、行ないませんでした。両方が文字に結び付きながら、世界を作っていったのです。これは意外にとても大きな出来事でした。つまり、日本の漢字による言語世界は、種々の音・訓をもったまま、さらに手元の文字として片仮名・平仮名となり、それらが文章において互いに混ざり合います。そのような言葉を用いて、人は彼方のまた手元の「もの」「こと」を、目と手で読み・書き、耳と口で聞き・語り・話して構成し、それがテクストとして世界をさまざまに作り出していきます。その様子は、第Ⅱ部までに見たとおりです。

近世になって、そこに大きな社会的な動きが加わります。その漢字・言葉の世界が、個々の特定の人にだけ語り・書き写され読まれるのではなく、さらに印刷・出版さえ行なわれ、多くの人々に表わされ広がっていったのです。たくさん文字・文章が書き表わされ、しばしば絵や像までもがそこに結び付いています。しかし、言葉の世界が、かくも広くさまざまに作られ、文字どおり発表されるならば、そこで人々によって使い表現されるテクスト自体、その言葉、その世界自体、一体何なのか、といった問いが生まれます。

漢字をめぐる言語についていえば、「訓読から出てくる世界」は、国内の誰かが何時か表わしたものであって、しかも人々が「手元でいま普通に使っている言葉の世界」とは何か違っているようです。それだけではない。そもそも訓読の以前・彼方にあるだろう「元来漢字が表わした世界」と訓読とは同じか。違うこともあるようです。これは、簡単にいえば、言葉の、彼方と此方、通訳・翻訳、さらにその古と今という問題にもなります。荻生徂徠(一六六六―一七二八)は、そこに大きく向き合った人といえます。

徂徠は、当時使われている「訓読」によるテクスト表現を批判します。そして彼方の文字・文章の「訳」を説き、「筌《せん》蹄《てい》」(魚や兎を手に入れる道具)に比する辞典を作ります(訳文筌蹄)。人々は、その橋渡し・手掛かりの道具を用いながらも、結局はこれをも越え、見えてくる漢字の世界と手元の日常語の世界、両者が直接に出会うべきだ、と彼は主張するのです。

このような言語世界への問いは、これで解決したわけではありません。彼の周辺で、さらにさまざまに流れていきます。それは多くの辞典や文法や文章の書物にもなって人々に広がります。その際、少しだけ見ておきたいのは、徂徠の場合、漢学者ですから、問いは、やはり彼方の漢字世界、さらにその古典へと向けられていました。しかし、それは、文字どおり翻って、手元の言葉の世界への問いをも孕んでいたのです。ただ、この手元の言葉を調べることは、当時の彼のテーマではありません。しかし、そもそも自分たちが日本語として此方で抱き・表現する言葉、それは一体何なのでしょうか。これを問い直す人々がさらに現われてきます。

日本語そのものについての言葉・文法、それと関わる文学・思想への問い。この重要人物として、本居宣長(一七三〇—一八〇一)がいます。彼は後に「国学」と呼ばれる大きな学問を構成しますが、そこにはやはり「手元の言葉が表わした世界」への問いがありました。また彼の漢学の師、堀景山(一六八八—一七五七)は、朱子学・徂徠学などを学びながら、宣長を教えた人でした。

景山は、徂徠の影響を受け止め、文字や音・訓の問題を指摘し、「和訓」に頼るべきでないといいました。が、さらに「すべて文字の意味は心にて合点せねばならぬもの」と「心」を強調します。そして書を読むには「日本人の心持をとんとはなれ」るべきだが、かつまた翻って「とんと日本人の心持になりき」って「得心」するのだ、といいます。また、そのような心は、決して秘伝されるべきものではない。やめてもやめられない、誰もがもつ自然の人情である。夫婦以外にすべて親子にも、朋友・君臣の交わりにもある恋の実情、「物のあはれ」だとさえいいます。景山は、漢学者でありながら、なお手元において和歌を重視し、武ではない文を強調しました。

徂徠以後の漢字・漢学、それは景山だけではありません。近世後期、近代日本に種々に繋がり構成されていきます。第Ⅲ部以降の時代にさらに踏み込んで見ていきましょう。

(黒住　真)

第Ⅲ部　近世・近代

晩年の夏目漱石はなぜ小説執筆のかたわら漢詩を作っていたのか。「漢文の素養」とはいったいどのようなものなのか。江戸の士族や明治の青年にとって、漢詩文は自身の生と切り離せない大事なことばであると同時に、時代を動かすことばでもありました。近世から近代へ、連続しつつ変容する読み書きの風景にわけ入りながら、「言文一致」ではくくれないことばの世界を明らかにします。

頼山陽の漢詩文

近世後期の転換点

齋藤　希史

一　雄弁調の漢文

日本のことばと文学の流れを語るうえで、近世後期の漢学者頼山陽（一七八一―一八三二）は欠かすことのできない人物です。今ではライサンヨウと聞いてすぐわかる人はそれほど多くはないかもしれませんが、かつての知名度は紫式部や清少納言どころではありませんでした。

その著書『日本外史』は幕末の大ベストセラー、およそ漢文を読む者でこの書物の文章に触れなかった人はまずいませんでしたし、明治に至っても繰り返し出版され、その中の一節が必ず教科書に採られているほどでした。歴史書として読まれると同時に、漢作文のお手本ともされたのです。たとえば、作家の中村真一郎（一九一八―九七）は『頼山陽とその時代』（一九七一）において次のような思い出を記しています。

明治初年生れの私の外祖母は、文字通り無学な田舎の一老媼に過ぎなかった。しかし彼女は、中学生の私が漢

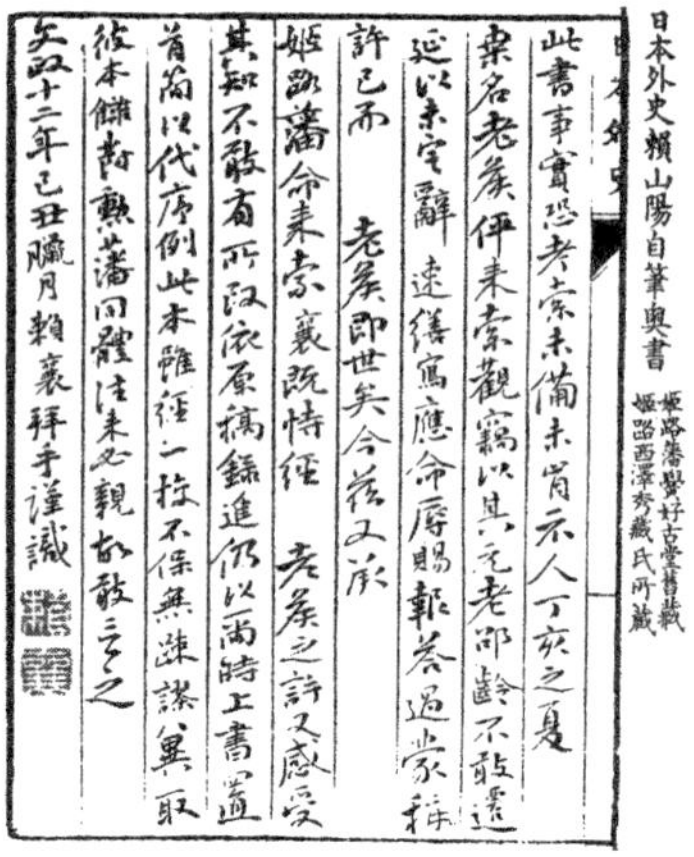

図１　『日本外史』自筆奥書

文の副読本『外史鈔』を読み悩んでいる時、台所に立ったままで、私の読みかけた部分を蜒々と暗誦して聞かせてくれた。明治の初めの地方の少女は、『日本外史』を暗記することが初等教育であったのだろう。

それは『外史』が全国津々浦々に行き渡っていた証拠となると同時に、その文章が諳誦に適した、つまり人間の呼吸に自然に合致した、見事な雄弁調として成功していることを示しているだろう。近代の口語は、そうしたエロカンスの美において、遂にこの水準にまで達した文体を発見していない。――

ここからは、いくつかのことが読み取れます。一九一八年生まれの中村が中学生だった一九三〇年代前半ごろは『日本外史』の選本が旧制中学の副読本だったこと（ちなみに中村真一郎が学んだのは東京開成中学で、福永武彦と同級でした。そのあと二人はともに第一高等学校に進学します）、その母方の祖母はおそらく初等教育しか受けていないが、中村の読みあぐんだ『日本外史』は暗誦していたこと。中村はそれについて、たんに教育の普及ということでなく、『日本外史』の訓読が「人間の呼吸に自然に合致した、見事な雄弁調」であり、近代の口語はいまだその美を実現しえていないと考えていること。

『日本外史』が庶民にまで広く浸透したのは、たしかにその漢文体としての名調子が大きく与っていたことでしょう。例えば、「欲忠則不孝、欲孝則不忠。重盛進退、窮於此矣。（忠ならんと欲すれば則ち孝ならず、孝ならんと欲すれ

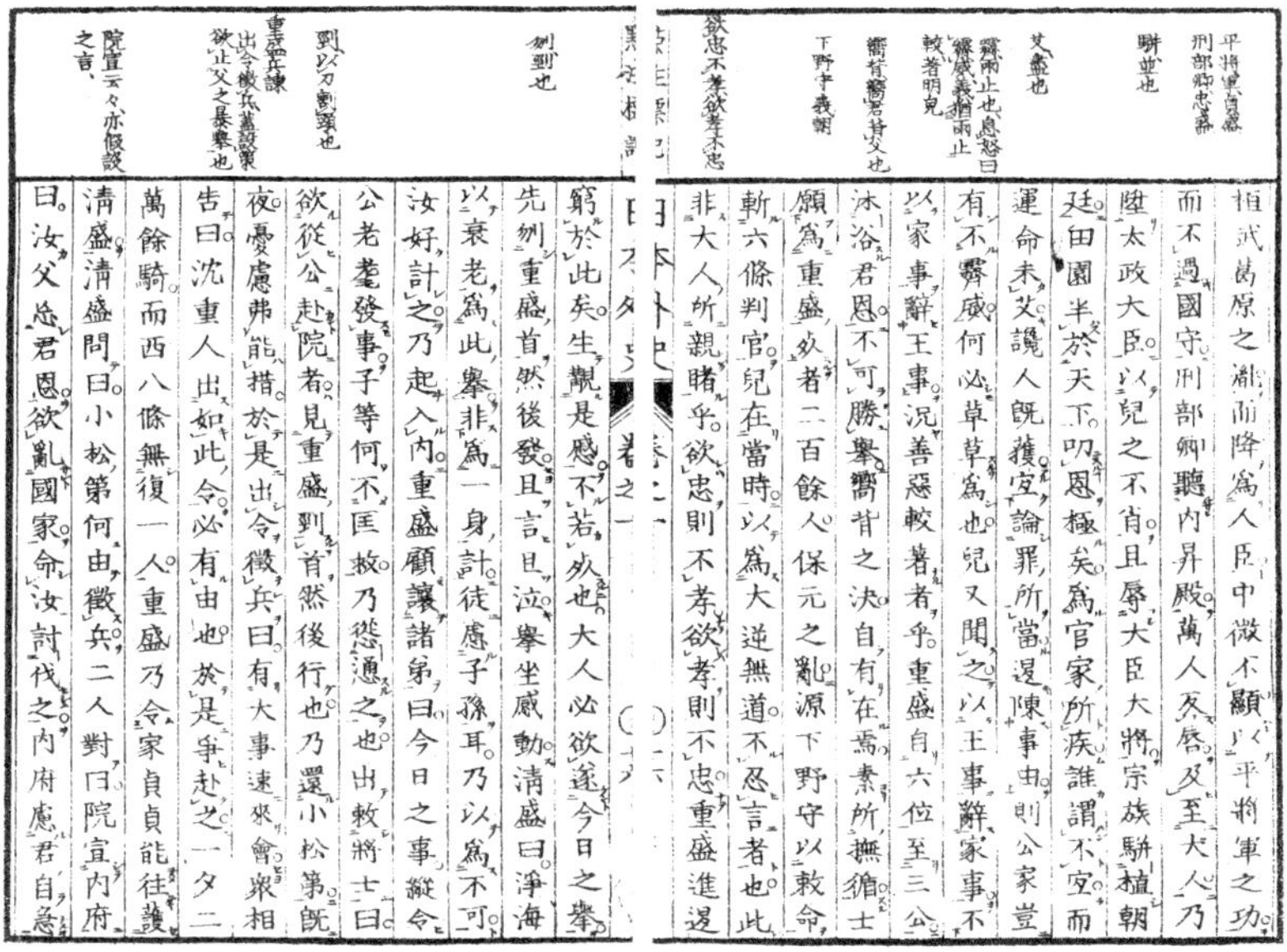
桓武葛原之裔而降爲人臣中微不顯平將軍之功
而不過國守刑部卿聽内昇殿萬人忿啓及至大臣乃
陞太政大臣以兒之不肖且辱大臣大將宗族駢植朝
廷田園半於天下叨恩極矣爲官家所疾誰謂不宜而
運命未艾讒人既獲空論罪所當還陳事由則公家豈
有不察哉何必草草爲也兒又聞之以王事辭家事不
以家事辭王事況善惡較著者乎重盛自六位至三公
沐浴君恩不可勝擧嚮背之決自有在焉素所撫循士
願爲重盛死者二百餘人保元之亂源下野守以敕命
斬六條判官兒在當時以爲大逆無道不忍言者也此
非大人所親睹乎欲忠則不孝欲孝則不忠重盛進退
窮於此矣生覩是惑不若死也大人必欲遂今日之擧
先刎重盛首然後發且言且泣擧坐感動清盛曰浄海
以衰老爲此擧非爲一身計徒慮子孫耳乃以爲不可
汝好計之乃起入内重盛顧讓諸弟曰今日之事縱令
公老耄發事子等何不匡救乃從遽之也出敕將士曰
欲從公赴院者見重盛刎首然後行也乃還小松第既
夜憂慮弗能措於是出令徵兵曰有大事速來會衆相
告曰沈重人出如此令必有由也於是爭赴之一夕二
萬餘騎而西八條無復一人重盛乃令家貞貞能往護
清盛清盛問曰小松第何由徵兵二人對曰院宣内府
曰汝父忘君恩欲亂國家命汝討伐之内府慮君自急

図2　『日本外史』巻一，「欲忠則不孝」の場面

（図版は吉原呼我注『点註標記日本外史』（明治８年）．「忠ナラント」ではなく「忠ヲ」と送り仮名を振るが，このように訓読する例も多い．）

ば則ち忠ならず。重盛が進退、ここに窮まれり。）」とは、後白河法皇を幽閉しようとした平清盛を、その子重盛が諫めるセリフですが、これなどはまさに人口に膾炙していた名文句です。

　一方、初等教育でなぜ用いられたのかを考えるなら、その書物が維新の志士たちに好まれ、明治になってからは国民必読の書とでも言うべきポジションを得ていたことも重要です。『日本外史』は、源平から徳川に至る武家の興亡を家門と人物を軸にして述べる史書ですが、転変する武家の歴史を語りながら、皇室の変わらぬ存続に価値を置く姿勢が、幕末から明治にかけての勤皇思想あるいは皇国観の支えともなったのです。そう聞けば、戦前は準教科書的扱いであったのが、戦後はほとんど顧みられなくなったというのもうなずけることでしょう。

　また、名調子として大衆受けした頼山陽の漢詩文も、学者たちからは、「和習」（「和臭」）が強く、俗っぽいと非難されることが少なくありませんでした。ほぼ同年齢の儒者帆足万里《ほあしばんり》(一七七八—一八五二)は、巷で評判の『日本外史』を初めて手に入れて読んだ時、こんなふうに述べています。

僕嘗恨竹山先生逸史文章未工、今観此書、下逸史数等。逸史雖多蕪累、改定一番、尚可以補史氏之缺。頼生所作、無論文字鄙陋、和習錯出、加以考証疎漏、議論乖僻、真可以覆瓿醤。渠以是横得重名、真可怪嘆。

「復子庚」(『西崦先生餘稿』下)

(私は中井竹山先生の『逸史』〔漢文で記された徳川家康の伝記。幕府に献上された。〕の文章があまり上手でないことを惜しんでいたが、この書〔『日本外史』〕を読むと、その『逸史』より数段劣っている。『逸史』は蕪雑なところが多いものの、改定を加えれば、正史の欠を補うことができよう。頼の書いたものは、文章は俗っぽく、和習だらけであるのはもちろん、考証もいいかげんで、議論も偏っており、味噌壺に蓋をするのにしか使えないような代物だ。こんなもので盛名を得ているとは、まったく嘆かわしい。)

ほとんど罵倒と言ってよいでしょう。帆足万里は、オランダ語を学んでヨーロッパの自然科学書も読んだ人ですから、決して頑迷な儒者というわけではないのですが、日本語の語彙や語法が漢文に紛れ込む「和習」は嫌いました。別の面からの批判として、明治一二年生まれの作家、正宗白鳥(一八七九—一九六二)が追憶を交えながら山陽の詩について述べているのも見てみましょう。

私は浜を散歩しながら、蟄居勉強のためにかもされる胸の鬱気を散じるために、屢々詩吟を試みることがある。

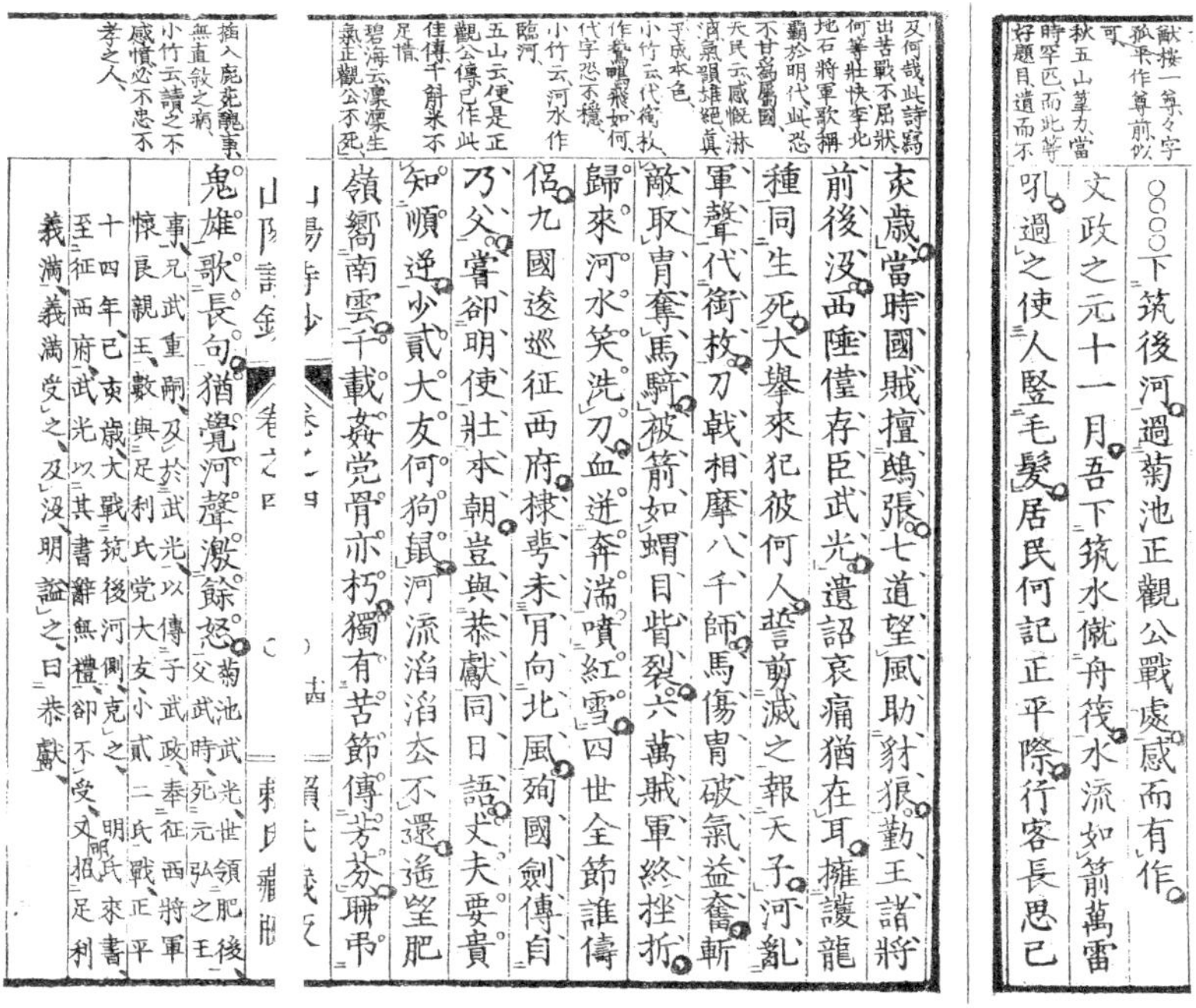

下筑後河過菊池正觀公戰處感而有作

文政之元十一月吾下筑水僦舟筏水流如箭萬雷吼過之使人竪毛髮居民何記正平際行客長思己亥歲當時國賊擅鴟張七道望風助豺狼勤王諸將前後歿西陲僅存臣武光遺詔哀痛猶在耳擁護龍種同生死大舉來犯彼何人誓剪滅之報天子河亂軍聲代銜枚刀戟相摩八千師馬傷冑破氣益奮斬敵取冑奪馬騎被箭如蝟目眥裂六萬賊軍終挫折歸來河水笑洗刀血迸奔湍噴紅雪四世全節誰儔侶九國逡巡征西府棣萼未肯向北風殉國劍傳自乃父嘗卻明使壯本朝豈與恭獻同日語丈夫要貴知順逆少貳大友何狗鼠河流滔滔去不還遙望肥嶺鬱南雲千載姦党骨亦朽獨有苦節傳芳芬翻思鬼雄歌長句猶覺河聲激餘怒

菊池武光世領肥後父武時死元弘之王事兄武重嗣及於武光以傳子武政奉征西將軍懷良親王數與足利氏党大友小貳二氏戰正平十四年己亥歲大戰筑後河側克之明氏來書至征西府武光以其書辭無禮卻不受又拒足利義滿義滿党之及歿明謚之曰恭獻

図3　『山陽詩鈔』巻四，「筑後河を下りて菊池正観公の戦処を過ぎ、感じて作有り」

私の詩吟癖は少年時代に学んだ私塾で養はれたのだが、口ずさむ者は大抵頼山陽の詩であつた。私は今も「筑後河を下る」の長詩をよく吟じる。私の少年時代には多くの学生は山陽に親しんでゐた。今でも中年以上の有識階級には山陽の書画が持囃されてゐるが、維新前後数十年の間は、山陽ほど、日本の国民性に触れた文人詩人はなかつたらしい。［…］しかし、私は多感な少年期にでも山陽の詩文によつて深く動かされたことはなかつた。「筑後河」を吟じながらも、意味を考へると、講談式浪花節式の感じがする。「遥かに肥嶺を望めば南雲に向ふ」なんか、昔の青年は喜んだのであらうが、山陽の詩想の粗雑なことを示してゐる。南雲によつて南朝を連想するなど、幼稚至極である。

「日記抄（大正十五年）」

明治二〇年代の教育を受けた白鳥もまた頼山陽の詩文に馴染んでいたことが、ここから知られます。「詩吟」とは、独特の節回しで漢詩を吟じることですが、中古以来の朗詠の流れとは別に、近世以降の藩校や私塾をおもな場として広まったものです。「蟄居勉強のためにかもされる胸の鬱気を散じる」とあるように、学校という場において心身の健康を維持する役割を担う側面もあったと言えます。そして頼山陽の詩文はその名調子ゆえに「詩吟」向きだったのです。

しかし白鳥は山陽の詩を口ずさみつつも、内容には批判的です。少年期でさえ「深く動かされたことはなかつた」し、中身は「講談式浪花節式」、つまり俗情に訴えるもので、「詩想」も「粗雑」だとしか思えない。おそらくここには、近代の自然主義作家としての意識が何ほどか作用しているに違いありません。帆足万里が漢文としては数段劣るものと断じたように、正宗白鳥は山陽の詩文をすぐれた文学とは見なしていないのです。彼は別の文章で「バイロンの詩を愛読しても、その詩の持つてゐる音調が私の心魂を動揺させるのではない。頼山陽の詩なんかを読んで、音調によつて何等か感動されるところがあつても、その内容に関しては空々寂々であるのと反対である」(「詩吟時代」)とも述べています。

たしかに、頼山陽の文章には、鄙陋だとか幼稚だとか人に言わせるものがあるようです。しかしそれがなぜあれほどまでに人々を魅了したのか。山陽の文章の根底には何があったのか。「勤皇」と「名調子」の抱き合わせとしてのみ了解してしまうのは、いささか早計であるように思われます。

この章では、頼山陽の漢詩文について詳しく考えてみることで、江戸から明治にかけての「漢文」の位相に新たな光を当てたいと思います。それは、日本の文章における「漢文」のポジションについて、新たな見方を提示することにもなろうかと思います。

二　訓読の音声

頼山陽が生まれたのは安永九年一二月二七日、西暦ではすでに年は明けて一七八一年一月二一日に当たり、亡くなったのは、天保三年九月二三日、すなわち一八三二年一〇月一六日、明治改元まであと三六年という時代です。その少年期は、ちょうど老中松平定信による寛政の改革の時期と重なります。寛政の改革にはさまざまな側面がありますが、漢文という主題に即して言うなら、寛政二年(一七九〇)に行われた寛政異学の禁が重要です。

寛政異学の禁とは、幕府の学問所として昌平黌《こう》(昌平坂学問所)の教学体制を確立するために、陽明学や古学あるいは折衷派など、朱子学以外の儒学の講学を禁じたことを指します。あわせて、中国の官吏登用試験である科挙を参照した「学問吟味」と呼ばれる試験が行われ、教育＝登用システムとしての官学の強化が目論まれます。

頼山陽の父、頼春水は、山陽が生まれた時には大坂で私塾を開き、朱子学を講じていましたが、その翌年には広島藩に儒者として抱えられることになりました。この時春水は、朱子学による藩学の統制を主張し、藩の学問所を設立しました。寛政異学の禁の先蹤と言えます。実際、春水は松平定信の知遇を得ていますから、定信にとって広島藩が一つのモデルケースであったことは間違いありません。

山陽もまた、寛政九年(一七九七)、広島から江戸に出て昌平黌で学びます。父春水は藩邸の江戸詰としてしばしば江戸に滞在していましたし、この時はちょうど叔父の頼杏坪が江戸詰を命じられたので、それに従って東上したわけです。また、寛政の三博士のうちの一人として知られる昌平黌教授尾藤二洲は山陽の母の妹の夫、つまり義理の叔父で、山陽は最初のうち藩邸から昌平黌に通ったのですが、やがて、昌平黌内に屋敷のあった二洲のもとに寄宿します。山陽が昌平黌で学んだのはわずか一年でしたが、かかわりは浅くありません。

さて、異学の禁による教学体制の強化は、具体的には、朱子学以外の学派を排したカリキュラムの整備としてあらわれることになります。「学問吟味」、さらに初級段階の「素読《そどく》吟味」と呼ばれる試験が行われたことも、その一環として捉えてよいでしょう。「素読吟味」とは、一五歳までの者に対し、一〇歳までが四書の素読、それ以上は四書及び五経の素読を試験するもので、「学問吟味」は、一五歳以上の者に対し、経学、歴史、文章の試験を行うものです。教育の統一がなければ試験は行い得ませんし、また逆に、教育の統一はしばしば試験によって支えられます。「学問吟味」は、習得した儒学の知識や思考を問うものであり、「素読吟味」は、漢籍の読み方を問うものです。漢籍の素読とは、初学者が漢文を学ぶさい、ひとまず意味はさしおいて、ひたすら読み下しを唱えることで、古くから行われては来たのですが、こうした官学カリキュラムの中に明確に位置づけられたのは、この時が初めてでした。そして、素読がそれこそ全国津々浦々で行われるようになったのも、じつはこの頃からなのです。

昌平黌の教学体制が整備されると、各藩もまたそれに倣うようになります。広島藩の場合はむしろ先行していたことになりますが、それも新たにお墨付きを与えられたようなものだったでしょう。各藩は率先して藩の学問所（藩校）を創設し、教育制度の整備に努めます。これが明治以降の日本の公教育の基盤ともなったことは、よく知られています。異学の禁によって、儒学の解釈方針が一つに定められ、教育カリキュラムが整備され、経書の読み方も一つに定められていく。次第にそれが全国に広まっていく。基礎学問としての漢学の普及は教育制度の整備と切り離すことはできません。天保以降、つまり幕末にあって、素読という行為はごく一般的なものであったわけですが、それが爆発的に広まった経緯は、こうした見取り図の中で理解すべきものだろうと思われます。素読の制度化、と呼ぶべきでしょう（中村、二〇〇二、第三章「「均質な知」と江戸の儒教」）。

頼山陽は儒者の子ですから、こうした制度化を待たずに、素読という習慣に早くから馴染んでいたと考えられま

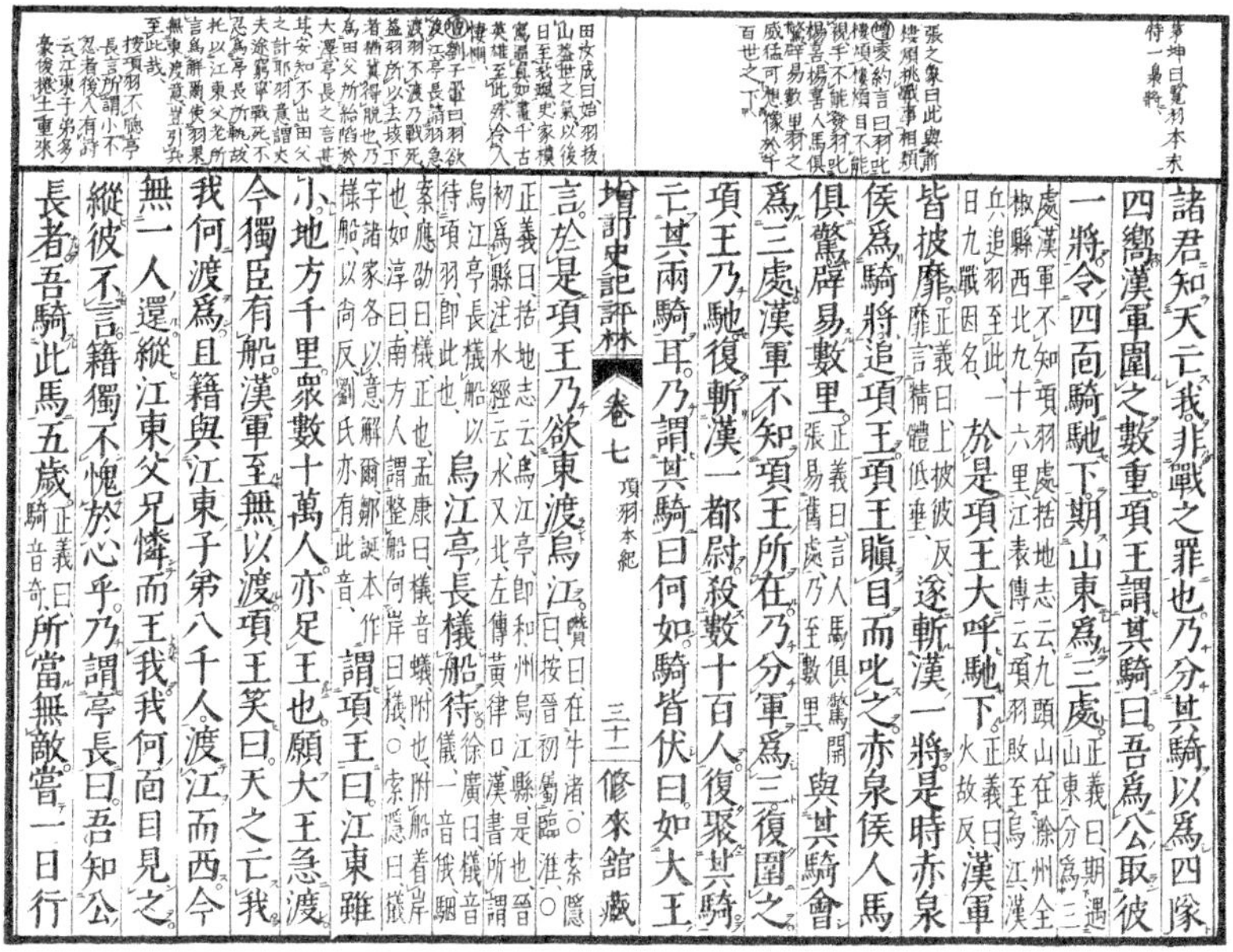

図4 『史記』項羽本紀より，項羽が救いの船を断わる場面

す。あるいは、山陽を教育したような儒者たちが素読という習慣を制度化していったと考えることもできます。いずれにしても、先に挙げた、地方で生まれ育った老婦人が『日本外史』を暗誦した行為は、そもそも山陽自身の行為であったと言ってもよいのです。山陽自身、次のように述べています。

史記百三十篇、篇篇変化、然求其局勢尤大、法度森厳者、在項羽紀。[…] 余嘗手写一通、随読批圏勾截。及修外史、毎晨琅誦一過、覚得力不少。

「跋手写項羽紀後」『山陽先生書後』巻下

（『史記』一三〇巻は、篇ごとにさまざまに姿を変えるが、起伏が大きく、筋立てが緊密なのは、「項羽本紀」である。[…] 私はかつてこの一篇を書写し、読みながら傍点を付したり段落を区切ったりしたことがある。『日本外史』を書くようになって、毎朝この篇を朗誦したが、大いに力を得たものだ。）

『史記』も『日本外史』も漢文で書かれた史書ですから、『日本外史』が『史記』を参考にすること自体は不思議ではありません。しかしここで語られているのは、歴史を記す文章の息づかいのことです。『日本外史』を書く前に「項羽本紀」を朗誦する。そのリズムを身体に刻んで、そうしてはじめて筆を執る。しかも、ここで考えねばならないのは、山陽はあくまで訓読によって『史記』を読み、またその訓読のリズムで『日本外史』を書いているということです。

『史記』を書いた司馬遷はもちろん訓読などしていません。当時の漢字音で直読していたはずです。つまり司馬遷が書いた文章のリズムは頼山陽が訓読したリズムとは違うはずです。リズムということなら、現代中国音や日本漢字音で音読した方が近いわけです。そして『日本外史』も漢文で書かれているのであって、漢字仮名交じりの訓読文で書かれているわけではありません。仮構の上では司馬遷が音読することも可能です。実際、光緒元年（一八七五）に清国広東で『日本外史』が刊行されているように、中国にも『日本外史』の少なからぬ読者がいたのです。

とはいっても、『日本外史』は日本において読まれることを前提としていますから、訓読されるものとして書かれています。言ってみれば、訓読の音声を漢文に変換したものが文字列を構成し、読む側も、訓読することによって頼山陽が指向したリズムを復元することができるわけです。

訓読とはもともと中国古典文たる漢文を解釈するために発生したものであって、漢文に対してはあくまで二義的なものであるはずです。しかしここでは、訓読の音声に対して漢文という書記がむしろ従属的な位置に転じているかのようです。それならたしかに「和習」など問題にならなくなりますが、古典文としての漢文に忠実でないという非難を招くことにもなります。先に挙げた帆足万里の酷評などはよい例です。ではいっそ訓読体で書いてしまえばよかったのではないか。徳富蘇峰（一八六三—一九五七）が山陽と『日本外史』を高く評価しつつ「唯だ残念なるは、山陽が不自由なる漢文を以て歴史を綴りたるの一事に候」（森田、一八九八所収「熱海だより」）と述べているのは、訓読体を基礎にした漢字仮名交じりの明治普通文にすっかり馴染んでいた評論家として当然の意見なのでしょう。

しかし山陽が『日本外史』を書いた当時は、漢文がまだ正格の文体でした。森田思軒（一八六一—一八九七）が蘇峰に反論して「然れども山陽の時代に於て読書社会の普通文はベーコン以前の英国に於て読書社会の普通文が拉丁〔ラテン〕文なりしが如く壹に漢文なりしを酌量せざるべからず」（森田前掲書）と述べるのは正当です。同時に、それがたんに正統的な文体であったからという以上に、漢文という文体が作る世界に自らを同化させようとして山陽が漢文で書いていることも、もう一度指摘しておきましょう。

そして、山陽が漢文という文体で作った世界は、ある魅力を放つようになったのです。

三　漢作文としての『日本外史』

和辻哲郎（一八八九—一九六〇）は「山陽の史書が勤王運動に拍車をかけた所以」をいくつか挙げた中で、こんなふうに述べています（和辻、一九五二）。

第三に彼は、十七世紀十八世紀を通じて鼓吹せられて来た漢学尊重の波に乗つた。熊沢蕃山は、十七世紀の中ごろに、経学などは「市井の中にとゞまりて、士の学とならず、十年このかた、武士の中にも志ある人、はし

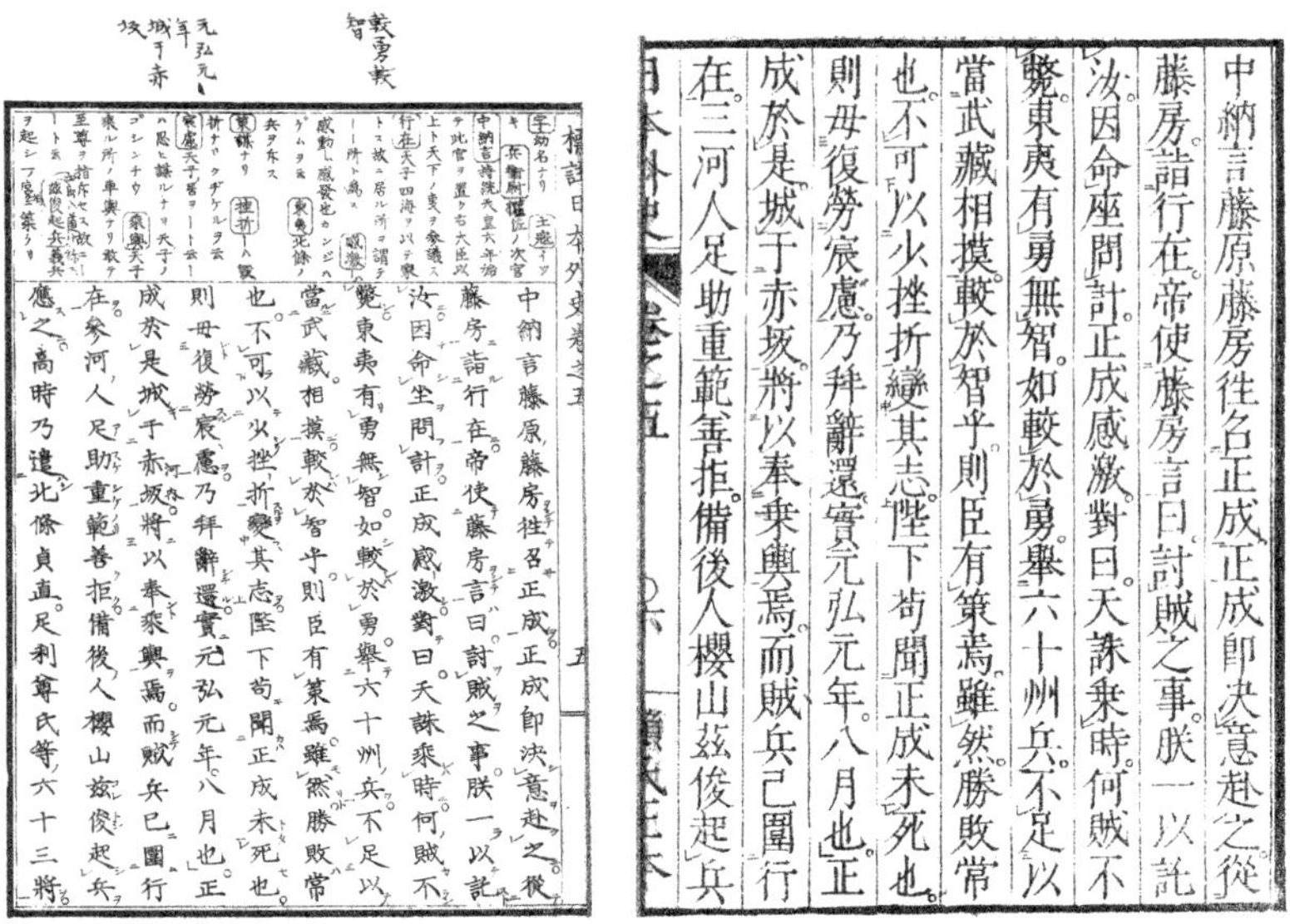
中納言藤原藤房往名正成正成即決意赴之従
藤房詣行在帝使藤房言曰討賊之事朕一以託
汝因命座問計正成感激對曰天誅乗時何賊不
斃東夷有勇無智如較於勇舉六十州兵不足以
當武藏相摸較於智乎則臣有策焉雖然勝敗常
也不可以少挫折變其志陛下苟聞正成未死也
則毋復勞宸慮乃拜辭還實元弘元年八月也正
成於是城于赤坂將以奉乗輿焉而賊兵已圍行
在三河人足助重範等拒備後人櫻山茲俊起兵

図 5　『日本外史』巻五，「正成感激」の部分

右は嘉永元年（1848）刊の頼氏版『日本外史』，左は明治 10 年（1877）刊の頼又二郎注『標註日本外史』（欄外に書き込みがある）．このように，幕末に刊行された『日本外史』は返り点のみだが，明治になると，送り仮名や読み仮名，さらには頭注などを付けたものが増える．なお，頼又二郎は山陽の子，支峰．

〳〵見え候」と云つたが、十九世紀の初めの山陽の時代には、もはや事情は全然変つてゐる。武士の基礎的教養はシナの古典によつて与へられた。漢文に対する理解力、漢文を作る能力なども著しく高まり、それに対応して漢文に対する愛好の念も著しく拡まつた。この情勢の故に、すでに和文で書かれた周知の思想内容も、新らしく漢文に書きなほされることによつて、強く魅力を発揮するといふ不思議な現象が現はれたのである。〔傍点原文、以下同〕

これまで見てきたように、「漢学尊重」の風潮はたんに「鼓吹」によるのではなく、教学システムの普及とともにあったと捉えるべきですが、それが漢文という文体への嗜好を生んでいたという指摘は押さえておく必要があるでしょう。漢文という文体は、標準文体としてのみならず、時代の好みにも応じていたのです。そして和辻は、後醍醐天皇が楠木正成に勅して具申を求める『太平記』の一節と、それに相応する『日本外史』の一節を比較し、「現代の人の多くはこの漢文化が太平記の描写に何物かを加へてゐるとは感じないであらう」とする一方で、「しかし漢文を味はひまた作ることを訓練された人々は、こゝに別種の妙味を感じたらしい。特にこの漢文が、和文の半ば以下に短縮されつゝ、しかもほゞ同様の内容を云ひ現はしてゐることは、その妙味の内の重要な要素であつたらしい」と述べています。「らしい」が繰り返し使われているところに、和辻自身の距離感が示されていますが、参考までにその二つの文章を並べてみましょう。

主上万里小路《までのこうぢ》中納言《ちゆうなごん》藤房卿《ふぢふさのきやう》を以て被仰《おほせられ》けるは、「東夷征罰の事、正成《まさしげ》を被憑思食《たのみおぼしめさるる》子細有て、勅使を被立《たてらるる》処に、時刻を不移《うつさず》馳参る条、叡感不浅《あさからざる》処也。抑《そもそも》天下草創の事、如何《いか》なる謀《はかりごと》を廻《めぐら》してか、勝《かつ》事を一時に決して太平を四海に可被致《いたさるべき》、所存を不残可申《のこさずまうすべし》。」と勅定有ければ、正成畏《かしこまつ》て申けるは、「東夷近日《きんじつ》の大逆《だいぎやく》、只《ただ》天の譴《せめ》を招《まねき》候上《うへ》は、衰乱の弊《つひ》へに乗て天誅を被致《いたされん》に、何の子細か候べき。但《ただし》天下草創の功は、武略と智謀との二《ふたつ》にて候。若《もし》勢を合《あはせ》て戦はゞ、六十余州の兵《つはもの》を集て武蔵《むさし》相摸《さがみ》の両国に対すとも、勝事を得がたし。若《もし》謀を以て争はゞ、東夷の武力《ぶりき》只《ただ》利を摧《くだ》き、堅《かたき》を破る内《うち》を不出《いでず》。是欺《これあざむ》くに安《やすう》して、怖るゝに足《たら》ぬ所也。合戦の習《ならひ》にて候へば、一旦の勝負をば必しも不可被御覧《ごらんぜらるべからず》。正成一人《いちにん》未だ生《いき》て有と被聞召《きこしめされ》候はゞ、聖運《せいうん》遂に可被開《ひらかるべし》と被思食《おぼしめされ》候へ。」と、頼《たのも》しげに申て、正成は河内《かはち》へ帰《かへり》にけり。

『太平記』巻三

正成感激、対曰、天誅乗時、何賊不斃。東夷有勇無智、如較於勇、挙六十州兵、不足以当武蔵相模、較於智乎、則臣有策焉。雖然、勝敗常也、不可以少挫折変其志、陛下苟聞正成未死也、則毋復労宸慮。乃拝辞還。

『日本外史』巻五

『日本外史』には、もともと仮名交じり文で書かれていた史料を漢文に直すという漢作文的な側面がありました。この章の初めに挙げた「欲忠則不孝、欲孝則不忠。重盛進退、窮於此矣」という文句も、もとはと言えば『平家物語』の一節を踏まえています。

悲哉《かなしきかな》、君の御《おん》ために奉公の忠をいたさんとすれば、迷盧《めいろ》八万の頂《いただき》より猶《なほ》たかき父の恩、忽《たちまち》にわすれんとす。痛哉《いたましきかな》、不孝の罪《つみ》をのがれんとおもへば、君の御ために既《すでに》不忠《ふちう》の逆臣となりぬべし。進退惟《しんだいこれ》きはまれり、是非いかにも辨《わきまへ》がたし。

『平家物語』巻二

どうでしょうか。少なくとも文章の調子がだいぶ違うのはわかります。『太平記』も『平家物語』も口誦性の強い和漢混淆文ですが、『日本外史』の漢文はそれを簡潔な漢文に縮約してしまっているわけです。しかし訓読してみると、その口誦性は別のかたちで継承されていることに気づかされます。一九世紀の日本において、漢文はまず声に出して読まれるものでしたし、先にも見たように、山陽はそのことを意識していました。つまり、『太平記』や『平家物語』の口誦性を引き継ぎつつ、簡潔な漢文に縮約したと理解することもできるのです。漢学者たちが非難した俗臭はこうしたところにも由来していると考えられます。

さらにまた、和辻はこんなことも言っています。

尤もこの漢文は、「天誅時ニ乗ズ、何ノ賊カ殄レザラン」といふ風に、日本語として読まれたのであつて、漢語として読まれたのではない。従つて読まれる通りの文章は、眼で見るほど簡潔ではなく、太平記自身が「御覧ぜらるべからず」を「不可被御覧」と書いてゐるのと、根本において変りはないのである。しかし眼に訴へる文章としては、不可被御覧といふやうな日本風の書き方は、漢文の訓練をうけた人々にとつて、甚だ目障りであつたに相違ない。それだけに、漢文として形が整つたといふだけでも、人々は愉快に感じたであろう。

やや印象批評に傾きがちなところはありますが、『日本外史』の漢文が眼と耳とで二重に享受されたことを指摘するのは烱眼としてよいでしょう。漢文が「眼に訴へる文章」であることについては、和辻は水戸学者の藤田東湖(一八〇六―五五)の詩文を評したところで、もう少し詳しく述べていました。

勿論、少数の例外を除いて、その漢文はシナ語として読まれるのではなく、日本語として読まれたのであつた。しかし漢字は本来写音文字ではなく、眼に訴へる言葉なのであるから、日本人の書いた漢文も、眼に訴へる言葉としてはシナの文章と同じであり、従つてシナの古典と同じ種類の美しさを感じさせる。しかもそれを耳に訴へる言葉として、日本語風に読む場合には、固有の日本語よりも変化屈折が多く、強さと簡潔さが著しく感ぜられるやうな、特殊の美しさを発揮してくる。[…]十八世紀を通じての漢文の理解力の増大は、十九世紀前半の日本において、この特有な漢文の味ひ方を流行せしめるに至つた。

和辻は、こうした二重の「漢文の味ひ方」というものは日本における漢文に本質的に内在していて、それが漢文の理解力の増大によって一九世紀前半の日本に流行したかのように述べていますが、ここは検討を要します。

まず、たしかに漢字はいわゆる表音文字ではありませんが、しかし中国では一字が必ず一音節で発音されるものであることからわかるように、意味のみを示す文字としてのみ見ることはできません。やまやかいわいと和語をあてて読む習慣に馴染んでいると見失いがちなことですが、「本来写音文字ではな」いということは、音と結びついていないということではありません。このことは、漢字に占める形声字の割合の高さを考えても、すぐに了解されるはずです。甲骨文や金文の時代ならいざ知らず、古典文の書記に用いられた漢字は、はっきり音と結びついているのです。四言・五言・七言などの詩も、文字数を揃えているのでなく音節数を揃えているのですし、四六駢儷文のリズムも音から始まっています。「本来」「眼に訴へる言葉」ということではないのです。

また、訓読の音調が常に「強さと簡潔さが著しく感ぜられるやうな、特殊の美しさ」を持つものであったかというと、必ずしもそうとは言えません。訓読は時代によってかなり変化しています。近世においても、始めは博士家の訓読の流れを汲んで、なるべく和語を交えて読むやり方が主流でしたが、一八世紀以降は、反対に字音そのままに読んでいくやり方が主流となっていきます（齋藤、一九九八）。つまり和辻の念頭においている訓読法は近世後期になって広まったものなのです。大槻文彦（一八四七―一九二八）は、国語学者の立場から次のように述べています（大槻、一八九七）。

四書五経にても、道春点などいふものは、訛《あやま》れりし所なきにしもあらねど、なほ、古の菅家江家の点の遺流を受けて、捨仮名、振仮名に、自、他、能、所、過去、現在、未来などの語格依然として存せり。然るに、かの寛政の三助先生の頃よりして、古訓点の振仮名を捨てゝ、専ら音読すること起りぬ。

道春点とは林羅山(一五八三―一六五七)による訓点のこと、寛政の三助先生とは、先に言及した寛政の三博士、すなわち古賀精里・尾藤二洲・柴野栗山のことです。道春点は、「不践迹」を「迹をしも践まじ」と読むように、助動詞のジ・マジ・ム・ケリ・ツ・ヌや副助詞などを積極的に用いて和文脈に近く、また、「子曰」を「子の曰く」、「子路曰」を「子路が曰く」のように、助詞ノ・ガを尊卑によって使いわけるなどの特徴があります(中田、一九五四)。そこから補読を減らし、字音読みを増やしたのが後藤芝山(一七二一―一八二)のいわゆる後藤点です。芝山は柴野栗山の師でもあり、その訓点は素読の基準となりました。『日本外史』の訓読もまたこの系譜にあったわけです。したがって、和辻の言う眼と耳による享受は、歴史的条件の中で可能になったと考えるべきでしょう。そして、漢文が「眼に訴へる言葉」として意識されるようになることも、訓読法に大きな変化が生じたことも、実は連動した事象と考えられるのです。これについては、節を改めて述べることにしましょう。

四　荻生徂徠の直読論

現在、日本の中学や高校で習う漢文は訓読を前提としていますから、試験問題でもないかぎり返り点や送り仮名がついています。けれどもこれはあくまで日本語として読むための工夫です。中国にも古文の授業があって『史記』や李白を読むのですが、当然のことながら、返り点や送り仮名はありませんし、生徒は現代中国音でそのまま発音します。日本でもそうすべきだというのが漢文直読論です。

漢字伝来に遡れば、訓読という技法が工夫されるまでは、直読しかありえなかったわけですから、直読論が主張されるのは、訓読が普及してからのことです。早い例としては、岐陽方秀（一三六一―一四二四）や桂庵玄樹（一四二七―一五〇八）のような室町の禅僧による直読論もありますが、言語論的な位置づけのもとに直読を唱えた点で、荻生徂徠（一六六六―一七二八）の直読論が画期的であったことは疑い得ません。その『蘐園《けんえん》随筆』巻五「文戒」にはこうあります。

文章非它也、中華人語言也。中華語言与此方不同也。先修有作為和訓顚倒之読以通之者、是益当時一切苟且之制、要非其至者、而世儒箕裘守為典常。

（文章というは他でもない、中華の人の言語なのだ。中華の言語はこちらとは違うのである。和訓顚倒の読みでその言語に通じるようにしたのは、そのときのとりあえずのやり方であって、真に優れた方法ではない、それなのに儒者たちはそれを規範として墨守している。）

徂徠はこの「文戒」において、「和文」「和句」「和習」の三つについて、具体例を挙げて過誤を指摘しています。また、漢文の綿密な解釈の手引書である『訳文筌蹄《せんてい》』を著し、その「題言」に、経書を解釈するにはその言語を正しく理解する必要がある、そのためには、その言語が日本ではなく中華の言語であることを意識しなければならない、和訓で返り読みし、まるで日本の言語であるかのように読んでしまっては、必ず誤解が生じる、と述べ、したがって、中華の学を修めようとするなら、まず外国語としての唐話を学び、文は華音で誦し、訳は日本の口語で訳すようにし、決して「和訓迴環之読」はしないこと、と言います。

とはいえ、現代とは違って誰もが中国語を学ぶ環境を有していたわけではない時代のことですから、訓読による学習も認めないわけではありません。しかし、本来は異国の言語であるものを異国の言語として扱いながら、正しい解釈を求めていくのが本旨ですから、和語の使用は警戒します。徂徠の弟子である太宰春台（一六八〇―一七四七）が、訓読の弊害を縷々説きつつも、「顚倒ノ読ハ吾国ノ俗習ナレバ、俄ニ改メガタシ。タダ字ヲ読ムニ倭訓ヲ読マズシテカナハザル所ヲ除イテ、其外《そのほか》音ニ読マルルカギリハ音ニ読ムベシ」（『倭読要領』巻中、読書法）と述べているのも、その例です。

春台のこのような考えは、寛政以降の訓読に通じるところがあります。もちろん、昌平黌の博士たちは朱子学を奉じていますから、思想的に朱子学を否定した徂徠学派とは相容れず、また、華音直読ではなく訓読が正統と考えています。その意味では春台と立場は反対です。けれども漢文を正しく解釈することを争う点では同じですし、漢文に表されていることを過不足なく理解しようという方向性は変わりません。徂徠学派以外の学者は、音読ではなく、訓読の方法を工夫することで、この問題を解決しようとしました。先に述べたように、和語に直さずに字音で読むようにしたり、なるべくすべての字を読むようにする訓読法の登場です。

そうしてみると、荻生徂徠による問題提起は、立場を超えて一八世紀以降の儒者たちに共有されていたとも言えます。和語に頼らない精密な読みが華音直読でなく訓読でこそ可能であることを示すために、極端に補読を減らし、すべての漢字を訓読に組みこもうとする佐藤一斎（一七七二―一八五九）のような訓点（一斎点）が出てきたのも、こうした流れの中に位置づけられるわけです。もちろんこうした訓読は、漢文の原意をなるべく復元しようとするものですから、日本語の文法に合わないところがでてきます。批判も起こり、大槻文彦は一斎点を国文の「語格破壊の禍源罪魁にはある」（大槻前掲書）と断じています。渡辺崋山、佐久間象山、中村正直らを門下に輩出した佐藤一斎が昌平黌の儒官として大きな影響力を持ったことを考えれば、大槻が非難したくなる気持ちも理解できます。

さて、興味深いことに徂徠は、中華ではとかく「読書読書」と言うけれども、自分の考えでは「読書」は「看書」に及ばないとも言っています。「読書」とは声に出して書物を読むこと、「看書」とは眼で字を追って読むことです。徂徠によれば、中華と日本とでは語音が違うのだから、中華の書を読むのに日本の「耳口二者」は役立たずであるが、唯一「双眼」だけは全世界共通である、また、読誦すれば和訓で返り読みするか、お経のように棒読みするしかないが、和訓で読めば意味がずれてくるし、棒読みすれば、意味がわからずに余計な憶測が生まれてしまう、そんなことなら、眼でしっかり読む方がよい、ということになるのです。文章が眼に熟してくれば、言外の気象が心に感ぜられるものだ、そうした「心目双照」が理想だ、とも言います。

一方で華音直読を主張しつつ、一方で眼と心で読むことを唱える。和辻の言う二重性と現象的には異なっていますが構造的には同一としてよいのではないでしょうか。

五　眼と耳で読む文体

では、山陽において、こうした二重性はどのように意識されていたのでしょうか。この問題を考えるために、もう一度、漢詩、すなわち詩吟の声に戻ることにしましょう。五言や七言のリズムで享受されるべき詩が訓読の音声によって感興をもたらしていること。つまり眼には五文字や七文字のリズム、耳には訓読の声の響き、という具合に、二重性が顕著に現れていると考えられるからです。

すでに述べたように、山陽の詩は、訓読の調子がよいことで知られています。しかし、当然のことながら詩の韻律もきちんとふまえています。漢詩は字数を揃えるだけではだめで、韻を踏み、平仄《ひょうそく》を整える必要があります。それが韻律です。韻や平仄は基本的に隋唐の標準音によって定められているもので、たとえ中国であっても、時代が降るにつれて音も変わりますから、その時代の音ではうまくいかない場合が多くなります。律詩を作るのに、隋唐の標準音によって字を配列した韻書が中国でも必要とされる所以です。

もちろん、録音機など存在しない時代ですから、古音を音価として復元するのは難しく、結局、詩を朗誦するときは、今音によらざるをえません。徂徠学派の人々が主張する華音は、基本的には今音、つまり近世の中国音でした。それでも、少なくともそれによって漢文が「中華の語言」であることが意識されるのを重視したのです。

山陽は文政元年に長崎で清国人とも筆談によって交歓していますし、華音との接触がまったくなかったわけではありません。もちろん徂徠学派の直読論も世に流布していましたから、当然ながらそれは視野に入っていたはずです。山陽にとって韻律と華音との関係はいかなるものとして捉えられていたのでしょうか。

山陽が門人の小野泉蔵と交わした詩の韻律に関する問答、及びそれに因んで山陽が求めた知友の声律論が収められた『社友詩律論』という本が、参考になります。

この書物の中心となる問答の発端は、山陽が、長崎での見聞をふまえ、「華音学ぶに足らず」とかつて述べたことに対し、泉蔵が、それなら詩の平仄の規則についてもこだわる必要はないのでは、と問いを返したことにあります。山陽の「華音不足学」論は、すでに詩はメロディーにのせて歌うものではなく、したがって音声に細かくこだわる必要もない、華音を主張するのは通訳が自慢したいだけで、詩作には関係ない、と主張するものなのですが、そうすると、たしかに平仄は音にかかわるものですから、泉蔵のような疑問も生じるわけです。

問われた山陽は、言語と時勢は移り変わるもので、韻律もまた変わるものだが、中には不変のものもある、どちらも自然の流れというものだ、として、五言七言という音数律と平仄配列という韻律は、その不変のものなのだと説明します。詩が歌われていた時代は、その歌に合わせることで吟誦することができたが、すでに詩は歌われなくなって久しい。となれば、平仄を整えなければ吟誦することもできない。それはちょうど、メロディを失った和歌が三十一文字《みそひともじ》でなければ歌にならなくなったようなものだ、と言うのです。

重要なのは、失われた音の代替として詩の規律はあるという主張です。つまり、中国においてさえ、古と今という隔たりがあり、日本へと拡がれば、さらに漢と和という隔たりがある。音はすでに失われてしまっている。だから、李白や杜甫、韓愈や蘇軾のように独創を開きうる天才でさえ、失われた音の代替として、詩の規律に従わざるをえなかったのだ。まして、我々は異国の言語によって自らの心情を表現しようとするもので、その音調も求めがたいものである以上、規律に拠らないわけにはいかない、というわけです。

音はすでに失われてしまっており、ただ復元するしかなく、そのよすがとして詩律があるとするなら、まるで音が失われていないかのように華音を学ぶのは、むしろ真実の音を得るのに害をなすものだということになります。たしかに、今に伝わる音のみに寄りかかろうとするなら、華音であろうと平仄に誤りが生じるのは事実です。山陽は、「今之詩人或泥其不必可学者、而犯其必可避者、是為可咲耳。僕所識舌官称解声律者、亦不免於此」、つまり、今の詩人には学ぶ必要のないところに拘って、避けねばならない過ちを犯している者がいるが、笑うべきことだ、私の知っている唐通事にも声律を解していると吹聴するのがいるが、やはりこのたぐいだ、と述べています。

じつはこうした山陽の説と同様の論は、すでに、大坂懐徳堂の朱子学者中井竹山(一七三〇—一八〇四)が『詩律兆』という書物の中で述べていました。

近時一二儒先言詩、以学華音為主、其意蓋謂詩原乎諷咏、華音既通、則声律諧否、古人風調、求之諷咏、皆自然而得焉。苟不之知所作皆是邦習、令華人見之、不免匿笑。［…］以予観之、今体一定之規、存乎簡冊、欲蠲我邦沿習之弊、宜稽於斯而已矣。置之弗問、特索諸偏方之舌、影響之餘、抑末也。（巻一一、論五）

（近頃、詩は華音を学ぶのを主にせよと唱える学者がいる。その主張は、詩は諷詠にもとづくものだから、華音に通じれば、声律に適っているかどうか、古人の風調がどうであったかは、諷詠しさえすれば、おのずと得られる、華音を知らずに詩を作ればみな和習になり、華人に見せれば、かげで笑われるのがおちだ、というところである。［…］私に言わせれば、近体詩には定まった規則があって、書物に記載されているのであり、わが国の訛習を除こうとするなら、書物によればいいのである。それをせずに、中国ではなく長崎の通事の華音、それも唐代からは離れた今の音に求めるのは、まったく本筋ではない。）

華音学習を推奨する者を論難するこの文章は、まず、華音を学ばずとも詩法書に拠れば済む話だというところから始めていますが、このあともさらに議論を展開し、詩が歌われるものから誦されるものになり、次いで楽府、さらに詩余が同様の変化を遂げることを述べ、また唐代の音と今の音とが同じはずではないことを強調し、自然のリズムを華音の音読に求めるというのは是に似て非だと断じています。

さらに竹山は、華音を主とすべしと唱える学者の詩文を読んでみたら、文章には間違いが多く、声律も和習を脱していないのであり、華音など役に立たない好例だとも言います。実際、『詩律兆』では、荻生徂徠や服部南郭（一六八三―一七五九）らの詩をいちいち点検し、詩律に合わないものの数を挙げるという念の入りようです。

竹山は懐徳堂の反徂徠学者として赫々たる名声を誇っていましたから、華音学習を否定するのを門戸の見だと言うことも可能かもしれません。しかし、この議論の中には、長崎出身で清客とよく交わった者の直話も引いてあって、論理の運びも、説得力があります。もちろん徂徠に遡れば、竹山が非難するような意味での華音直読を勧めたわけではないでしょう。徂徠は何よりも学ぼうとする言語との距離感を重視していましたから、華音さえ学べば、などとは考えていなかったはずです。しかし、表面的な技巧として華音を尊ぶ一派に非難されるべきところが多分にあったことは、想像に難くないのです。

山陽が竹山の反華音説に学んだことは明らかですが、詩律を細かく分析分類して『詩律兆』を著した竹山とは異なって、山陽の詩学はより感覚に依拠したものでした。もう一度『社友詩律論』に戻ってみましょう。山陽は、こうも述べています。

今且舎其耳而用其目、就唐宋明清諸集、逐句推験、可以知彼所謂不可変之律、別自有在、非是之謂也。
（ひとまず耳を捨て眼を用い、唐宋明清の詩文集に就いて、一句一句たしかめていくなら、変えることのできない詩律というものは、それとして存在しているのであって、華音や八病〔音律上の煩瑣な禁忌〕のことを言うのではないことがわかる。）

耳を捨てて眼によって、詩律を会得する。眼によって得られた詩律であれば、たしかに訓読と齟齬することはありません。しかし韻律を語るのに「耳を捨てよ」とはいかにも逆説的です。徂徠が耳ではなく眼で読めと言ったことが、耳と眼との切り離しとして現れたというふうにも理解できます。そして注意しておかねばならないのは、こうした考えが、訓読論の内部から出てきたものではなく、直読論によって引き起されたものだということです。

すでに述べたように、山陽においては、韻律のために捨てられた耳が、訓読のために用いられることになります。華音直読に対抗しての音声の強調が山陽における朗誦であったと理解することも可能です。

さらに、『社友詩律論』の跋として付された山陽の書簡を読むと、華音を表面的なものと斥ける一方で、古今和漢に通底する真実の音の存在を山陽が確信していたことがわかります。

音節諧否、不待華音者、本書已言之矣。更有一証、試取明清人評古詩者覧之、曰某篇有調者、我亦覚其有調、曰某字不響、我亦覚其不響。如袁倉山論群山万壑赴荊門、不可改群為千、誦而味之、信然。非意有異同、所争音節而已。是故詩之驚心動魄、総在唫誦之際、不必待細繹其義、而涕已墜之、是知声音之道、和漢無大異也。

（音調が適っているかどうかの判断に華音が必要ないことについては、本編で述べている。さらに証拠を挙げれば、明清の人が古詩を評した書物を読んで、この篇には調子があると言っている詩は私も調子があると感じるし、この字は響いていないと言う字は、私も響いていないのを感じる、ということだ。杜甫の詩に「群山万壑赴荊門」とあるのを袁枚が論じて、「群」は「千」ではだめだ、と言っているのは、私が誦して味わってみても、ほんとうにそうなのだ。これは意味に違いがあるのでなく、音調だけの問題である。それゆえ詩が人の心を動かすのは、すべて吟誦のところにあるのであって、細かく意味を解釈せずとも、涙は流れてくる。声音の道には和漢で大きく違うところなどないことがわかる。）

「総在唫誦之際、不必待細繹其義、而涕已墜之」と言う山陽の吟誦はもとより訓読です。しかしその訓読は、古人が詩に内在せしめた「声音」を引き出すものとして認識されているわけです。

訓読についてしばしば言われるのは、漢文の分析的理解には直読よりも有利だということなのですが、山陽における詩の訓読はすでにそのようなものではありません。先に見たように、詩のみならず、『史記』においても、そして自身の『日本外史』においても、訓読は解釈のための行為であることを離脱して、文章から感興を引き出す行為となっているのです。

＊

頼山陽は、一九世紀の歴史的状況をベースにして、その詩文によってこうした転換を行いました。そして訓読が吟誦の音声を得たことによって、「声音之道、和漢無大異也」と言うように、それは彼我の境を越えるものともなりました。徂徠によっていったん提起された「中華の語言」としての漢文という意識を、山陽は吟誦によって超えてしまったということになるでしょうか。

山陽にとって「和習」が忌避されるべきものではなかったのは、表面的には平俗を旨としたからであるかのように見えますが、ここまで述べきたったことをふまえると、むしろ「和習」という観念を支えている和漢の境界意識が朗誦によって無化されていくことに発していると考えられるでしょう。それが素読や詩吟の普及と手を携えていることは、再度強調しておかねばなりません。そして、そうした状況の下で、頼山陽は漢詩文を新たな文体として世に示したとは言えないでしょうか。眼と耳とが拮抗しつつ内包されたパセティックな文体。功罪はともかく、明治のことばが生まれる素地に、たしかにそれはなっているのです。

参考文献

大槻文彦『広日本文典別記』一八九七年。
齋藤文俊「近世・近代の漢文訓読」『日本語学』第一七巻七号、一九九八年。
齋藤希史『漢文脈と近代日本』日本放送出版協会、二〇〇七年。
中田祝夫『古点本の国語学的研究　総論篇』大日本雄弁会講談社、一九五四年。
中村春作『江戸儒教と近代の「知」』ぺりかん社、二〇〇二年。
中村真一郎『頼山陽とその時代』中央公論社、一九七一年。
正宗白鳥「日記抄(大正十五年)」『正宗白鳥全集』第一三巻、新潮社、一九六八年。
森田思軒『頼山陽及其時代』民友社、一八九八年。
和辻哲郎『日本倫理思想史　下』岩波書店、一九五二年。

◆コラム7◆　無思想は日本文学の伝統か

美意識が洗練されていて心情表現は繊細、その代わり社会意識や思想性はおそろしく稀薄——それが日本文学の特徴であり、限界でもある、というようなことを、誰がいつごろから言いだしたのか知らないまま、ある時期までなんとなく信じ込んでいました。谷崎潤一郎は「王朝以来の文学伝統の後継者」で、川端康成は「日本的な美を追求した作家」。『細雪』にしても『雪国』にしても、男女の交情を情緒的に描いたという点ではたしかに『源氏物語』と似通っています。そういう文学が昔から喜ばれてきたのは、要するに日本の文化風土、日本人の民族性なのだろう——そう思うと、しかし、からだのどこかが変にむず痒いような気がするのでした。

こういう日本文学のイメージは、よく考えるとどうも偏っているようです。平安文学の一面は『源氏物語』や『伊勢物語』の纏綿たる情緒的世界によって代表されるとしても、もう一方には、『菅家文草』や『本朝文粋』に代表される漢詩文の世界がありました。そこには、三善清行「意見十二箇条」のような堂々たる経世の論もあれば、慶滋保胤《よししげのやすたね》「池亭記」のような透徹した人生の観照もあった。大雑把に括れば、思想的な話題を得意とする漢文と、情緒的な話題を得意とする平仮名文とが、互いの領分を棲み分けていた格好です。日本人が昔から無思想だったわけでは決してありません。

ところが、明治の中頃に日本文学史の編纂が開始されると、過去の漢詩文はおしなべて継子扱いされるようになりました。もちろん、漢詩文の素養が古く「才」と呼ばれ、前近代を通じもろもろの教養の首位を占めてきたことは、事実としては認識されていました。しかし、明治の文学史家たちはこの事実を「外国語による不自由な読み書きにうつつを抜かしていた」というふうに否定的に意味づけ、「国語」で書かれた作品だけを「国文学」「日本文学」の嫡流と見なしたのです。「情緒的で無思想」という日本文学の「伝統」は、こういう扱いによって事後的に形成されたように思われます。

興味深いのは、当事者が自身の偏った扱いに満足していなかったらしい点です。たとえば、明治期の代表的な文学史書、芳賀矢一『国文学史十講』は、『源氏物語』についてこう記しています。「斯様な腐敗した社会の有様を書いたものを、我国文学の第一のものゝやうに珍重しなければならぬと云ふのも、実は情ないものです。学校などで教科書などにして読ませるといふことは決して面白からぬことであります」。芳賀先生も相当むず痒かったようですね。

（品田悦一）

読み書きの風景
幕末明治の漢詩文

ロバート キャンベル

一　成島柳北の詩文と風景

同時代の誰もがその地を踏まず、ましてや本物の中国人に恋を告げたり喧嘩をふっかけられたりするような生々しい体験をもつ者が皆無の江戸時代。しかし当時の日本において、中国の自然と歴史、あるいは人間同士の微細な心理について、まるで見てきたように人々は母語と離れた漢文を駆使して、自分たちのなかで、自分たちに向かって数え切れないほどの文学作品を書き残したこともまた事実です。この現実と、それが意味するものとを考えてみましょう。

短い例から始めましょう。「見てきたように」と書きましたがそうではなくて、ここは一人の日本詩人が逆に「見たことはないけれど」、と言って中国の風土イメージを当時誰もが知っていた江戸の名勝・隅田川の夕涼みに押し当て、一首を詠んでいます。詩人の手にかかると、隅田川も中国の歴史地理と二重写しになります。

秦淮山水未嘗遊
其勝想当輸二州
明月長臨才子宴
清風常満美人舟

秦淮《しんわい》の山水　未《いま》だ嘗《かつ》て遊ばざるも
其《そ》の勝　想《おも》ふに当《まさ》に二州に輸《マ》くるべし
明月　長く臨《のぞ》む　才子の宴
清風　常に満つ　美人の舟……

詩人の名は成島柳北《なるしまりゅうほく》（一八三七—八四）といって、幕府の奥儒者、若い時分に将軍二代にわたって侍講をつとめ、一時は閉居を命じられるがオランダ語と英語学習に励み、赦されては外国奉行にまで登り、明治維新後は民間人となってパリへ渡って、後に初期「大《おお》新聞」の雄である『朝野新聞』の社主にもなった人物です。右の四句は柳北が若かったころ入り浸った柳橋という花柳界の周辺を風雅に詠んだ七言律詩の前半で、両国《りょうごく》（二州）橋《ばし》付近に焦点が当たっています（『柳橋新誌《りゅうきょうしんし》』第二編〈明治四年（一八七一）執筆、同七年（一八七四）〉所収）。名勝とはいえ、両国辺りは生活の中で要路であり江戸の随所から容易に行き着ける場所、ホコリまみれで詩情に乏しい風景ともいえます。従来は俳諧に狂歌、あるいは錦絵（浮世絵）において、そのホコリっぽさが身上で稠密な人間情景として描かれてきましたが、柳北はさらに中国明代末に栄えた金陵（現在の南京）の妓館がひしめく秦淮（本来運河の名前）という花柳界の景色を引き合いに、眼前の、柳北らにとってはありふれた実景と比定させ、秦淮には負けまいといってイメージを際立たせます。「想ふに」、我が両国辺りの船遊びも昔の秦淮に比べては、という具合に、さりげなく中国の古い景色を枕にして一首を書き起こしています。

さりげないと書きましたが、漢詩の読者は一度「秦淮」の二文字を目にしたところで、この詩の本来のトポスである料理屋の二階の宴会、川に突き出た欄干から見上げられる月、涼しげに眼下を流れゆく芸者満載の屋根船など、つまり日本当時の固有でよく知られた風土現象をあたかも秦淮というフィルターを通したかのように、仮想的に「見る」ことになります。もっといえば柳北は、ここで清代初期に生きた余懐《よかい》という文人が書いた『板橋雑記《はんきょうざつき》』――明朝の滅亡後にすっかり荒れてしまった秦淮両岸の繁華の地、その往日を知った著者が振り返って描写した風俗誌ですが――江戸から読み継がれたこの書物の内容と形式とを巧みになぞりながら、柳北は日本の漢文ルポルタージュとして『柳橋新誌』を幕末の安政年間から書き進め、明治初年に出版させたのです。いってみれば一首の漢詩も、その一首が入った『新誌』一冊も、著者の体験と未体験を綯《な》い交《ま》ぜに融合させたところから成り立っています。羊皮紙に文字を何度も書き付けては消す、という中世ヨーロッパのパリンプセストをみたように、「今」そこにある風景の下から、見ぬ中国の景色が静かに浮き上がってくるような感覚で、当時の読者はおそらくこの一首、あるいは一冊に接することができたのではないでしょうか。

さらにマクロな次元から眺めると、余懐と柳北という二人の著者は、共に天下の争乱を生き抜き、それまで自分を育んできた政治文化や、風土そのものが大きく損壊されて、二度と戻れません。その文化や風土の華やいだ空間を、それぞれが艶やかにして憂愁をふくんだまなざしで描出してくる、という点でも共通しているといえます。後世の日本で生まれた柳北の方からすると、「余〔私〕、曩昔《ムカシ》、〔友人の〕諸子と、毎《つね》に二州に会飲」(『柳橋新誌』第二編)していた間に、「才子の宴」もたけなわの瞬時を逃がさず右のような宴会詩を詠み続けていたし、遠い中国の破壊された名勝に「負けない」、といえるほど人波に湧く両国から柳橋の間の川伝いの上に、自分の軌跡をくっきりとリアルに投影しています。

リアルと言える根拠は、このごろ柳北は克明に漢文で日記を書いているからです。めくっていくと、『柳橋新誌』において「文学」へと昇華した詩賦のシーンを、そのシーンを支えるさまざまな事柄とともに、次々と「目にする」

ことができます。ゆくゆく文学の糧になるだろうと備忘録代わりに控えた部分もあるにせよ、日記の中に柳北の日常、私たちからすると幕藩体制末期の「歴史」そのものが立ち現れるような証言が、文学的言説と未分化に、ふんだんに含まれています。具体例を少し引いてみましょう。たとえば一八五〇年代後半から、柳北は江戸城に登っては病弱な将軍徳川家定(一八五八年七月六日没)およびその次代家茂への講義をつとめます。夏の日の夕方、きまって気の置けない友人門人そしてなじみの柳橋芸者どもを呼び集めては、柳北は船を隅田川に浮かべ、酒楼に登って詩を吟じ、右の律詩ではないが「月白く風清し、絶叫の景なる」と形容されるモメントを、おそらく後の詩文の材料にと、漢文体のこの日記に点描していきます。この時期の柳北が書を読み、作詩・作文に打ち込める空間といえば、その多くが書斎ではなく、昼間は江戸城で勤めの合間、夜は書家に詩人に芸者に囲まれ、短い夏の夜を謳歌しながら筆を揮うことがほとんどだったことがわかります。少し説明(〔 〕)を加えながら、柳北自筆の『硯北日録』から数ヶ所を挙げてみましょう。

○〔安政五(一八五八)年五月〕二十八日壬寅　晴　直営、午後侍講、与吉田華芸吉沢等提華花富丘月券、観烟戯于二州橋、調作従焉、酌嘉波楼、月券来宿、地震。

(……晴れ、直営。午後に〔将軍家定に〕侍講す。吉田華芸〔吉田秀貞〕・吉沢等とともに華花・冨丘・〔有田〕月券〔いずれも芸者〕を提げ、烟戯〔花火〕を二州橋〔両国橋〕に観る。調作〔成島家の家僕か〕従ふ。嘉波楼〔両国の川長楼〕に酌す。月券、来宿す。地震。)

○〔安政五(一八五八)年六月〕五日己酉　小雨　与隼醇二生放舟二州、寿之常吉等陪遊、撥網得魚、酌于白木楼、夜雷。

〔小雨。隼・醇二生〔柳北弟子〕とともに舟を二州に放《なら》べ、寿之・常吉〔芸者の名〕等陪遊す。網を撥《はら》ひ魚を得《う》。白木楼〔東両国料理屋の柏屋〕に酌す。夜雷。〕

○〔万延元(一八六〇)年五月〕二十五日戊午　晴　登営、有申楽、上誕日也。退途過遠田木堂家、与磐渓逢、乃与二子及磐渓児修共放舟到二州、鍋街校書花陪焉、訪雪城居、春田九皐鷲津毅堂等在、共酌、食鼈……

〔晴れ、営に登る。中楽〔将軍家茂の御前能楽〕有り、上誕日〔家茂の「御誕生日ニ付《つき》、御祝之《の》餅酒を給ふ」〔『昭徳院殿御実紀』〕〕也《なり》。退途に遠田木堂〔江戸の詩人〕の家を過ぐ。〔仙台藩儒大槻〕磐渓と逢ひ、乃《すなは》ち二子及び磐渓児修〔次男の大槻如電〕と共に舟を放《なら》べ二州に到る。鍋街の校書〔鍋町の芸者〕花陪す。〔書家中沢〕雪城の居〔当時両国橋西薬研堀にあり〕を訪《おと》なひ、春田九皐〔江戸の詩人〕・鷲津毅堂〔同じく儒者〕等在り。共に酌し、鼈《すっぽん》を食う……〕

○〔万延元(一八六〇)年六月〕十六日戊寅　晴　登営。嘉定佳儀、如例賜饅頭。此日磐渓及遠木堂・桂月池・本梅顛来酌、午飯而放舟遊澤、二喬陪焉、上六々楼有詩賦、月白風清、絶叫之景也……

〔晴れ、営に登る。嘉定《かじょう》の佳儀〔疫を除くため毎年城中に行なう祭礼、嘉祥《かじょう》とも〕、例の如く〔将軍より〕饅頭を賜はる。此の日、磐渓及び遠木堂・桂月池・本梅顛〔いずれも江戸の詩人〕来酌す。午飯《ひるく》らひ而《しか》して舟を放《なら》べ澤〔隅田川〕に遊ぶ。二喬〔二人の柳橋芸者〕陪す。六々楼〔酒楼、但し未詳〕に登り詩賦有り。月白く風清し、絶叫の景なり……〕

一八五〇年代ともなれば時代は少しずつ西欧中心の近代文明へと滑り出していますが、日記を読んでわかるように知識層は自らの現実を書き、その想念を掘り下げようとする際に、漢文に傾斜していくという文学状況――これはそう簡単に崩れそうにありません。柳北のように、儒家詩人として育ち幕末にいたってオランダ語・英語を熱心に学習していた人間であっても、むしろ当然の姿です。

柳北は、明治一七年（一八八四）に四八歳で亡くなりますが、晩年まで辛辣な批評論説を新聞で連発していきます。訓読体をわずかに和らげたような文体がほとんどで、もちろん詩文そのものの執筆に、終生固執します。明治一〇年代には、それこそ「近代」の時間制度を象徴する産物である日刊新聞に身をおきますが、そのような柳北は、社主でありながらときどき業務の山に背を向け、ぶらっと海に逃げることがあります。明治一五年（一八八二）五月二二日午前、政府の活字メディアへの干渉が白熱していくことに業を煮やし、数年来この「風塵」にまみれた自分の姿を冷徹に見つめ直しては――と、忽然と本社の現場から姿を消し、湘南の海辺に一人旅します。社主が新聞一号分の時間を放棄して蒸発、というやや洒脱な事件を演出してみせるのですが、その姿から当時「現代」の社会に向けた皮肉を感じることができます。そして帰ってきてから柳北は、律儀にも「二十四時間遊記」と題して、日本語と漢詩を交じえた紀行文をしたため、やはり日刊（実際出版停止がこの頃重なり不定期だが）の『朝野新聞』に分載します（明治一五年〔一八八二〕六月一・二日付「雑録」）。「二十四時間」の紀行文は次のように始まります。

陰雨、連日天色冥濛タリ。漁史〔柳北〕、本社ニ在テ事務ヲ整理ス。賓客陸続トシテ来タリ。俗事蝟集《いしゆう》〔雑務が殺到〕シ紛擾極《きはま》ル。漁史急ニ大呼シテ曰ク、「我レ去ラン」ト。乃《すなは》チ門ヲ出デ、……

と、いきおいよく銀座の「本社」を飛び出します。そして糸が切れたように官僚や文人の友人宅を点々と廻っては、「清幽ノ地ニ遊」びに行こうと声をかけてみるのですが、出世と利欲に走る彼らには、聞く耳がありません。「窃《ひそか》ニ謂《い》フ。世間、何ゾ俗漢多キヤト。独リ新橋ニ到リ汽車ニ乗ル。実ニ五月二十二日午後二時也」、と。幕末の日記に映し出された柳北の姿を一八〇度反転させたような、殺伐とした人間模様の中にいます。同時に『朝野新聞』の論調と相まって、政治社会に対する風刺がふんだんにこめられていると考えると、著者の身辺の荒涼を単純にかこっているだけの記録ではないでしょう。いずれにせよ境遇から言論の諸前提にいたるまで、時代はすでに大きく変動していますが、あるシチュエーションを自分の想念として掘り下げ、具体化させるために不可欠なのは、漢詩にほかありませんでした。

図1　佐羽淡斎詩碑(復元)(琵琶島神社境内)

ところで金沢八景まで下って久しぶりに海を眺めた柳北は、その晩同地の「総宜楼《そうぎろう》」に投宿した。総宜楼は東屋といい、酒と海鮮と風光と「総て宜《よ》し」、ということで江戸後期から文人に愛され、詩文集にたびたび登場します。たとえば文政五年(一八二二)ごろ、上州桐生《きりゅう》の絹買次商で詩人の佐羽淡斎《たんさい》は友人を連れてここを訪ねていますが、そのとき「題二金沢総宜楼一」という詩を作り、五年の一〇月に、その詩を石に彫って、旅館の庭に建てさせます(図1)。柳北が泊まったころに碑はまだ宿の傍にあって、当日、おそらく初めてではないにせよ、目にしたはずです。淡斎の詩は一首で七言律詩。酔いつぶれるほど友人と美酒を汲み交わしていつの間にか眠ってしまった、そして目覚めてみると瀬戸橋(八景の一つで眼前にある)がさっとひと降りの雨で濡れていて、自然胸中にこの詩が浮かんできた、という趣旨の旅情豊かなものでした。柳北が訪ねた日も、雨で「冥濛」とした空模様、夜に幕末に軍事を語り合って死に別れた人々を想い出しながら、独り「俯仰感慨、覚エズ痛飲爛酔シテ夜ノ深クルヲ知ラズ」、と言って次の句ではじまる連作を作っていきます。「二十四時間遊記」の表面には現れませんが、庭に建つ詩碑の字面を口ずさみながら、眠りにつく詩人の顔を想像することも難しくありません。

風塵迫我幾年々
辜月辜花独自憐

風塵　我に迫て幾年々
月に辜《そむ》き花に辜き　独り自ら憐れむ……

二　江戸書生の読み書き空間

成島柳北もその一人ですが、明治初期に活躍した知識人の多くは幼年時代から漢文素読と作文法を基礎としてオランダ語・英語をはじめ外国語に接しており、その過程で異文化へのパッセージを切り開いています。幕末に緒方洪庵の適塾で「雅俗めちゃ〳〵に混合せしめ」た文体で「恰《あたか》も漢文社会の霊場を犯して其《その》文法を紊乱《びんらん》」させる方法こそ翻訳のコツと悟った若き福沢諭吉も、漢語と漢文法をマスターしたうえで、意識の作業として漢学者の文体に抗っています(『福沢全集緒言』)。漢文の素養を抜きにして「外」への眼差しを確保できないという状況、私たちには想像しづらい部分もあるかもしれませんが、それがその世代の現実であり、むしろ「少年の時より漢文に慣れたる自身の習慣」を捨てることこそ、「随分骨の折れたること」だったに違いありません（同上）。漢字仮名をすべて廃止してローマ字をもって日本語を表記すべきだという建白書も、明治二年（一八六九）に初めて提出されるのですが、読むと「夫西洋之為学也、唯知二十六之字、解文典之義、則無不可読之書、是其所以爲易也。（夫れ西洋の学を為すや、唯だ二十六の字を知り文典の義を解すれば、則ち読む可からざるの書無し。是《これ》其の易《やす》しと為す所以也《ゆえんなり》）」、と一見でわかるように、建白という様式に忠実に、これまた漢文体が原文になっていました（土佐藩・南部義籌「修国語論」、明治二年〔一八六九〕五月大学頭山内容堂に提出）。

冒頭で述べたように、日本で学ばれる漢詩文は、独自の思考と創作、あるいは外国への理解に範囲を拡げるかたちで多様な役割をもちましたが、その経路を通して、学んだ人々が自らの営為をどう捉え、自分をどう変えようとしたのかなど、そういった問いもまた別個にあります。柳北で考えると、おそらく若い時分からの立場と資質が相まって、自分が学んだもの、あるいは他者と接するあらゆる場面において文学の糧を見出すことが求められ、また一方ではその場面を下支えする社会（維新後はとくに政治の）に目を向ける習性が育まれ、批評を投げかけることに大きな拠りどころがあったはずです。

さて次は、成島柳北が生まれる少し前の江戸後期に目を向け、人々が学ぶ場のなかで何をどう身につけて、その経験から自らの姿をどう映し出し、あるいは変えようとしたのか、といったことを当時の証言に即して、一瞥したいと思います。日本のいわゆる「長い一九世紀」の前半に位置する文政期（一八一八—三〇）辺りを振り出しに、若い儒者たちの読み書き空間の一画を定点観測してみる、ということです。そうすることで、文学者が糧とする共通の「景色」の背景にあるものが、もう少し普遍的なところで見えてくるはずです。

その前に、ここで述べている「読み書き空間」について一言。空間にかぎらず、近世日本のあらゆる文化領域では、社会全体を覆う厳格な身分制度が布かれ、近現代と比べものにならないほど細かな「格差」に充ちていました。格差といえば聞こえは悪いが、たとえば学習過程において、一人がどこで（地域性）、誰に就いて（師承系統）、どのような立場（身分、藩費留学か私費か、など）で学ぶかによっては、その内容はもちろんのこと、人生経験として引き受けざるを得ない諸条件には、大きな差異が生じます。標準的な公教育が存在しない当時においては当り前のことですが、身分のことをふくめ、しかし身分に止まらないかたちで習うことの「流儀」一つにおいても、細かな格差が存在していたことは事実です。また儒学を学ぶ人なら自分が属する学統や集団が一方にあって、いわば本分としてこれを同時に守りながら、しかし一方では異なる学統や流儀にも目を向けるということが、近世後期においてけっして珍しいことではなく、むしろ普遍的な在り方だったといえます。

「朱子学」「陽明学」「考証学」、あるいは「医学」「兵学」「蘭学（洋学）」など、当時「何々学者」がたずさわる学域のなかで、一人の学徒がそのエリアを超えて人脈をつくり、学識を積むことは早くから評価される在り方の一つでした。寛政二年（一七九〇）に「異学流行」を戒めた松平定信でも、「学問の流儀は何にてもよろしく候《そうろう》、何の流儀もよきことあり、またあしきことあり候」と学問の相対性を一面に認めており、別の証言を用いれば、学問において「同を好み異を悪むの弊、言ふに勝《た》ふ可らざるなり」（長野豊山『松蔭快談』巻一、文政四年（一八二一）刊。原漢文）というふうに、「異を好む」習慣を若い時分から奨励するという学者たちは少なくありませんでした。他者（他流）との距離をはかることで、自分の学問芸事が何かを了解するという日々の営みのなかで、近世日本の学芸がもつ寛容さというものは醸し出されたように思えます。

そのことを具体的に検証するために好都合な「空間」として、江戸幕府が自ら湯島聖堂の域内に営む高等教育機関・昌平坂学問所（昌平黌《しょうへいこう》、昌平校、明治維新後は昌平大学、大学などと呼ぶ）の書生寮があります。寮に住む書生をとりあげ、そこに光をあて、彼らの読み書き空間がどのようなものだったのかを、考えてみましょう。ちょうど福沢諭吉らが拠りどころとしながら、「めちゃ〳〵」に解体しようと決心していた漢文社会の、いわばグラウンド・ゼロで学んでいた人々のことです。

昌平黌は、維新が起きるまでのほぼ七〇年間、幕威を背に負う一国最高の教育機関といわれ、そこにはまず江戸育ちの幕臣子弟が通い、寛政の改革以降は全国志ある藩士たちに門戸をひらき受講をさせますが、彼らは各藩から派遣、あるいは自ら決心して江戸へと結集していきました。諸藩士のために、敷地内に宿舎二棟（北・南寮）を建て、これを書生寮といいます。『書生寮姓名簿』（東京都立中央図書館所蔵）という明治に筆写された文献に出てくる弘化三年（一八四六）から慶応元年（一八六五）までの約二〇年間の寮生の総数を見ると、合計五一四人に上っています。最年少者は一七歳から、年長者の中には四〇代前半の書生も二人ほどいますが、平均年齢は二〇代半ば辺りに固まっており、在寮期間も一年足らずから、長い人で一七年間も住み続けた人が見えますが、二棟合わせても定員が四〇―五〇人程度だったことから考えると、回転がそれなりに速かったことも了解できます。二、三年で退寮、国元へ帰っていくというコースが一般的だったようです。

ほとんどの藩士は江戸がホームベースではないため、書生寮という校内宿舎に暮らしながら、月ごとに公式カリキュラムである講釈と輪講会を教授（御儒者と呼ぶ）から受け、また林大学頭《だいがくのかみ》および教授の門人として入寮した書生たちは外へも出かけ、それぞれの家塾に通ったりする。時間が一番割かれるのは、この公式課程ではなく、むしろ寮内で行う経義と歴史、あるいは詩文といった中国古典学を基本とした自主学習であり、その中に明清の音楽演奏法なども含まれています。書生による漢詩文の自主的勉強会もあって、創作は盛んに行われていました。時代は維新を経て明治二年（一八六九）三月に下りますが、久留里藩士で当時一七歳の高橋勝弘（後に統計学者で官僚、墨山と号して紀行文等を書いた人物）が北寮に入り、その独特の雰囲気に少しずつ浸っていく様子が次の一文でわかります。

教官を置くと雖ども、日課もなく試業〔試験〕もなく、只管《ひたすら》銘々の自修に一任し更に束縛する所なく、生徒も亦《また》多くは訓詁以上の学力ある者なれば、往て教官に質すものは寥々たり。師とする所は書籍と朋友に在り、勤むる者は日に進み、惰る者は放逸に流るゝを免れず、総て自然淘汰に任せたるは往古来今に類なき学風なりし。学校にては時として詩文の宿題を掲げしも、書生より出す者殆んど稀にして、有益なりしは却て寮中の詩文会に在り。それも集会は少なく、多くは廻評なりし……

「昌平大学の総況」（高橋勝弘編『昌平遺響』明治四五年〔一九一二〕、三近社）

「詩文」が回評されるという書生寮とは、文久三年（一八六三）正月に入寮した佐賀藩の久米邦武（歴史家、『米欧回覧実記』の著者として有名）の回想によれば、この時点ですでに「五十余年前の建物で、無性な学生が交々住み荒したから、汚い事夥しく、棚は塵埃に、醤油徳利が油盞と雑居し、……」云々という、乱雑ぶりにおいては近代の予備門・大学寮と引けを取らないほどだったようですが、そこは一国の統治機構が築き上げた文教施設だけあって、青年たちにとって堪《こた》えられない資産もあります。すなわち豊富な蔵書であり、これは寮の周りにぎっしりと建つ書庫の中にあります。高橋は続けます。

書籍は書籍掛にて無制限に貸渡せり。和漢の書十三戸、前の土蔵に充満したれば時に巡覧垂唾措《お》く能はず。

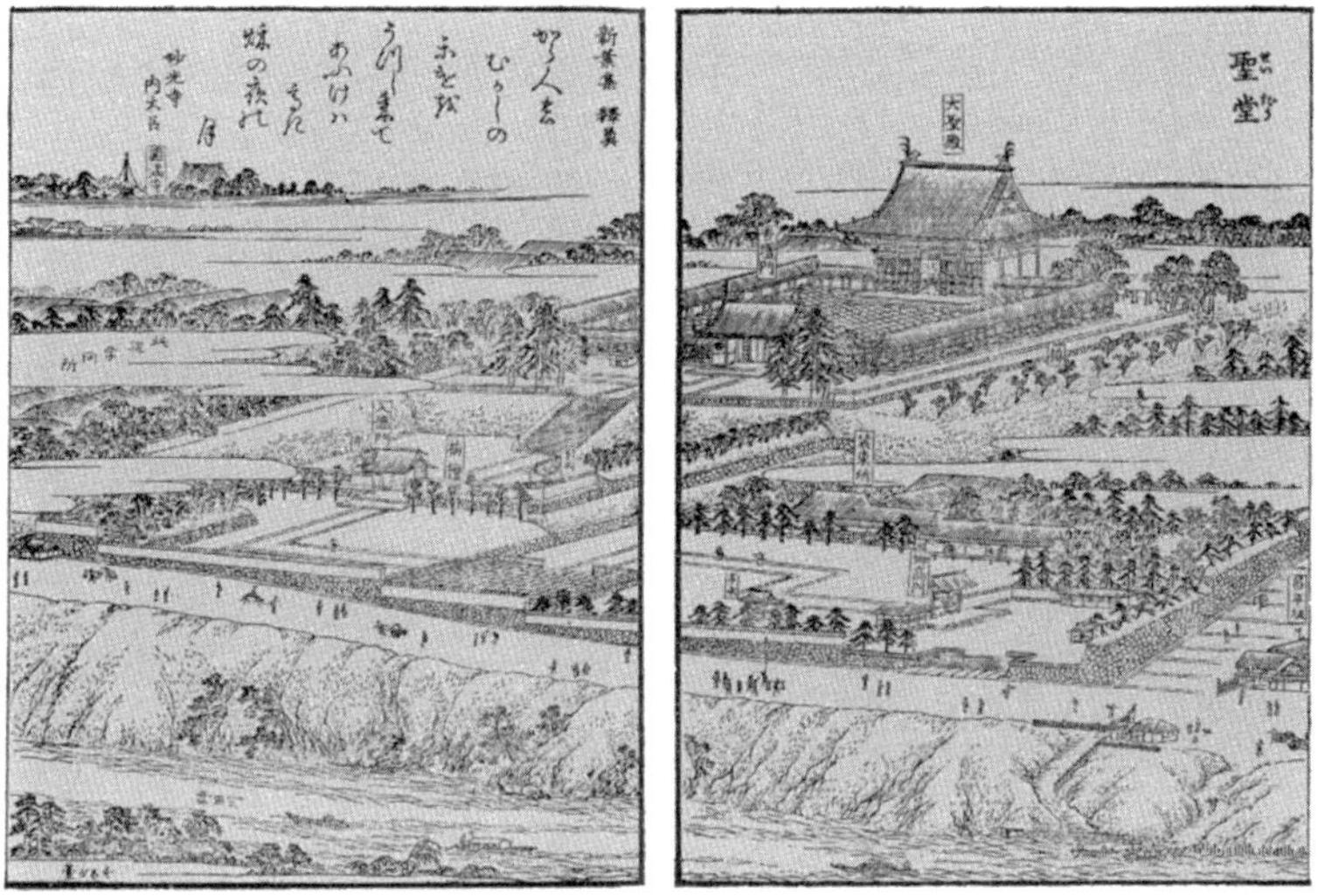

図2　『江戸名所図会』「聖堂」図

余が如きも、一時は寓室中へ一万巻計《ばか》り借来り首を其《その》中に埋め、徹夜と云ふことをせり。当時の事なれば、深夜と雖ども袴を着け、一刀を傍に置き、見台に向ひ姿勢を崩すことなく、嘗て一夜に大日本史十三冊を閲了せしこともあり。徹夜勉強の者大抵十舎（一〇室）に一人位あり、深更に大声を発して、彼方此方に詩を朗吟するなど不規則ながら亦別世界の趣ありし。

書生寮という「読み書き」空間は、釈奠《せきてん》（孔子を祀る祭礼）が厳粛に執り行なわれる聖堂という空間と地続きにあり、また幕府教学の中心地なので、明治以降の帝国大学のように、大衆の眼差しに晒されることはけっしてありません。まして両国・柳橋辺りとは正反対に市中からおよそ認知されない場所にあったのが、聖堂大成殿の左奥、深い雑木林に潜む二棟の位置づけでした。武家地を左右にひかえ、鬱蒼とした閉域です。『江戸名所図会』「聖堂」の項（図2、巻五、天保七年〔一八三六〕）を開くと、該当する本文に「本邦第一の学校にして、実《まこと》に東都の一盛典《いっせいてん》なり」と述べ、聖堂全景を堂々と描いてみせますが、眼下に流れる神田川を背に左（上流）の方にある数棟の建物を見ると、屋根の上には霞を引かせ、霞の中に「此辺、学問所」と曖昧にしか表示していません（図2）。江戸市中にあまたあった「可視化されない、空洞の中心」（ロラン・バルト、一九七四）の一つといってもよく、同時代の、江戸流行スポットを総なめに活写した寺門静軒の漢文『江戸繁昌記』にすら、学問所の姿も噂も登場しません。

風俗として可視化されない閉域と書きましたが、幕末にはここから豊富な人材――中村正直（教授として）、重野成斎（書生〔以下同〕、嘉永元年〔一八四八〕入寮）、松本奎堂（嘉永五年〔一八五二〕入寮）、高杉晋作（安政五年〔一八五八〕入寮）、先述の久米邦武もそうですが――を輩出させています。とくに嘉永期（一八四八―五四）以降、書生寮を根城に出没自在に全国の政治活動を繰り広げた若者たちが目につきます。動乱の時代に、帰属母体が異なる各地の書生がここを拠点と見なし、行動しています。その彼らを取り結ぶ大きな絆は、ほかでもない、右で見たような自習の空間、とくに漢詩文を作り批評し合う書生寮の「不規則ながら」の「別世界」だったことになります。

書生が熱中する「寮中の詩文会」とは、自主的に定めた課題詩と課題文と、書生それぞれの動き（入退寮、帰省、遠足、係累の冠婚葬祭など）に即して個別に取り組んでいたタイトルを制作する集団のことで、その彼らを師範格として率いる寮生もいます。その人を「詩文掛《しぶんがかり》」と呼びますが、寮生のなかから教授が席順や年齢と関係なく、ひたすら才能だけを見込んで選び出した者です。わずかながら俸禄もつき、そのうえ寮運営にかかわる雑務が全くないとくれば、書生たちが詩文掛をどの職より憧れもし、一目置いていたことは容易に想像できます。ある冬のこと（文政六年〔一八二三〕一二月）、疎外されたとして一人の「平」書生が詩文掛の自室に闖入して、読書中に彼を刺し殺すという血みどろな珍事件が起きるほどで、能力が重んじられるだけに目だつポジションでもあったことは間違いありません。たとえば二〇歳そこそこで選ばれた仙台藩士の岡鹿門《おかろくもん》など、その就任の一事をもって非常の名誉と感じていたことは、本人の回想から読みとれます(『在臆話記』)。

舎長、助勤ヨリ、詩文掛ヲ栄選ト為ス。其訳ハ、経史ノ学ハ人々勉《つと》メテ至ルベキモ、詩文ノミハ天才アル者ニ非ザレバ能ス可ラザレバナリ。故ニ四十員中最俊秀ヲ擢テ詩文掛ト為ス。(中略)詩文掛、舎長、助勤ノ俗務アルニ非ズ。公私会ノ詩文ヲ批評、化レ鉄為レ金ハ詩文掛ノ責任ナリ。職務ナリ。故ニ尤モ其人ヲ選ビ、其選ヲ栄トス云々。

書生寮でこの詩文掛をつとめた後に大成した文学者は多く、たとえば齋藤竹堂(天保一一年〔一八四〇〕、二六歳、江戸の儒者)、三島中洲(万延元年〔一八六〇〕、二九歳、二松学舎大学創立者)、先に述べた久米邦武(文久三年〔一八六三〕、二五歳)なども その人数に入ります。詩文掛が束ねる寮内の詩文会では、先にもふれましたが横並びに書かれるような宿題(課題)詩文も多く含まれますが、共同で作り上げたこれらはアクチュアルな素材を扱い、叙情性に富んだものが多いのが特徴です。作り手たちの身辺で体験可能な事柄に絞って取材につとめる、というのが共通点ですが、文学史の大きな流れから眺めるとこの姿勢は書生寮に限ったことではありません。一八世紀後半以降に一般的に見られる傾向で、具体的にいうと古文辞派が主張する古典主義が減退し、代わりにいわゆる清新(性霊派)詩風が普及します。化政期(一九世紀初頭)まで下ってくると、そのアプローチはほぼ全国に浸透し、逆に身近なリアリティが漢詩文に取りこまれることによって、そのリアリティが担保する多様な詩想や叙情性、あるいは歴史観が詩文を活性化させ、漢文学にたずさわる人たちのすそ野を大きく拡げていくという作用をもたらします。柳北がマスターした「二重写し」の江戸風俗誌も、柳北自身がその風俗(風景)に対して示し得た一種のコミットともいうべきものがあり、いってみれば「必ず我の在るありて」後、初めて大衆でひしめく都市の情景を文学たらしめることに成功した、といえます。

「必ず我の在るありて」とは、柳北の言ではなくその先輩の、江戸の儒者で林家門人、昌平黌と縁の深い松崎慊《こう》堂《どう》という人物が書いたことばです。漢詩の作り手に対して、慊堂は次のことを求めています。

○作詩

凡そ作詩中には、必ず身分を留め、必ず我の在るありて、而る後に真詩となす。廟堂にして窮士の語をなし、安居して羇旅《きりよ》の語をなすは、身分を留めず、また我の在るものなし、みな詩に非ざるなり。何とならば、詩は情にもとづけばなり……

（松崎慊堂『慊堂日暦』文政七年〔一八二四〕五月一五日条）

書生寮に話を戻しますと、詩文会そのものは「麗沢堂」といって、北寮の一階、舎長の個室の近くにあって、日常使用していた一室で開かれます。対面する南寮と、二棟を結ぶ片方の渡り廊下に囲まれるようにして、部屋の外に小さな中庭があります。席上から望む庭には、海棠と芭蕉の木が植えられ、芭蕉は、もともと文人風景のシンボルでもありますが、この木は書生たち自身で植樹されたもので、麗沢堂の詩文、あるいは書生がそれぞれの部屋で習作した作品にもよく登場します。作り手の身の上を自ずと映し出すものとして、慊堂の言ではありませんが、「我の在るあり」といえる情景であり、課題詩文を深める重要なモティーフとして、書生が共有した材料です。寮の名物になった模様は、たとえば書生・塩谷宕陰《しおのやとういん》が天保（一八三〇―四四）初年に詠んだ「茗黌〔昌平黌〕二十勝小記」というものがあって、そこに「学窓の芭蕉」の一条が配置されたことからも確認できます（『宕陰存稿』巻一一、明治三年（一八七〇）。

学窓芭蕉

域中土性、蓋与芭蕉宜、有高二三十尺者、罕種也、緑葉横恣、侵窓凌屋、不可覊束、跅弛之士有肖之。

（学窓の芭蕉　域中の土性、蓋《けだ》し芭蕉と宜し。高さ二三十尺なる者有り、罕種《かんしゅ》なり。緑葉横恣、窓を侵し屋を凌ぐ、覊束す可からず。跅弛《たくし》の士、之に肖《に》る有り。）

この前後から「芭蕉」に題した詩文が続出します。早い例を挙げると、豊後佐伯藩士中島子玉（文政四年（一八二一）に出府入寮、二四歳）が文政六年（一八二三）七月頃、つまり詩文掛に取り立てられる直前に、自分も植樹に加わった芭蕉の葉の上に、文字を書き付けようという趣向に即して一文を認めています（中島子玉『海棠窩文集』（明治期写本一冊、国立国会図書館蔵））。舞台は夜更けの北寮自室。向かい側に南寮があって、部屋ごとに点る燭炎に照り返されて光り、また障子の上にたゆたう芭蕉の葉影を、子玉は見入ったまま朝を迎えます。葉上に「自賛」する主は自室にいて、しかも「諸友」が点々と灯す読書の光りに囲まれ、芭蕉を眺めながら思いあまって、「口を衝いて」詩を「朗吟す」る、と言います。「不規則」ながらの「亦別世界」が青年たちの学習を支え、一方彼らの個としての詩想をも育てることに大きく寄与したことがわかります。高揚して想いを葉の上に綴ろうという青年が、集団のなかで「身分を留める」ことを知ることにつながったモメントだったと見てさしつかえないでしょう。

書蕉葉上

昌平学庭多隙地、予与諸友、移芭蕉一株、植于其中、及今茲秋、牙孼稍長、嫩葉初展、微風時至、則飄々然如大扇、覚翠色欲襲衣来也、蕉之南有院、正与北院相対、夜深月落、人声始定、諸友剪燭読書于其中、則蕉影借燭光、来射窓戸間、枝葉參差、位置森然、天然一幅好画図、雖摩詰之所描殆不及也、予時臥北院、隔紙障而観焉、不覚起坐、銜口朗吟、不能復寐、如蕉影嬲人而攪其睡思也、既而天明闃然無影、遂書其上。

（蕉葉の上に書す　昌平学の庭、隙地多し。予、諸友とともに芭蕉一株を移し、其の中に植う。今茲の秋に及び、牙孼稍く長じ、嫩葉初めて展ぶ。微風時として至れば、則ち飄々然として大扇の如し。翠色の衣を襲はんとして来るを覚ゆ。蕉の南に院有り、正《まさ》に北院と相対す。夜深まり月落ち、人声始て定まる。諸友、燭を剪り其の中に読書す。則ち蕉影、燭光を借り、来りて窓戸の間を射る。枝葉は參差《しんし》として、位置森然たり。天然一幅の好画図、摩詰〔唐・王維〕の描く所と雖も殆んど及ばざるなり。予、時に北院に臥し、紙障を隔てて焉《これ》を観る。覚へず起坐して、口を銜いて朗吟す。復寐《またね》ること能はず。蕉影の人を嬲りて其の睡思を攪《みだ》すが如し。既にして天明、闃然《げきぜん》として影無し。遂に其の上に書す。）

三　夏目漱石の苦楽の庭

話は幕末維新期から一気に文政期へとさかのぼりましたが、ここで最後にもう一度旋回をして、明治のまた先の大正時代に足を進め、「読み書き空間」の行方を見届けることにしましょう。幕藩体制の最後の年に江戸で生を受けて育った小説家・夏目漱石の晩年の「読み書き空間」を眺めてみたいと思います。漱石といえば維新この方日本が走り抜けた知の射程を真摯に吸収した、という意味では近代を代表する存在ですが、同時に古い時代の知識と習慣、江戸文化の「遺留分」ともいうべきものを身に付けたまま明治から大正を生きたことも間違いありません。よく知られるように、「明治維新の丁度前の年に生れた人間でありますから、（中略）どつちかといふと中途半端の教育を受けた海陸両棲動物のやう」な人、とある種の自負にも似た自己認識をもっていて（「文芸と道徳」〔明治四四年八月大阪での講演記録、『漱石全集』第一六巻、一九九五年刊〕）、よく言われることですが後続の近代的「教養世代」を前方から支えていたいわゆる「素読世代」の最後の一人と目される人物でもありました（唐木、一九四九）。

漱石は晩年に急性胃炎をわずらい、小説執筆の手をたびたび休めなければならなかったのですが、半面、小康を得るたびに晴れた表情を周りに見せていました。親しい門人にはとくにそうで、たとえば和辻哲郎に宛てた手紙の一節から安心の面もちを見てとることができます。手紙の日付は大正五年（一九一六）八月五日、消印が午後四―五時とあるから漱石が「明暗」を連載中、早稲田南町の自宅でその日の執筆分を終えた時刻に一筆書いて、午後の便に間に合うよう投函させたことが推定されます。同じ自宅で亡くなる、ほんの数ヶ月前のことです。

拝復　此夏は大変凌ぎいゝやうで毎日小説を書くのも苦痛がない位です。僕は庭の芭蕉の傍に畳み椅子を置いて其上に寐《ね》てゐます。好い心持です。身体の具合か、小説を書くのも骨が折れません。却つて愉快を感ずる事があります。長い夏の日を芸術的な労力で暮らすのは、それ自体に於て甚だ好い心持ちなのです。其《その》精神は、身体の快楽に変化します。僕の考では、凡ての快楽は最後に生理的なものにリヂユースされるのです。賛成出来ませぬか。……

（『漱石全集』第二四巻、一九九七年刊。読点・ルビは筆者による）

夏が凌ぎやすいと体調もよく、小説がどんどん書けます。書けば爽快な気分になり、それが心に浸み込んで体を活性化させ、「身体の快楽に変化します」、という。病身にむち打って毎朝書き継ごうとしている連載小説が、このごろ少しずつ軌道に乗ってきているから、心配はするなというメッセージですが、段々と書いているうちに、漱石の目は書いている自分の姿の方に転回するようです。

ただ単に八月で、気候がよく、「苦痛」にならないくらいだとさりげないのですが、執筆中の「明暗」にも、同じ「苦」の字は主人公津田由雄の体にまとわりつくように、何度も登場しています。たとえばこの頃書き終わったと思われる津田の痔瘻手術の場面。その直前に妻お延《のぶ》と「控室に並んで坐るのが苦にな」ったり（四〇）、術中にも彼女に患部を見られることを津田が想像しては「普通の人以上に苦痛を感」じたり（四一）、じっさい手術台にのぼっては「ぢつと寐かされてゐる彼の神経はぢつとしてゐるのが苦になるほど緊張」（四二）に捕らわれるというのが、津田の姿です。術後、患部に詰め込まれたガーゼでも「他《ひと》が想像する倍以上に重苦しいものであつた」（四三）と、すぐれて身体的で耐えづらい「苦」の気分が、毎日紙上に溢れていたのでした。

手紙の方は苦熱が去って「庭の芭蕉の傍に畳み椅子を置いて其上に寐《ね》てゐ」るのが気持ちがいい、といっていますが、夏の涼気が秋冷の二字を予感させるような八月二〇日午後のこと、漱石は同様の景色を七言律詩に持ち込んでいます。「僕は不相変『明暗』を午前中書いてゐます。……夫《（それ）》でも毎日百回近くもあんな事を書いてゐると大いに俗了された心持になりますので、三四日前から午後の日課として漢詩を作ります」（八月二一日付久米正雄・芥川龍之介宛て書簡）とあるように、午前中に「明暗」一日分の行数をきっちり書き上げて、午後から夜半にかけては漢詩を詠むことを宿題にしていました。その課題詩をみていくと夕陽（『漱石全集』第一八巻〔一九九五年版〕一三四・一四三番）、半夜（一四二番）、淡月（一四四番）、坐到初更（一五〇番）、夜梅（一六八番）、等々のように、このころの詩句は薄闇に彩られています。久米たちへの書信の前日に詠んだのも、午後が舞台です。こちらは同月一四日に始まる〔無題〕詩連作の第七首にあたり、最後の二句には作者——ここは詩人が——庭に降り立つのがふたたび確かめられます。前半の起聯・頷聯では、老いる自分の姿を庭の草花に飛び交う胡蝶と重ね、無為の境地を謳います。ついで頸聯・尾聯では大きな芭蕉の木に寄り添い、まるで荘周のようにゆれる葉影の下に微睡むシーンを点描してみせます。

下履空階凄露散　履を空階に下せば　凄露散じ
移牀廃砌乱蝉驚　牀を廃砌に移せば　乱蝉驚く
清風満地芭蕉影　清風　地に満つ　芭蕉の影
揺曳午眠葉葉軽　午眠を揺曳して　葉葉軽し

履き物はいて座敷から降り立とうとすると、もう地面はつめたい露に覆われ、壊れかけた石だたみの上に「牀」を移すとそこには蝉が……、とありますが、この庭中の「牀」(床)が「ベッド」と訳される(吉川、二〇〇二)のは、おそらく漱石自身が先だって修善寺で倒れた際に病床を指して、この字を使っていたことからの連想でしょう(明治四三年一〇月一日作〔無題〕)。しかし執筆のタイミングからすると、ここはむしろ漱石の読み書き空間そのもの——「庭の芭蕉の傍に」あった「畳み椅子」——を詩語に変換したものと解釈するのが妥当ではないでしょうか。詩の初案では尾聯の初句は「清陰一丈芭蕉影」とあり(『漱石全集』〔一九九五年版〕注解)、たっぷりとした芭蕉の葉影に守られた漱石の静かな快楽が詩の景色に固まり、和辻への手紙の中にあったシーンをここで再度登場させていることが了解されます。

また庭先からふたたび目を離して見ていくと、漱石が単なる息災通知を若い門人に向けようとしているのか、疑問が残ります。苦痛が転じて、快楽と化す――言いかえればいつでもふたたび苦痛に突き返されるのかもしれない、というメッセージであれば、日本古来の教訓にも似た話があります。たえず繰り返される運動としての苦と楽、たとえば先に出会った松平定信の「もとよりよろこびあれば、うれひ有る事はたまき〔環〕のまはるが如く、うれば失ひ、うしなへば得るのことはり」である、などが思い出されます（『退閑雑記』巻一一）。西洋哲学にも古来から共通のテーゼがあり、明治初期以来、たとえば「快楽《くわいらく》の夕《ゆふべ》に憂苦《いうく》の旦《あした》あり」というように、日本語の諺に取りこまれていきます（岩見鑑造訳『西洋諺草』明治一〇年〔一八七七〕）。あの有名なソクラテスの最期という場面も、漢文に翻訳され、ポピュラーな世間知として徐々に普及していくのも明治初年のことです。自死する寸前、哲人は足枷の傷跡をさすりながら、「快楽」の何たるかに開眼するという、啓示の物語です。

快楽痛苦

瑙格刺的《ソクラテス》、久しく囹圄《ヒトヤ》に在り、殺さるゝに臨み、監吏、其の鉄械を脱し、将《まさ》に刑場に送らんとす。瑙、門人中に坐し、手を以て脚上受くる所の械痕を摩擦し、痛苦退《シリゾキ》て快楽生ずるを覚ふ。因て語りて曰く、「快楽と痛苦と、輪番《カハリバンニツヾク》継至の物たり、此の二者、独り有る能はず、亦た独り無き能はず」と。

（中村敬宇著『西稗雑纂』第二集、明治九年〔一八七六〕。原漢文）

漱石の手紙でいえば、生理的な「快楽」は転回する「環《たまき》」のように、苦から病身の作家をしばし解放します。その時「芸術的な労力で暮らす」ことをよろこぶ漱石の頭をよぎったのは、あるいは「明暗」のことや、少年時代から知ったに違いない和洋の「快楽」諸説より前に、この一通の受取人で門人の和辻自身が当時取り組んでいた哲学の問いそのものだったのかもしれません。前々年に和辻が発表した『ニイチェ研究』をひもとくと、ニーチェの交錯する苦と快を取りあげて、「快楽とは力感の増加、創造及び創造せられた者に対する歓喜である。苦痛とはこの快楽が阻止された場合に起こる」感覚そのものであり、心の活動としてこれを強調し、評価もしています（和辻、一九一四）。二つの感覚は、相反するものではなく「小さい苦痛の律動的刺激は、生の感じを強め成長を促進するがゆえに、快楽となる」といったように、明確な弧を描いて他方へとシフトはせず、むしろ相互に刺激し合うかたちで生成する。「苦痛の多いほど大きい生があるのである」ともいい、「活動は苦であり静止は楽である」といったパラダイムを打ち出しています。漱石はこれに反して、苦の先にはあくまで楽ありと見さだめ、その代償に楽もようやく苦に転じることを身体の条件として引き受けています。この実感を和辻に伝えようと、軽い揶揄をこめて手紙を書いたのではないでしょうか。師の実感であり門人への反問でもある手紙の内容が、自らの読み書き空間として描かれているところに、漱石の注意があり、晩年の漢詩への傾斜を逆に照射する働きを見せてくれているように考えます。

小説を書くことがいよいよ苦役のように感じられた晩年の夏目漱石の想いを、一通の手紙と、一首の詩を手がかりとして、いくつかの角度から推し量ってみましたが、そこで漱石が近代作家として身心に負い続けた痛みを放下する手段として漢詩があり、その漢詩の題材に自らの書く空間が克明かつリリカルに織り込まれていたことを確認することができました。読み書き空間として実在した「場」と、書き手それぞれが変奏を加えつつ繰り返す場のイメージとを、短絡的に結びつけることはできません。しかし一方、日本の詩文では二者を容易に切り離せないことが多く、慊堂のことばを借りれば「身分を留める」現実としてあった空間と、文学に昇華されたそれとが確かに密接につながっています。むしろ二者の重なり合いや、微妙なずれ方において、豊かな内容の世界を成り立たせていたということがいえます。ここでその地平の一部でも見ていただけたならば、幸いに思います。

参考文献

揖斐高「化政期詩人の地方と中央——佐羽淡斎を中心に」揖斐高『江戸詩歌論』汲古書院、一九九八年。

唐木順三「現代史への試み」一九四九年(『唐木順三全集』第九巻、筑摩書房、一九六八年)。

ロバート キャンベル「昌平黌北寮異変」『江戸文学』第一四号、ぺりかん社、一九九五年。

ロバート キャンベル「一八八二年、大新聞のるつぼ」『文学』二〇〇三年一・二月号。

成島柳北『柳橋新誌』初・二編(『江戸繁昌記　柳橋新誌』〔日野龍夫校注『新日本古典文学大系』第一〇〇巻〕岩波書店、一九八九年)。

成島柳北『硯北日録——成島柳北日記』影印版。前田愛解説、太平書屋、一九九七年。

ロラン・バルト『表徴の帝国』(宗左近訳)新潮社、一九七四年。

前田愛「『板橋雑記』と『柳橋新誌』」『前田愛著作集』第一巻　筑摩書房、一九八九年。

前田愛「成島柳北」『前田愛著作集』第一巻、筑摩書房、一九八九年。

吉川幸次郎『漱石詩注』岩波文庫、二〇〇二年(初版、岩波新書、一九六七年)。

和辻哲郎『ニイチェ研究』内田老鶴圃、一九一四年(『和辻哲郎全集』第一巻、岩波書店、一九六一年)。

『漱石全集』全二八巻+別巻、岩波書店、一九九三—九七年。

◆コラム8◆　地震行

地方詩人が江戸に出てくると、まず巨大都市の繁昌ぶりに謳歌の一首をささげます。なかには心ある詩人がいて、これでいいのかと反省します。江戸にいる松林飯山(昌平黌書生寮詩文掛、のち肥前大村藩儒)が文久元年(一八六一)に、医学を学ぶため熊本に遊学中の弟に手紙を宛て、忠告する。医学と文学は両立しない。専門は一つに絞れ、と。詩文は「…童にして之を習ひ、白首〔老人〕にして怠らざるも、其の能く世に名ある者有るか。啻《ただ》に世に名あらざるのみならず、其の能く一国一郷に名ある者、幾ばくか有らん」と文学少年に手厳しい(「与弟書」〔原漢文〕、『飯山遺稿』所収)。文弱の海に溺れかけたが江戸から帰郷して、自分が作った都会の「詞藻を愧《は》づる」と語る青年たちは、幕末に近づくとたくさん見受けられます(常陸国鹿島神宮祠官吉川天浦《きつかわてんぽ》『無所苟斎詩鈔』序〔元治元年〕)。

都市の繁昌を詠ずることに何かしら後ろ暗いものを感じるという意識の裏返しとして、都市の破壊を描き、破壊された意味を堂々と詩に問うということもまた幕末詩文の一つの流れを作っています。安政二年一〇月二日夜、江戸の中心地を襲った直下型地震と火災を取り上げた長編の古詩群こそ、この時代に「志」を表わす文学として見なされていました。

地震を報じる一枚摺りや絵入読み物があっという間に地方に伝わり、当日江戸には不在の詩人たちは迅速に反応します。佐久間象山・小林虎三郎、釈月性《げつしょう》といった政治活動に奔走する知識層も、「地震行」などと題して長歌をつくり、幕府の無策と腐敗をきっぱりした口調で指弾します。「海防僧」の異名をもつ周防の月性など、江戸から運ばれたある人の「著わす所の震災記」を読んで、「地震行」を思い立ったと言います(『清狂詩鈔』)。毀された街の「到る処《ところ》啾啾として鬼哭の声」が耳に響く悲劇を描き、とくに江戸城門の大破に注目し、古代中国と同じように外敵を患う幕府の倒壊を予言してみせます。「…今や四夷交《こもごも》我を侮り、将軍猶ほ未だ親征を議せず、所以《ゆゑに》変災相継ぎ至り、山崩れ地震ひ海波驚く……」。このように江戸に取材した、不在者による「江戸文学」というものが現れます。一方、ここに文学の中で風景と政局など社会の関心事とが文学直接結ぶ、という意味でも明治以降の日本文学の一側面を予示するものを感じることができるでしょう。

（ロバート　キャンベル）

夏目漱石の『文学論』

漢学に所謂文学と英語に所謂文学

小森　陽一

一　「漢学に所謂文学」と「英語に所謂文学」

夏目漱石、本名夏目金之助が「文学」に本格的に取り組もうと決意したのは、大英帝国の首都ロンドンに留学している時でした。

一九〇〇年(明治三三)五月、熊本第五高等学校教授として英語を教えていた金之助は、文部省第一回官費留学生として、英語研究のための留学を命じられます。このときの事情は、帰国後就任した東京帝国大学の英語教師を辞して、小説家夏目漱石として、朝日新聞に入社することを決める直前に書かれた『文学論』の「序」(一九〇六・一一)で明らかにされています。

書物としての『文学論』は、朝日新聞入社直後の一九〇七年(明治四〇)五月に出版されています。ロンドン留学中下宿に引き籠って、「蠅頭の細字」で「五六寸の高さに達」するノートを取りつづけ、帰国後東京帝国大学での講義を経てまとめられたのが『文学論』です。『文学論』は「根本的に文学とは如何なるものぞと云へる問題を解釈せんと決心」することによって構想されたのです。そのきっかけは、次のような問題意識でした。

翻つて思ふに余は漢籍に於て左程根底ある学力あるにあらず、然も余は充分之を味ひ得るものと自信す。余が英語に於ける知識は無論深しと云ふ可からざるも、漢籍に於けるそれに劣れりとは思はず。学力は同程度として好悪のかく迄に岐かるゝは両者のそれ程に異なるが為めならずんばあらず、換言すれば漢学に所謂文学と英語に所謂文学とは到底同定義の下に一括し得べからざる異種類のものたらざる可からず。

「学力」としては、「漢籍」に対しても「英語」に対しても、ほぼ同じ程度であるにもかかわらず、「漢籍」を味わうことができるのに、「英語」で書かれた「文学」はどうしても好きになれない。これだけ「好悪」、つまり好き嫌いが分かれてしまうということは、「漢学に所謂文学」と「英語に所謂文学」とが、決定的にその性質を異にするものだからではないか、というのが夏目金之助の問題意識なのです。

「学力」ではなく、「好悪」の問題から捉え直したとき、同じ「文学」でも、「漢学」における「文学」と、「英語」における「文学」は、まったく異っているということに、夏目金之助は大英帝国の首都ロンドンで気づいたのです。

ここで注意しておくべきなのは、夏目金之助の用いている対比の構図が、東洋の文学と西洋の文学との違いや、中国文学と英国文学との違いといった、対称的二項対立でもなく、「漢学に所謂文学」と「英語に所謂文学」という、非対称な違いとして位置づけられていることです。

まず日本で使われる「漢学」という言葉には二つの意味があります。ひとつは、清朝の学者たちが提唱した漢や唐の時代の漢籍をめぐる訓古的な考証学という意味です。もうひとつは、江戸時代の日本における、儒学を中心とした中国の文献をめぐる学問全般のことです。

清朝は「満洲族」が支配していた王朝です。漢民族の明の時代の学問の中心であった「宋学」を退け、表音文字である漢字から、訓古的考証学によって漢や唐の時代の、「正しい」漢字の音声化の方法を、漢民族に対しては異民族である「満洲族」が、あえて提示してみせたところに、「漢学」の政治的意味があったのです。

表意文字としての漢字で表記された漢籍は、漢字表記の解読法と漢文の文法を習得すれば、まったく異なった音声体系を持つ言語圏においても、その意味を解釈することができるわけです。したがって「漢学」は、中国大陸のみならず韓半島や日本やベトナムまで含めた、宏大な漢字文化圏としての中華帝国の、共通書記言語をめぐる学問になったのです。そうした複数の民族言語を媒介し統合する、帝国の共通書記言語をめぐる学問が「漢学」なのです。

では、なぜ「漢学」に対するのが「英語」なのでしょうか。この非対称な関係が重要です。表音文字であるアルファベットで記述される英語は、音声とスペルを正しく一致させる必要があります。夏目金之助が留学した一九〇〇年における英語は、イギリス一国の言語ではありませんでした。七つの海を支配する、と言われていた大英帝国は、いくつもの植民地を世界的な規模で持ち、植民地では「英語」が公式な言語として流通させられていました。産業革命後の大英帝国が形成した世界において、独立したアメリカも含めて、「英語」は帝国の言語として通用していたのです。その意味で「漢学」と対応するのは、概念としては非対称であっても「英語」なのです。

ではなぜ「英文学」ではなく「英語に所謂文学」なのでしょうか。それは、夏目金之助がロンドンに留学した時期、まだ「英文学」は学問としては成立しきっていなかったからです。大英帝国の植民地に出ていく国家公務員、役人や軍人を登用する試験に、一九世紀後半になると「英文学」が課せられるようになって、はじめて大学で「英文学」の講義が行われるようになったのです。

まずイングランド以外の地方の大学に「英文学科」が生まれます。夏目金之助が留学した時点でも、オックスフォードやケンブリッヂに「英文学科」はありませんでした。どうしてでしょうか。オックスフォードやケンブリッヂに入るイングランドの貴族階級や上流階級の子弟たちは、日常的にヴィクトリア女王も使用しているクイーンズ・イングリッシュを話し、その音声との対応で読み書きをしているわけですから、あらためてクイーンズ・イングリッシュを大学で学ぶ必要はありません。けれどもスコットランドやウェールズ、アイルランド出身の者たちは、日常言語としてはスコティッシュやウェーリッシュ、アイリッシュで話してきたわけですから、クイーンズ・イングリッシュは意識的に学習しなければならないわけです。だから、まず地方大学に「英文学科」ができたわけです。

なぜ「英文学科」かと言うと、上流階級の若い男女を主人公にしたイギリスの一八世紀から一九世紀の小説ほど、クイーンズ・イングリッシュを実践的に学習するために、ふさわしいテクストはなかったからです。

夏目金之助が、自らの留学先として、ロンドン大学を選んだのも、この問題とかかわっています。大英帝国の首都ロンドンでも、貴族や上流階級の人たちは正しいクイーンズ・イングリッシュを使っていますが、階級が下になればなるほどコックニー英語を使っているわけですから、クイーンズ・イングリッシュは、意識的に学習しなければなりません。ロンドン大学は国立大学で、一八九八年、夏目金之助が留学する二年前に教育機能を有する大学となり、中産階級や非英国国教会系の子弟をも受け入れており「英文学科」を持っていたのです。大英帝国の役人や軍人として、植民地に出ていく者は、正しいクイーンズ・イングリッシュの使い手にならねばならなかったからです。つまり「英文学」という学問それ自体が、大英帝国の同時代における、軍事的・外交的・経済的・社会的・階級的な政治性と不可分に成立していたのです。だから、「英語に所謂文学」と位置づける必要があったのです。

では、なぜ「漢学に所謂文学」と「英語に所謂文学」は、夏目金之助にとって、それほどまでに決定的に異質だったのでしょうか。その問題は、『文学論』の序の次のような表現から理解することができます。

余は少時好んで漢籍を学びたり。之を学ぶ事短かきにも関らず、文学は斯くの如き者なりとの定義を漠然と冥々裏に左国史漢より得たり。ひそかに思ふに英文学も亦かくの如きものなるべし、斯の如きものならば生涯を挙げて之を学ぶも、あながちに悔ゆることなかるべしと。余が単身流行せざる英文学科に入りたるは、全く此幼稚にして単純なる理由に支配せられたるなり。

この部分は、どのような理由で夏目金之助が、帝国大学の「英文学科」に進学することにしたのか、ということについての記述です。一八九〇年(明治二三)、夏目金之助が二四歳のとき、第一高等学校を卒業し、帝国大学文科大学英文学科に入学します。英文学科が独立した学科になったのは一八八七年(明治二〇)で、最初の学生立花政樹が翌年唯一人の学生となり(他に選科生三人)、翌年の応募者はなく、夏目金之助はその次の入学者だったわけですから、「英文学科」は、文字どおり「流行せざる」ところだったのです。しかも、その「英文学科」を選んだ理由それ自体が大きなまちがいだったことを、金之助は告白してもいるのです。

夏目金之助は、「英文学」も「左国史漢」と同じようなことをやるはずなのだから、それなら「生涯を挙げて之を学ぶ」価値があると判断したのです。そして「左国史漢」への思いは、小さい頃に学んだ「漢籍」から得た「文学」の定義による観念でもあったのです。

「左国史漢」とは、中国の代表的な歴史書です。「左」は『春秋左史伝』。孔子の弟子である左丘明が、孔子の『春秋』の背景となる史実を記述したと言われている書物です。「国」は『国語』。これもやはり左丘明の著作と伝承された、国別の春秋時代史です。「国語」の意味は「各国それぞれの歴史物語」ということになります。いずれも現在では、漢代に編集されたものではないかとされています。「史」は、有名な前漢の司馬遷の著作『史記』のことで、黄帝から前漢の武帝のことまでを記述した紀伝体の歴史書です。紀伝体とは、皇帝の伝記としての本紀、下臣の伝記、諸外国のことを記した列伝を軸に、年表や世系表・人名表、本紀列伝に入らない出来事などを加えた『史記』に始まる歴史叙述の形式です。この形式を確立したのが、「漢」すなわち『漢書』です。『漢書』は、後漢の班固の撰による前漢の一代の歴史書です。そして『史記』『漢書』から始まり『明史』までが「二十四史」と言われている中国の正史です。千数百年続いた科挙の試験の受験者にとっての、いわば必修科目です。

若き夏目金之助にとって、「文学」とは、中国の正史を学ぶことだったのです。中国における古代からの王朝の興亡、戦争における軍略、平時における経世済民の知恵、政治的指導者として持たねばならない徳、それを身につけることが「文学」だったのです。自らが歴史にどう記されるのか、それが中国の歴代の政治的軍事的指導者たちにとって、最大の関心事の一つでした。また官許哲学である儒学を中心とした「漢学」を、その支配者としての教育の要においていた江戸時代の武士階級は、中国の有名歴史書のダイジェスト版である『十八史略』の素読から、子どもの教育を行い、そうした教育は幕末維新期には豪農層においても共有されていました。

『十八史略』は、『史記』から『五代史』までの一七の正史と宋史の重要部分を抜粋した、初学者のための読本で、元の曾先之による通俗歴史書です。人物の略伝はもとより、故事や名言も入っているため、エンターテイメント性も持っており、韓半島経由で日本にも室町時代には渡来していたようです。そして江戸時代の武士階級を中心とした識字力を持った階層に盛んに読まれたために、明治になってから、全国の小学校の教科書に採用され、かえって大衆化したテクストだとも言えます。それが、金之助が「少時」から「好んで漢籍を学びたり」と結びついているわけですから、「文学」と言えば「左国史漢」だと信じて疑わなかったのも無理のないことです。

帝国大学の「英文学科」に入ったものの、実際にやっていたのは、「在学三年の間は物にならざる羅甸語に苦しめられ、物にならざる独逸語に窮し、同じく物にならざる仏語さへ、うろ覚えに覚えて、肝心の専門の書は殆んど読む遑もなきうちに、既に文学士と成り上りたる」という語学教育偏重の授業だったのです。明治二〇年代の帝国大学の教育の主眼が、基本的には欧米列強の言語を操ることのできる人材を育成するところにあったことも垣間見えてきます。ある種の誇張があるのはもちろんですが、夏目金之助はほとんど「英文学」本体にはふれないまま、「文学士」に「成り上」ってしまったのです。そして大学院に進学し、日清戦争の二年目一八九五年(明治二八)に、『坊ちゃん』の舞台となる愛媛県尋常中学校に嘱託教員として赴任することになります。

このときの同僚の記憶として興味深い逸話があります。それは、赴任したばかりの夏目金之助が、学校の図書館を見せてくれと言ったので案内すると、陶淵明の詩集を見つけて喜んで全冊借り出していった、という話です。同僚は、「英文学科」出なのに変な奴だと思ったそうです。陶淵明(三六五―四二七)は東晋末から宋初にかけての詩人で、県令の職を八〇日間で投げ出し、田舎で農耕生活をおくって詩を創りつづけていた詩人で、同時代的には軽んじられたものの、唐以後は六朝最大の詩人としての名声を獲得し、日本で最も読まれている中国詩人の一人です。

「文学」とは「左国史漢」だと信じて疑わなかった夏目金之助が、ロンドンに留学し、ロンドン大学のユニヴァーシティ・カレッジに通い、アイルランド人のシェークスピア学者クレイグから個人教授を受けるようになって、強烈なカルチャーショックを受けたことは明らかです。不倫もなんでもありの男女の恋愛を中心にした世界が「英語に所謂文学」だったからです。その傾向は、一八世紀末から一九世紀にかけての女性作家の作品においていっそう顕著になります。『文学論』の中では、繰りかえしジェーン・オースティン(一七七五―一八一七)の小説に言及していますが、田舎の小さな社会における、若い男女の恋愛や縁談をめぐる物語が、オースティンの得意とするところでした。たとえて言えば、『三国志』の世界こそ「文学」だと思っていた男に、いきなり少女マンガの世界こそ「文学」だ、とつきつけられたようなカルチャーショックを、ロンドンの夏目金之助は経験させられたのです。

ですから、語学能力や「学力」から言えば、「漢学」も「英語」も同じくらいなのに、「好悪」の問題で言うと、どうしても「英語に所謂文学」は好きになれない、ということになったわけです。時代と空間を異にする二つの帝国における、まったく異なった「文学」の間で、夏目金之助は引き裂かれつつ、「根本的」に「文学」とは何か、ということを『文学論』で問わなければならなくなったのです。

二　言語習得と漢詩文

文豪夏目漱石の最初の作品と呼ぶことができる言語表現、あるいは文学的表現は、一八七八年（明治一一）、まだ塩原家の養子だった金之助が一二歳のときに書いた「正成論」です。

正成論（作文）（二月十七日執筆。島崎友輔の編集した回覧雑誌（半紙半截二つ折り十四枚綴り）に寄せたもの。「凡ソ臣タルノ道ハ二君ニ仕ヘズ心ヲ鉄石ノ如シ身ヲ以テ国ニ徇ヘ君ノ危急ヲ救フニアリ中古我国ニ楠正成ナル者アリ忠且義ニシテ智勇兼備ノ豪俊ナリ後醍醐帝ノ時ニ当リ高時専肆帝ノ播遷スルヤ召ニ応ジテ興復ノ事ヲヲ〔ママ〕諾スコヽニ於テ正成兵ヲ河内ニ起シ一片ノ孤城ヲ以テ百万ノ勁敵ヲ斧鉞ノ下ニ誅戮シ百折屈セズ千挫撓マズ奮発竭力衝撃突戦ス遂ニ乱定マルニ及ビ又尊氏ノ叛スルニ因テ不幸ニシテ戦死ス夫レ正成ハ忠勇整粛抜山倒海ノ勲ヲ奏シ出群抜萃ノ忠ヲ顕ハシ王室ヲ輔佐ス実ニ股肱ノ臣ナリ帝之ニ用ヰル薄クシテ却テ尊氏等ヲ愛シ遂ニ乱ヲ醸スニ至ル然ルニ正成勤王ノ志ヲ抱キ利ノ為メニ走ラズ害ノ為ニ遁レズ膝ヲ汚吏貪士ノ前ニ屈セズ義ヲ蹈ミテ死ス嘆クニ堪フベケンヤ噫(二月十七日)」で結ぶ。三百字余り。(この頃、「漢高祖論」なども はやる)」(署名は塩原。甲という評点がついている)(荒正人『漱石文学全集別巻　漱石研究年表』からの引用、集英社、一九七四)

明らかに、頼山陽(一七八〇—一八三二)の『日本外史』(一八二七年成立、全二二巻)の尊王思想に、多くの青年たちが熱狂していた幕末維新期の思潮の中に少年塩原金之助が身を置いていたことを示す作文です。

『日本外史』は、司馬遷の『史記』の形式に基づきながら、源氏平家両氏の時代から、徳川氏にいたる武家一三氏の盛衰を流麗な漢文で記した歴史書です。『日本外史』は近代歴史学からは、歴史書として必ずしも正確ではないという批判を受けていますが、その雄壮な文章は多くの読者を魅了し、歴史上の事実を詠ずる、すなわち声を長く引いて吟誦する「詠史」を流行させる契機となったと言われています。『日本外史』を貫いている「大義名分論」(君臣関係の絶対性を協調する朱子学的論理)が、その時代における天皇と征夷大将軍としての幕府の将軍との関係を重視していたため、頼山陽の史論は幕末維新期の尊王攘夷運動の思想的背景となり、「詠史」は志士たちの一つの文化的自己表現ともなっていきました。

また、頼山陽の『日本外史』が多くの読者をひきつけたのは、史伝を記述したうえでの記述者自身の論評としての「論賛」でした。しかも、そこにこそ山陽的な「大義名分論」があらわれていたわけですから、塩原金之助の「正成論」は、題名からして「論賛」であることが明示されていますから、こうした先行同時代の『日本外史』受容の文脈の中から、塩原金之助の作文も生まれてきていることがわかります。

楠正成は、和漢混淆文で書かれた『太平記』の中の不遇のヒーローの一人です。『太平記』はまた、「太平記読み」から「講釈」を経て「講談」へと、庶民にとってもなじみの深い口承芸能をとおして、耳で聞く、声によって演じられる漢文体の世界でもあったわけです。

『太平記〈よみ〉の可能性――歴史という物語』(講談社、一九九五年)の中で、兵藤裕己氏はこう述べています。

幕末から明治初年の江戸・東京で版行された講釈番付(一枚刷)には、当時人気のあった講釈師の演目として、「太平記」「楠公記」「赤坂城軍」「湊川合戦」「楠二代記」「正行義記」などがあがっている。楠正成の合戦講釈は、上方はもちろんのこと、維新前後の江戸・東京にあっても、もっとも喝采を博した講釈ネタであった。

〔中略〕

しかし「忠臣」正成の物語は、維新の現実化とともに急速に変質してゆくことになる。

すでに明治元年(一八六八)三月、発足したばかりの新政府では、楠正成の奉祀のことが建議されていた。そして同五年五月、建武の功臣をまつった最初の官幣社として、正成とその一族を合祀した湊川神社が完成する。もちろん明治政府が正成を顕彰する背景には、明治維新を建武の中興の延長線上に位置づけ、正成の「忠烈」を維新の元勲のそれにかさねあわせる歴史的(政治的)なアナロジーがはたらいていたのである。

兵藤氏によれば、幕末長州藩の勤王家たちの間で、「正成をする」という宣伝コピーさえ用いられていたそうです。一二歳の塩原金之助自身は、こうした幕末維新期の楠正成イメージを直接体験したわけではありません。「正成論」を書く三年前、養父母である塩原昌之助とやす夫婦が離婚し、金之助は塩原姓のまま、養母やすとともに夏目家に引きとられます。そして、自分が養子だったことを自覚したうえで、年齢の離れた兄たちとかかわることになります。大人と子どもほどに離れた長兄大一（大助）からは、強い影響を受けたようです。

『硝子戸の中』（一九一五年）の三六で、次のように回想しています。

私の長兄はまだ大学とならない前の開成校にゐたのだが、肺を患つて中途で退学してしまつた。私とは大分年歯《とし》が違ふので、兄弟としての親しみよりも、大人対小供としての関係の方が、深く私の頭に浸み込んでゐる。ことに怒られた時は左右した感じが強く私を刺戟したやうに思ふ。

この記憶は、ちょうど「正成論」を書いた前後と重なります。幕府の蕃所調所が洋書調書となり一八六八年（明治一）に開成学校と呼ばれ、七四年（明治七）に東京開成学校と改称され七七年（明治一〇）に「大学」となるのですから、退学して「陰気臭い顔」をしていた長兄が、芸者遊びをするようになって「人柄が自づと柔らかになつた」頃は、金之助が「正成論」を書いた頃と重なります。

この長兄の記憶が蘇る三六の直前の三五には「私は小供の時分能く」「伊勢末といふ寄席へ講釈を聴きに行つた」ことが回想され、さらに三一では、「小学校に行つてゐた時分」に「喜いちやんも私も漢学が好きだつた」という形で、「能く六《む》づかしい漢籍の名前などを挙げて、私を驚ろかす事が多かつた」、「喜いちやん」という幼なじみとのエピソードを思い出していますから、「講釈」という口承のジャンルと「漢学」が、当時の子どもたちの中では緊密に結びついていたことがわかります。

長兄の世代は、「正成をする」という時代的雰囲気のただ中を生きたのでしょうから、塩原金之助にもその空気は語り伝えられていたはずです。長兄は金之助に「或上級生に艶書を付けられ」、「学校の風呂で其男と顔を見合せるたびに、極りの悪い思をして困つた」と話してもいます。薩摩を中心とした西南雄藩から「斯んな習慣の行なはれない東京」に持ちこまれた男色の風俗についての話です。

さらに、塩原金之助少年にとって、楠正成は、より同時代的な意味を刻まれた存在でした。兵藤氏の指摘するように、楠正成は、明治維新直後の社会において、天皇親政を正統化するための存在として、ことさらに歴史的記憶を呼び覚まされた人物だったのです。天皇を中心とした神道による国家統一を行うために一八七〇年(明治三)一月三日に、「大政宣布」に関する詔書が出され、神祇官の下に設けられた教導局、宣教師による神道の宣教が行われていきました。その中心になったのが平田派の国学者や神官たちで、「廃仏毀釈」とも呼ばれています。この運動の中で、楠正成は、天皇に忠誠を貫いた巧臣として、象徴的な意味を付与されていったのです。けれども、仏教側の反発もあり一八七二年(明治五)に、神祇省が廃止され、教導省に改組して、教導職を置くことになります。

この転換期である一八七二年(明治五)に、楠正成を主神とする湊川神社が神戸市生田区多聞通に創設されるのです。この場所は徳川光国が楠正成の墓碑を建てたところです。しかも、この実在の人物とされてきた楠正成を神とした湊川神社は、別格官幣社第一号となったのです。ここに、明治という時代、すなわち近代になってからの、神祇官による、国家神道としての伝統の創造の過程があらわれています。

官幣社とは、神祇官から幣帛《へいはく》、すなわち神前への供物を受けた神社のことで、大社、中社、小社、別格官幣社に分けられます。別格官幣社は、小社と同じ格付けです。湊川神社が別格官幣社第一号であったということは、大社、中社、小社は、すでに存在していた神社に対する近代天皇制国家による格付けですが、別格官幣社は、明治天皇によって、新たに人間であった天皇の臣を、祭神とする神社だということがわかります。

実は、一八七二年（明治五）という年には、東京招魂社が九段上に建てられています。招魂社とは、幕末から明治維新の内戦期に、明治天皇のために死んだと位置づけられる犠牲者、すなわち官軍側の死者を、明治新政府、薩長藩閥政権が慰霊するために設立した神社です。一八六八年（明治一）に京都東山に設けられ、東京に遷都した結果、東京招魂社設立の運びとなったわけです。

塩原金之助が「正成論」を書いたのは、先に述べたように一八七八年（明治一一）です。前年に、明治期最後の大規模な内戦であった西南戦争が起こっていました。

西南戦争は、一八七三年（明治六）に、征韓論を主張したものの政府に受け入れられず、下野した西郷隆盛が、鹿児島に帰って私学校を設立し、自由民権運動が全国に発生し、薩長藩閥政権に対する不平士族の反乱も各地で勃発する中、桐野利秋や村田新八など私学校の幹部と生徒たちが、西郷を擁して起こした内戦です。

明治新政府、薩長藩閥政権による武士階級を解体し、特権を奪う政策に不満を抱いていた多くの不平士族層の間では、西郷隆盛に対する絶大な声望がありました。それこそ、御維新（御一新）という幕末革命への思いを抱いていた、志士的気分感情を共有し、頼山陽的「詠史」によって感性の共同性を培ってきたような、鹿児島の私学校の生徒たちと同年齢の、この時期の士族層の青年たちにとって、西郷隆盛は特別な存在だったのです。

西郷隆盛は、征韓論と士族の特権保護を主張していましたが、「有事」の際には自らの兵力を率いて国家に奉仕するという立場であり、中央政府との武力衝突を望んではいませんでした。けれども鹿児島県令の大山綱良が西郷を支持したことをはじめとして、事実上鹿児島が反政府勢力の一大拠点となってしまったため、中央集権政策を貫こうとする政府にとっては看過できない状況になったわけです。

政府側が鹿児島にあった武器弾薬を大阪に移そうとしたことを、私学校側は西郷隆盛の暗殺と私学校弾圧の企てだとし、西郷がこうした動きを抑えることができなくなり、ついに一八七七年(明治一〇)二月に、一万三千の軍勢で熊本城に迫ったのですが、その攻略に失敗します。政府は有栖川宮を征討大総督に任命し、全国から徴募した、士族ではなく平民を主体とした鎮台兵を集結し、四月には熊本城とつながり、九月に西郷軍に総攻撃をかけ、西郷隆盛は城山で他の幹部たちと自決します。この事件をめぐる図像表象は、広く男色の欲望の対象になりました。

この西南戦争の結果は、新政府と近代兵器で武装した徴兵制の国民軍に対して、武力蜂起をすることが不可能であることを示したと同時に、戦争が士族の専有ではないことも示したのです。

また、西南戦争は、明治に入ってから生まれた「新聞」という新しい活字メディアの性質を、大きく変えることにもなりました。福地源一郎が主筆を務める「東京日々新聞」は、東京の大本営から熊本鎮台まで敷設された、電信を利用して、現地での戦闘の模様を、翌日には東京で報道するという速報体制を確立し、大人気を得ることになります。一〇歳の塩原金之助の周辺でも兄たちを含めて、西南戦争をめぐって日々議論が行われていたはずです。おそらく、その中心は西郷隆盛をめぐる「大義名分論」だったはずです。同時代の新聞における議論も、そこに集中していました。

すなわち、西郷隆盛は「忠臣」なのか、それとも「逆賊」なのか。明治維新に即して言えば西郷隆盛は、最大の巧労者であり、「忠烈」の象徴としての「維新の元勲」です。けれども、「東京日々新聞」などの政府系新聞による西南戦争報道では、西郷軍は「逆徒」などと呼ばれ、西郷軍はあきらかに明治天皇に対し謀叛を起こした者たちとして位置づけられていました。逆に反政府系新聞では、なんとかして、検閲をくぐり脱けながら西郷こそ「忠臣」であるという主張をすることを試みました。

一人の人間に対する、まったく相反する矛盾した評価が、活字メディアでも音声メディア(講釈や演説)でもなされていたのが、「正成論」が書かれた頃だったのです。その意味で、「正成論」の末尾、「膝ヲ汚吏貪士ノ前に屈セズ義ヲ蹈ミテ死ス嘆クニ堪フベケンヤ噫」という件を、少年塩原金之助の同時代における西郷隆盛への思いと深読みしたくなる欲望にもかられますが、それは差しひかえておきましょう。

ただ、この頃すでに東京招魂社が「靖国神社」として別格官幣社となる方向が打ち出されており、塩原金之助が「正成論」を書いた翌年、そのことが実現しています。塩原金之助少年の書いた「正成論」という漢文体の作文は、現在私たちが直面している「靖国問題」ともかかわっていることに、驚かざるをえません。けれどもそこに、日本の「近代」をどのようにとらえるか、という根深い問題が存在していることだけは確かです。

しかし、後に小説家夏目漱石にとって最も中心的なテーマとなる「矛盾」は、楠正成や西郷隆盛だけでなく、塩原金之助少年自身にも突きつけられていたのがこの時期です。やはり『硝子戸の中』の「二九」における回想で、漱石は自分が「両親の晩年になつて出来た所謂末ッ子」で、なおかつ母が「こんな年歯《とし》をして懐妊するのは面目ないと云つた」、いわゆる恥かきっ子であったことを告白します。そして、すぐ養子に出され、養父母の離婚で実家に帰るにいたる経緯を語ったうえで、次のように述べています。

浅草から牛込へ遷された私は、生れた家へ帰つたとは気が付かずに、自分の両親をもと通り祖父母とのみ思つてゐた。さうして相変らず彼等を御爺さん、御婆さんと呼んで毫も怪しまなかつた。向でも急に今迄の習慣を改めるのが変だと考へたものか、私にさう呼ばれながら澄ました顔をしてゐた。

塩原金之助が、浅草寺町の戸田学校下等小学校から、市ヶ谷小学校に転校するのが一八七六年(明治九)です。このときに「浅草から牛込へ遷され」たのです。そして市ヶ谷学校上等小学校を卒業する二月に「正成論」を書いているのです。その間に次のような出来事が起きています。ある晩金之助が一人で座敷で寝ていると下女がやってきます。

下女は暗い中で私に耳語《みゝこすり》をするやうに斯ういふのである。——貴方が御爺さん御婆さんだと思つてゐらつしやる方は、本当はあなたの御父《おとつ》さんと御母《かつか》さんなのですよ。先刻ね、大方その所為であんなに此方の宅が好なんだらう、妙なものだな、と云つて二人で話してゐらしつたのを私が聞いたから、そつと「貴方に教へて上げるんですよ。誰にも話しちや不可せんよ。よござんすか」

一〇歳ぐらいの少年にとってみれば、きわめて重大な、アイデンティティ・クライシスをもたらすような真相を知ってしまったのです。実の両親だと思っていたのが養父母で、祖父母だと思っていたのが実の父母。塩原なのに本当は夏目。夏目だったのが今は塩原。夏目家から学校に通っているのに、作文の署名は塩原……。この後金之助は、塩原と夏目という二つの家の間に引き裂かれつづけることになります。「正成論」の冒頭部、「凡ソ臣タルノ道ハ二君ニ仕ヘズ」という件が妙に気になってしまうのですが、やはりこれ以上の深読みはやめておきましょう。

ただ、いかにも紋切り型の、当時流行していた頼山陽風の史論の形式の中にも、それなりに金之助少年の個別的な思いが込められていた可能性は十分にあるということだけは確認しておきたいと思います。ある型通りの言語表現形式を用いながらも、単なる模倣だけでなく、なんらかの形で、自らの個別性の表出ができるようになるところに、書記文学の出発点があるのです。

つまり、塩原金之助の世代の学校教育を受けることのできる階層に生まれた子どもたちは、「漢学が好き」で、「講釈」にも通い、文字と音声の両面から、漢文体の文章を習得し、その表現形式を、自己表現の手段として用いることが、十代にはできるようになっていたのです。けれども、こうした漢文を基調とした言語習得の過程は、まもなく文化的伝統から消し去られてしまうことになります。

三　漢詩という記憶と癒しの装置

「正成論」を書いた年の一〇月、塩原金之助は神田猿楽町の錦華学校尋常科第二級を優等で卒業し、翌一八七九年(明治一二)三月神田一ツ橋の東京府立第一中等校正則科に入学します。ここまでは、順当な進学コースです。けれども、二年後の一八八一年(明治一四)一月に実母千枝が亡くなった後、四月に第一中学校を中退し、漢学塾の二松学舎に入学して漢詩文を集中的に学び始めます。この進路の選択の仕方には、どれだけ思春期の金之助が漢詩文に情熱を燃やしたかがわかります。

一八八一年(明治一四)には、「北海道官有物払下事件」という、北海道開拓使をめぐる汚職事件で、民権派が新聞で反政府キャンペーンを行い、追いつめられた政府は、結果として明治天皇の名において、九年後の一八九〇年(明治二三)に国会を開くということを民権派に約束せざるをえなくなります。これが「国会開設の詔勅」です。当然、その前に、国会を中心とした国家制度全体を規定した憲法を発布しなければならない、という政治日程になります。

この時点で、あきらかに、欧米列強の国家体制になるべく近い、立憲君主制の国家の形態を一気に整えなければならない方向で、「文明開化」と「富国強兵」路線が加速されることになります。学問の世界においても洋学、実質的には英学が主流になっていきました。エリート・コースに乗るためには、漢学塾に通っているわけにはいかなくなったのです。金之助は大学予備門に入るための受験勉強をするために成立学舎に入学し、漢学の道を断念せざるをえませんでした。

第一高等中学校から帝国大学へ進もうとしている一八九七年(明治二〇)、夏目家の長男と次男があいついで結核で死んでしまいます。齢老いた父直克は、三男に家督相続をしますが、彼もすでに結核を発病していたために、金之助を塩原家から夏目家へ取り戻そうとします。塩原でありながら夏目、夏目でありながら塩原という二つの家に引き裂かれた現実が、のっぴきならない事態として、青年期の金之助に再び突きつけられることになったのです。そして、まるで人身売買であるかのように、夏目家は、塩原家にそれまでの養育費を支払う形で、金之助を買い戻したのです。

感受性の強い青年にとっては、耐え難い精神的な屈辱だったのではないでしょうか。塩原家と夏目家との間で、自分はまるで商品のように売り買いされている、と強く意識せざるをえない二〇歳の青年にとって「金之助」という本名は、どう感じられたでしょうか。この時期、夏目金之助は、やはり結核を発病した親友正岡子規とのかかわりの中で、集中的に漢詩をつくるようになります。

大日本帝国憲法が発布される一八八九年(明治二二)五月、正岡子規は、『七艸集』という直筆の漢詩文集を友人たちに回覧します。この『七艸集』に対して、漢詩文の評を書いた際に、金之助は「漱石」という号を選びとったのです。金で統一された姓に対し、あえて、本名と雅号の分裂を生き始めようとしたのではないかとさえ思えます。そして、この年の夏、友人たちと房総に遊んだ経験を、漢詩文にし、『木屑集』という詩文集に漱石はまとめます。その序文に、注目すべき叙述があります。

余児時、誦唐宋数千言、喜作為文章。或極意彫琢、経旬而始成、或咄嗟衝口而発、自覚澹然有樸気。窃謂、古作者豈難臻哉。遂有意于以文立身。自是遊覧登臨、必有記焉。其後二三年、開篋出所作文若干篇読之、先以為極意彫琢者、則頽隳繊佻、先以為澹然有樸気者、則骫骳艱渋。譬之人、一如妓女奄奄無気力、一如頑児悍傲凌長者、皆不堪観。焚稿扯紙、面発赤、自失者久之。窃自嘆曰、古人読万巻書、又為万里遊。故其文雄峻博大、卓然有奇気。今余選耎趦趄、徒守父母之郷、足不出都門。而求其文之臻古人之域、豈不大過哉。因慨然欲曳屣遠遊、未能果志、而時勢一變。余挟蟹行書、上于郷校。校課役役、不復暇講鳥迹之文。詞賦簡牘之類、空束之高閣、先之所謂繊佻骫骳者、亦将不得為。又安望古作家哉。

（余《よ》、児《じ》たりし時、唐宋の数千言を誦《しょう》し、喜《この》んで文章を作為《つく》る。或いは意を極めて彫琢《ちょうたく》し、旬《じゅん》を経《へ》て始めて成り、或いは咄嗟《とっさ》に口を衝《つ》いて発し、自《みずか》ら澹然《たんぜん》として樸気《ぼくき》有るを覚《おぼ》ゆ。窃《ひそ》かに謂《おも》えらく、古《いにし》えの作者も、豈《あ》に臻《いた》り難《がた》からん哉《や》、と。遂に文を以て身を立つるに意有り。是《こ》れ自《よ》り遊覧登臨《ゆうらんとうりん》すれば、必ず記有り。其の後二三年にして、篋《はこ》を開き、作りし所の文若干篇を出《い》だして之《これ》を読むに、先《さき》に以て意を極めて彫琢すと為《な》せし者は、則ち頽隳繊佻《たいきせんちょう》たり、先に以て澹然として樸気有りと為せし者は、則ち骫骳艱渋《いひかんじゅう》たり。之《これ》を人に譬《たと》うれば、一は妓女《ぎじょ》の奄奄《えんえん》として気力無きが如く、一は頑児《がんじ》の悍傲《かんごう》にして長者を凌《しの》ぐが如く、皆観《み》るに堪《た》えず。稿を焚《や》き、紙を扯《さ》き、面《おもて》、赤《せき》を発して、自失する者《こと》、之《これ》を久しゅうす。窃《ひそ》かに自《みずか》ら嘆《なげ》きて曰く、古人、万巻の書を読み、又《ま》た万里の遊《ゆう》を為《な》す。故に其の文、雄峻博大《ゆうしゅんはくだい》にして、卓然《たくぜん》として奇気《きき》有り。今、余、選耎《せんぜん》して趦趄《ししょ》し、徒《いたず》らに父母の郷を守りて、足、都門を出《い》でず。而《しこ》うして其の文の古人の域《いき》に臻《いた》らんことを求むるは、豈《あ》に大《おお》いなる過《あやま》ちならず哉《や》、と。因《よ》りて慨然《がいぜん》として屣《くつ》を曳《ひ》き遠遊せんと欲するも、未《いま》だ志を果たす能《あた》わずして、時勢一変す。余、蟹行《かいこう》の書を挟《さしはさ》んで、郷校に上《のぼ》る。校課役役《こうかえきえき》として、復《ま》た鳥迹《ちょうせき》の文を講《こう》ずるに暇《いとま》あらず。詞賦簡牘《しふかんとく》の類は、空《むな》しく之を高閣《こうかく》に束《つか》ね、先の所謂《いわゆる》纖佻《せんちょう》骩骳《いひ》なる者も、亦《ま》た将《まさ》に為《つく》ることを得ざらんとす。又《ま》た安《いずく》んぞ古《いにし》えの作家を望まん哉《や》。）

（岩波版『漱石全集』第一八巻の一海知義氏の訳注より引用）

この部分を、漱石の弟子にあたる小宮豊隆は次のように解説しています。

明治二十二年（一八八九）、漱石が二十二歳の年に書いた房総紀行『木屑録』の序によると、漱石は子供の時分に唐宋の漢詩文を随分沢山愛読し、自分でもそれを作ることを勉強し、一時は唐宋の文人といへどもそれほどに恐れるに及ばない、自分は漢詩文をもつて身を立てようと決心したのださうである。しかし二三年たつてから、むかし書いたものを取り出して読んで見ると、当時大に得意だつたものが、一向面白くもなんともなかつたので、がつかりして原稿を焼き棄ててしまつた。さうして、古人は万巻の書を読み、万里の遊を為してゐるから、見事な文章を書いてゐるのである、しかるに自分はろくに本も読んでゐないし、ろくな旅行もしてゐないのだから、古人のやうな文章の書けないのは当然であるといふことに気がつき、どつか遠いところへでも旅行して見たいと思つたといふ。

しかるに時勢の変化は漱石に、英語を勉強するのでなければ、どうしても高等の教育さへ受けられないといふことを痛切に認識させるに及んで、漱石は予備校の成立学舎にはひつて英語を勉強し、大学予備門（後の第一高等中学校）に受験合格し、結局漢詩文の世界から遠ざかつて、英語の勉強に専心することになつたのだといふ。

（「解説」新書版『漱石全集二三巻』岩波書店、一九五七）

青年期にいたった夏目金之助は、自らの言語習得の過程と、言葉による表現能力としての文学的能力の出発点を、「唐宋数千言」においています。そして「一時は唐宋の文人といへどもそれほど恐れるには及ばない」と考えていたのですから、よほどの自信があったといえるでしょう。そして、おそらく多くの漢詩文を自分でも作ったのでしょうが、「一二三年」後に読み返してみると、まったく面白くなく、原稿を全部焼き棄てたというのですから、その落胆ぶりの深さがうかがえます。そしてあらためて「古人読万巻書又為万里遊」ということに気づくのです。

この認識は、結果的に後の小説家夏目漱石の在り方を規定することになります。一つは、一人の人間の表現能力は、その人が、どれだけすぐれた書物を読み、多くの書物で使用されていた水準の高い言語表現と出会ってきたのかで決まるという認識。そしてもう一つは、自分の中に蓄積された言語を使用するうえで、表現する中味を規定する、広い世界を実際に見聞する経験が必要だ、ということを認識したのです。漱石が、ロンドン留学という、それこそ「万里遊」をしたときに、あらためて、自分の中における「漢学に所謂文学」についてふりかえったのも、偶然ではなかったのです。

けれども「時勢」が「一変」してしまったため、漢詩文への思いを断念するようにして「蟹行書」(蟹が横に歩くような書き方という意味で、横文字つまり英語のことを指す)を学ぶ方向に転じ、「英語に所謂文学」を勉強することになった、と現在の自分を位置づけています。

帝国大学の受験に合格したときから、夏目金之助の中では、「漢学に所謂文学」と「英語に所謂文学」とが、対立的に共存していたことがわかります。そして、冒頭で引用した『文学論』の「序」の内容が、この漢文を記憶から想起して書かれたものであることも、くっきりと浮かびあがってきます。ここで、もう一つ重要なのは、夏目漱石にとって、漢詩文は、自分が生きてきた過去の記憶を想起するための不可欠な装置になっていたということです。

先に引用した『木屑録』の「序」には、「児時」つまり小さな子どもだったころの記憶と、実際に漢詩文を作った少年期の記憶と、自分の作った漢詩に幻滅したときの記憶という三層の記憶が入れ子状になっています。『文学論』の「序」では、さらに大学時代の記憶、高等学校の英語教師になったときの記憶、ロンドン留学時の記憶が重層化されていきます。そして、大正三年(一九一四)一一月に学習院で行われた『私の個人主義』という講演の中では、ほとんど『文学論』の「序」の枠組で、自分の過去をふり返り、学生たちに語っています。そのときの記憶を想起する枠組の中には、小さな子どもであったときから、現在にいたるまでの過去の出来事が、すべて入れ子状になっていたと私は判断しています。なぜなら、翌年(大正四、一九一五)、小説家夏目漱石は、自分自身の身辺雑記のような、『硝子戸の中』を新聞連載し、自らの幼少期のエピソードを言葉によって表現したうえで、たった一つの自伝的小説である『道草』を執筆することになるからです。

「時勢一変」という表現には、青年夏目金之助の人生と、明治という時代の両方の決定的変化が生々しく刻みこまれています。明治一九年(一八八六)から、いわゆる鹿鳴館時代と言われている、欧化主義が国家主導で広げられていきます。学問の世界でも、洋学が中心になっていくわけです。それは、明治二二年(一八八九)に制定されることになっていた「大日本帝国憲法」発布前に、不平等条約を改正しようとする、国家的使命と深くかかわっていました。同じ頃、大学予備門が第一高等中学に改称され、学歴エリートの学問も英語を中心とした洋学にシフトしていきました。明治二一年(一八八八)に、建築家になることを断念し、第一高等中学校本科英文科に金之助が入学するのも、このような「時勢一変」の中での選択だったのです。

金之助個人の人生の中でも、大きな精神的傷になるような出来事が起きています。明治二〇年(一八八七)三月、長兄大助が、六月、次兄直則が肺結核で亡くなります。夏目家の家督はとりあえず三男直矩に受け継がれますが、父直克は、もしものためにと、金之助を義父塩原昌之助の戸籍から、夏目家へ復籍させようとします。そして明治二一年(一八八八)に、塩原金之助は、夏目家に復籍して、夏目金之助になるわけです。このとき、「金之助」という名を持つ二一歳の青年は、義父と実父の間で「金弐百四拾円」(養育費)で売り買いされたのです。『道草』という自伝小説の中で、この義父との関係と、売り買いの証文が主題になるのが偶然でないことは明らかでしょう。この時期の金之助が、自らの実名に対して嫌悪感を抱いたであろうことが想像できます。

明治二二年(一八八九)一月、金之助は正岡子規と知り合い、親友となり、子規が書いた手書きの漢詩文集『七艸集』が回覧された際に、漢文で批評し、いくつかの漢詩を書き込みます。この時はじめて「漱石」という号が用いられたのです。やがて生涯のペンネームとなる「漱石」は、正岡子規との漢詩文のやりとりの中で生まれたのです。つまり、正岡子規と出会うことで、金之助としては断念してしまった漢詩文の世界に、「漱石」として戻っていったということになります。金之助は英語を勉強しているが、「漱石」は漢詩文の世界に遊ぶという、人格の分裂こそが、「英語に所謂文学」と「漢学に所謂文学」の関係でもあったわけです。

同時に私たちは、近代俳句と近代短歌の開拓者である正岡子規と、近代小説を熟させた夏目漱石とが、共に漢詩文の教養を媒介にして出会い、漢詩文を通して共感し、親友としてかかわりつづけていくことになったという事実です。近代文学を支える基本的な言語システムが、漢詩文であったことを、確認しておく必要があります。そして、子規と交友を深めた年の八月に、学友たちと房総を旅行した記念として、先に引用した漢詩文集『木屑録』が書かれたのです。この年「漱石」は、二五首の漢詩を作り、翌二三年(一八九〇)には一六首作っています。

『漱石漢詩と禅の思想』(勉誠社、一九九八年)の著者、韓国の日本文学研究者陳明順氏は、漱石の漢詩を「禅的修行の展開によって」「四期」に分けています。

第一期、少青年時代（明治十年代～明治二十三年）
第二期、参禅の体験（明治二十四年～明治三十三年）
（漢詩の空白時代：明治三十三年～明治四十二年）
第三期、大発心（明治四十三年～大正五年十月四日）
第四期、則天去私（大正五年十月六日～十一月二十日）

そのうえで、現在「明らかになっている」漱石の漢詩二〇八首の年代別作品数の表を陳氏は次のように作成しています。

明治十年代	八首
二十二年	二十五首
二十三年	十六首
二十四年	一首
二十五年	〇首
二十六年	〇首
二十七年	一首
二十八年	五首
二十九年	六首

三十年	一首
三十一年	四首
三十二年	四首
三十三年	三首
三十四年～四十二年	○首
四十三年	十七首
四十四年	○首
四十五年	二十三首
大正　二年	○首
三年	九首
四年	四首
五年	七十八首
年代不詳	三首
合　計	二百八首

これまでの漱石の漢詩文をめぐる研究は、仏教、とくに禅の思想とかかわる用語、儒教の用語、老荘思想の用語との関係において、主に思想的背景とのつながりにおかれていました。けれども、夏目漱石の記憶の想起の在り方と、先の年表をかかわらせてみると、別な側面が見えてきます。それは、夏目漱石の精神的外傷（トラウマ）と、漢

詩創作とのかかわりです。

ロンドン留学という「万里遊」に旅立って以後、夏目金之助はピタリと漢詩文の創作を止めてしまいます。もちろん、それは、「英語に所謂文学」の研究に没頭していたからです。けれども、これだけ長期に渡って、漢詩文の作成を、あたかも自分に禁じていたかのような在り方には、もう一つ、大きな理由があります。それは、ロンドン留学中に正岡子規が亡くなったことです。明治三五年(一九〇二)の一一月に、ロンドンの金之助のところに、二ヶ月前に亡くなった子規の訃報がとどきます。当時船便で二ヶ月かかったからです。その一年前の明治三四年(一九〇一)一一月六日付で金之助は子規からの最後の手紙を受けとっていました。それは、その年の四月に金之助が子規宛に送った、ロンドン生活を綴った手紙に対する礼状でした。子規は金之助の手紙を『倫敦消息』と命名し、「漱石」という著者名を付けて雑誌『ホトトギス』に発表しました。言文一致体の散文が活字メディアに「漱石」というペンネームで発表された初めてのことです。子規はこの礼状の中で、「若シ書ケルナラ僕ノ目ノ明イテル内ニ今一便ヨコシテクレヌカ」と頼んだのに、「漱石」は手紙を書かなかったのです。このことに対する負い目が「漱石」にとっては深い心の傷になったようです。

先に引用した『文学論』の「序」を書く直前の明治三九年(一九〇六)一〇月「漱石」は、『吾輩は猫である』中篇の「自序」に、『倫敦消息』をめぐるいきさつを説明し、子規の手紙を引用して、非常に強い言葉を発しています。漱石は、子規の手紙の末尾にあった「書きたいことは多いが苦しいから許してくれ玉へ」を二度引用し、一度目は「憐れなる子規は余が通信を待ち暮らしつゝ、待ち暮らした甲斐もなく呼吸を引き取ったのである」と述べ、二度目は、「気の毒で堪らない。余は子規に対して此気の毒を晴らさないうちに、とう〳〵彼を殺して仕舞つた」と読者に告白するのです。あまりにも深い罪障感です。

ロンドンの金之助が子規に第二の手紙を書かなかったのは、『文学論』の仕事に集中していたからです。同じ年の一一月と記載されている『文学論』の「序」で、「英語に所謂文学」と「漢学に所謂文学」と記したとき、漱石の胸中に、子規とのかかわりが確かに思い起こされていたはずです。この子規への罪障感が、「万里遊」をしたのに、漢詩を書かなかった一つの理由となっているのではないでしょうか。なぜなら、熊本時代の金之助は、旅をするたびに、俳句や漢詩を東京の子規宛に送っていたからです。

子規に対する喪に服するようにして、「漱石」は、『文学論』を理論的な基盤とした、「英語に所謂文学」の系譜に位置づく若い男女の恋愛を中心とした新聞小説を書きつづけます。

まだ帝国大学の英語教師だったとき、その業務のあい間に『吾輩は猫である』や『坊ちゃん』を執筆することは、ストレスを解消し漱石の精神に安定をもたらす営みでした。けれども『朝日新聞』に新聞小説家として入社して、仕事として小説を書きつづけることは、かえって漱石の精神と身体を追いつめていくことになりました。『三四郎』『それから』『門』と代表作を書き継ぐなかで、ついに漱石は胃潰瘍に倒れます。胃腸病院に入院し、退院の日に、友人の扇に、一〇年の沈黙を破って、漱石は漢詩を書きつけます。そして、その後修善寺での転地療養の際、生死の間をさまよった後、そのときの心境を漢詩につづるようになります。

漱石の弟子で娘と結婚した松岡譲は、このときの事情を次のように解説しています。

漱石は三十三年の洋行前以来、丁度十年間全く漢詩を忘れてゐた。其間英文学の研究に、文学論の基礎的研究に、やがて帰朝と共に身辺更に繁忙を極め、詩作の余裕がなかつた。ところが病を養ふ為めに修善寺温泉に来て、ふと思い出したやうに詩を作つた。さうしてこれが皮切りになりついで来る大患が因となつて、次々に詩作をするに至った。　　　　『漱石先生』

重要なことは、漱石自身が生死の境に身を置いたこと、それについて意識化し、言語化する中で、一〇年間抑圧されつづけてきた封印が解けたということです。いわゆる修善寺の大患を記憶から想起する『思い出す事など』という散文と平行して、漢詩が創作されていることが重要です。さらに、漢詩を書きつづける中で、自らの幼少期の抑圧をもとり払い、『硝子戸の中』や『道草』といった記憶の想起が、現在時における精神的外傷（トラウマ）への刺激によって発生することを詳細に明らかにするような作品を生み出すことができたのです。修善寺の大患後の『思い出す事など』に付された次のような漢詩は、身心両面での自己治癒ときわめて意識的に結びつけられています。

無　題

縹緲玄黄外
死生交謝時
寄託冥然去
我心何所之
帰来覓命根
杳窅竟難知
孤愁空遶夢
宛動蕭瑟悲

縹緲《ひょうびょう》たる玄黄《げんこう》の外《そと》
死生　交《こも》ごも謝《しゃ》する時
寄託《きたく》　冥然《めいぜん》として去り
我《わ》が心　何《なん》の之《ゆ》く所《ところ》ぞ
帰来　命根《みょうこん》を覓《もと》むるも
杳窅《ようよう》として　竟《つい》に知り難し
孤愁《こしゅう》　空《むな》しく夢を遶《めぐ》り
宛《えん》として　蕭瑟《しょうしつ》の悲しみを動かす

江山秋已老
粥薬鬢将衰
廓寥天尚在
高樹独余枝
晩懐如此澹
風露入詩遅

江山　秋已《あきすで》に老い
粥薬《しゅくやく》　鬢将《びんまさ》に衰《おとろ》えんとす
廓寥《かくりょう》として　天尚《な》お在り
高樹《こうじゅ》　独《ひと》り枝《えだ》を余《あま》す
晩懐《ばんかい》　此《あま》くの如く澹《たん》に
風露《ふうろ》　詩に入ること遅《おそ》し

（前出、一海氏『訳註』より引用）

遺作となった『明暗』は、主人公の精神的外傷（トラウマ）がどのようにフラッシュ・バックするかが、文字どおり「明」と「暗」の対比によって捉えられている小説ですが、散文としての『明暗』の執筆に対する、自己治癒の方法として、漱石は漢詩の創作を意図的に行い、大正五年だけで、全生涯の三分の一以上の七八首を創作しています。漢字文化圏の伝統的な表現形式であり、形式そのものが重視された漢詩というジャンルを、自らの身心の個別性と密接不可分に結びつけたところに、夏目漱石という文学者の、本当の新しさがあったのかもしれません。

参考文献

荒正人『漱石文学全集　漱石研究年表』集英社、一九七四年。

陳明順『漱石漢詩と禅の思想』勉誠社、一九九八年。

兵藤裕己『太平記〈よみ〉の可能性――歴史という物語』講談社、一九九五年（講談社学術文庫、二〇〇五年）。

松岡譲『漱石先生』岩波書店、一九三四年。

◆コラム9◆　格闘する漢文教師のみなさんへ

全国の高等学校の教室で、日々「漢文」と格闘していらっしゃる教師のみなさんに、本書はささやかではありますが、大切な言伝てを送ろうとしています。

それは、「漢文」教育を日々実践しているみなさんこそが、日本語の根を培っている、という言伝てです。

私自身も大学院の五年間、高等学校の非常勤の「国語教師」として教壇に立ちましたが、「漢文」という課目は、「現国」や「古文」に比べると、日陰者扱いを受けているような印象でした。たしかに配分されている時間数も「現国」や「古文」に比べて、はるかに少ないですし、そもそも「漢文」の専門家が、高等学校の「国語教師」として配属されていない学校が圧倒的に多いのです。試験前になると、「現国」や「古文」の範囲が終っていないから、「漢文」の時間をそちらにまわしてしまう、という同僚さえいました。返り点と訓読さえ教えておけばいい、という考え方だからです。

私の専門は日本近代文学、つまり「現国」ですが、このような「漢文」軽視の傾向には強い違和感を覚えつづけました。理由は二つあります。一つは、大学院生のときの研究対象が二葉亭四迷（長谷川辰之助）と、その先行同時代の文学だったことです。最初の「言文一致体」小説が生み出される直前まで、明治初期中期の文学は「漢文」と「漢文訓読体」が主流だったからです。漢文の知識と教養なしに日本近代文学を読むことはできません。

さらにその研究過程で、現在の私たちが使用している漢字二字熟語の多くが、明六社をはじめとする明治の知識人による、欧米の重要概念の翻訳語であることを確認したからです。漢字の持つ造語能力、意味を創り出す能力に依存することなしに、この国における「近代的思考」は成立しない、ということがはっきりと分かったからです。

柄谷行人さんは、日本における書字のあり方が「漢字と平仮名、さらに片仮名を交ぜて書くという形態」であり、「この二重三重の表記法」が「たんに技術的な事柄ではありません」と指摘し、「こうした表記法自体が一つの制度として、あるいは思想としてあるのです」と述べています（『〈戦前〉の思考』）。日本語が漢字仮名交じりの文字体系によって表記されている以上、漢字によって記された「漢文」を学習することは、それ自体が、日本語という言語に内在する思考や思想の在り方を学びとることなのだと思います。

千数百年間の科挙制度の前提となる「漢文」は、国家と政治の問題の一切を担ってきたと言っても過言ではありません。その「漢文」についてのすべての学問が、漢字文化圏における「文学」なのです。そう考えれば、「政治と文学」を対立させて考えることなどできないということもよくわかります。

「漢文」の中には、漢字文化圏、すなわち東アジアの人々の言葉による思考の、千数百年以上の記憶と、その思考によって生み出された知恵の堆積が内在していることになります。

しかし、残念なことに中華人民共和国でも初等中等教育では「漢文」はほとんど教育されていません。韓国でも表向きは、漢字表記は徹底して排除されており、「漢文」教育は行われていません。ベトナムでも「漢字」は公用語の表記から無くなってしまいました。一つひとつの言葉の背後には、漢字と「漢文」の記憶と知恵が内包されているにもかかわらずです。「漢文」教育を、まがりなりにも中学校と高校で行っているのは、かつての漢字文化圏では、日本だけです。

「漢文」を教えている教師こそ、この文化と文明の貴重な伝承者、言伝て人なのです。

日本は歴史的に「二重言語国家」であることを、一貫して主張しつづけ、近代日本が「中国語・和語・西欧語という三重言語」を使用していることを明らかにした石川九楊さんは、次のような提案をしています。

> 結論を言えば、①人間とその文化は言葉によって生産、維持、再生産されること。②文字は言葉に内在的であり、東アジアの言葉は文字中心言語であること。③日本語は本質的には漢字と仮名、つまり漢語と和語からなる二重言語であり、かつ語彙の多くを漢語に依存する雑種言語であること。また、近代以降は、漢字と平仮名の他に片仮名を重ねた、中・日・西の三重言語であること。それゆえ、④日本の政治や経済をも含む文化的再構築には、多重言語性をはっきり認識した上で、その再構築に向かうこと。――以上の四つが日本の文化の再構築のために必要であると考える。
>
> （『二重言語国家・日本』NHKブックス、一九九九年）

私も同感です。本書も「日本の文化の再構築」をささやかながら、しかし強く願う意思に貫かれた、言伝てなのです。

（小森陽一）

あとがき

この本のはじまりは、東京大学教養学部(駒場)の授業にあります。二〇〇五年の夏学期(四―七月)、わたしたち国文・漢文学部会は、「古典日本語の世界」という一・二年生向けのテーマ講義を行いました。部会メンバーによる一二回の連続講義です。そのときの、この授業の宣伝文を紹介しておきましょう。

日本の古典というと、すぐ思い浮かべるのは、『源氏物語』のような和語で書かれたテキストでしょうが、それは、日本の近代が生み出したイメージの偏向にすぎません。近代以前、実際の「読み・書き」の世界は、大方は、漢字を書くことであり、漢文を読むことでした。それが生きる教養を身につけることであり、古典日本語の世界でした。この授業では、そのような古典日本語が読まれ書かれる現場に、みなさんを案内します。今までとちがった古典の風景の世界がめくるめく展開していくことでしょう。そして、私たちの思考のベースを培ってきた古典日本語の世界を振り返ることが、とりもなおさず、私たちの思考の未来に向けての、新しい知の開拓作業でもあることを、授業を通して感じ取ってもらえることでしょう。

ちょっと気負いすぎかもしれませんが、わたしたちの意図は御理解いただけたかと思います。この授業でしゃべった内容がほぼそのまま本に移行した神野志、品田、三角、野村、小森のような場合もあれば、この授業をベースとしながらも新稿に近いものとなった松岡、齋藤、キャンベルのような場合もあります。

なお東大駒場では、二〇〇七年からのカリキュラム改革によって、国文・漢文学部会が担当する「古典日本語」という授業科目が誕生し、すでに走っています。

テーマ講義が終わって、この本ができるまで一年半の月日を要したわけですが、それにはわけがあります。書き直しも理由の一つではありますが、大きかったのは、わたしたちとしては初めての経験というべき、相互批評の会を持ったことです。

一本の原稿ができあがったところで会が開かれ、また会の日時を締切として原稿ができあがり、それをお互いにチェックし合い、疑問点が出され、新たな方向へのアドヴァイスが出され、ときに一つのテーマをめぐって、とんでもない方角から突っ込みが入ってとめどなく議論がつづくような、とても楽しい会合でした。

あたりまえのことですが、この本の内容は、わたしたち国文・漢文学部会メンバー全員の目による検討を経たものであります。

この本ができあがってみて、わたしたちはあらためて驚きました。日本語・日本文化を考えるベースとしての、漢字・漢文という問題系の深さとひろがり、についてです。日本の言語や文学を教えることを職業にしていて、漢字・漢文を扱うことにおいてある意味でプロと思われている人間たちにして、そうなのです。

この驚きをなるべく多くの方々に共有していただきたい、さらにそこからそれぞれに考えを発展させていっていただきたい、という願いをこめて、この本を送り出したいと思います。

松岡心平

編者紹介

東京大学教養学部国文・漢文学部会

　国文・漢文学部会（略称、国漢部会）は、東京大学教養学部において、一・二年生の教育（教養教育）にあたるための組織＝部会の一つである。いわゆる国語国文学、漢文学（中国古典学、日本漢学）を専門とする教員は、大学院総合文化研究科では、言語情報科学専攻、超域文化科学専攻、地域文化研究専攻にわかれて所属しているが、一・二年生の教育組織としては一つの部会＝国文・漢文学部会を構成している。

　「国文・漢文学部会」とするのは、国文と漢文とを切り離さず、一つのものとしたところで日本の言語文化をとらえる立場を表明するものである。東アジア世界において、漢字を受け入れ、それをみずからの文字とすることで形成された日本の言語文化（日本文化の機軸となるもの）についての教育を組み立てるということが、部会の基本方針となっている。

　なお国文・漢文学部会の研究成果の一つとして、近世日本演劇と音楽資料を中心とした「電子版黒木文庫」がある。二〇〇六年にこれを公開した（http://kuroki.dl.itc.u-tokyo.ac.jp/）。

執筆者紹介

神野志隆光（こうのし・たかみつ）

一九四六年生。東京大学大学院人文科学研究科博士課程中退。〈主要著作〉『古事記の達成』（東京大学出版会、一九八三年）、『古代天皇神話論』（若草書房、一九九九年）、『漢字テキストとしての古事記』（東京大学出版会、二〇〇七年）

品田悦一（しなだ・よしかず）

一九五九年生。東京大学大学院人文科学研究科博士課程単位取得退学。〈主要著作〉『万葉集の発明――国民国家と文化装置としての古典』（新曜社、二〇〇一年）、『【うた】をよむ――三十一字の詩学』（共編著、三省堂、一九九七年）、「神ながらの歓喜――柿本人麻呂『吉野讃歌』のリアリティー」（万葉七曜会『論集上代文学第二九冊』笠間書院、二〇〇七年）

三角洋一（みすみ・よういち）

一九四八年生。東京大学大学院人文科学研究科博士課程中退。〈主要著作〉『とはずがたり』（岩波書店、一九九二年）、『物語の変貌』（若草書房、一九九六年）、『王朝物語の展開』（若草書房、二〇〇〇年）

野村剛史（のむら・たかし）

一九五一年生。京都大学大学院文学研究科博士課程単位取得退学。〈主要著作〉「上代語のノとガについて」（上・下）（『国語国文』六二巻二・三号、一九九三年）、「モダリティ形式の分類」（『国語学』二一三号、二〇〇三年）、「連体形による係り結びの展開」（『シリーズ言語科学五　日本語学と言語教育』東京大学出版会、二〇〇二年）

松岡心平（まつおか・しんぺい）

一九五四年生。東京大学大学院人文科学研究科博士課程中退。〈主要著作〉『宴の身体――バサラから世阿弥へ』（岩波現代文庫、二〇〇四年、初版一九九一年）、『能――中世からの響き』（角川叢書、一九九八年）、『中世芸能を読む』（岩波セミナーブックス、二〇〇二年）

黒住　真（くろずみ・まこと）

一九五〇年生。東京大学大学院人文科学研究科博士課程単位取得退学。〈主要著作〉『近世日本社会と儒教』（ぺりかん社、二〇〇三年）、『複数性の日本思想』（ぺりかん社、二〇〇六年）、『思想の身体　徳』（編著、春秋社、二〇〇七年）

齋藤希史（さいとう・まれし）

一九六三年生。京都大学大学院文学研究科博士課程中退。〈主要著作〉『漢文脈の近代――清末＝明治の文学圏』（名古屋大学出版会、二〇〇五年）、『日本を意識する』（編著、講談社選書メチエ、二〇〇五年）、『嘉靖本古詩紀』（第一巻―第三巻）（汲古書院、二〇〇五―〇六年）、『漢文脈と近代日本――もう一つのことばの世界』（NHKブックス、二〇〇七年）

ロバート キャンベル（Robert Campbell）

一九五七年生。PhD（ハーバード大学大学院）。〈主要著作〉『読むことの力』（編著、講談社選書メチエ、二〇〇四年）、『漢文小説集』（共著『新日本古典文学大系　明治編』岩波書店、二〇〇五年）、『江戸の声――黒木文庫でみる音楽と演劇の世界』（編著、東京大学出版会、二〇〇六年）

小森陽一（こもり・よういち）

一九五三年生。北海道大学大学院文学研究科博士課程修了。〈主要著作〉『出来事としての読むこと』（東京大学出版会、一九九六年）、『シリーズ越境する知』（全六巻、共編、東京大学出版会、二〇〇〇―〇一年）、『ことばの力 平和の力――近代日本文学と日本国憲法』（かもがわ出版、二〇〇六年）

古典日本語の世界——漢字がつくる日本

2007年4月16日　初　版
2011年6月17日　第2刷

[検印廃止]

編　者　東京大学教養学部国文・漢文学部会

発行所　財団法人　東京大学出版会
代表者　渡辺　浩
113-8654 東京都文京区本郷7-3-1 東大構内
http://www.utp.or.jp/
電話 03-3811-8814　Fax 03-3812-6958
振替 00160-6-59964

印刷所　研究社印刷株式会社
製本所　矢嶋製本株式会社

ISBN 978-4-13-083045-4　Printed in Japan

本書はデジタル印刷機を採用しており、品質の経年変化についての充分なデータはありません。そのため高湿下で強い圧力を加えた場合など、色材の癒着・剥落・磨耗等の品質変化の可能性もあります。

古典日本語の世界——漢字がつくる日本

2017年6月14日　発行　①

編　者　東京大学教養学部国文・漢文学部会
発行所　一般財団法人　東京大学出版会
代表者　吉見俊哉
〒153-0041
東京都目黒区駒場4-5-29
TEL03-6407-1069　FAX03-6407-1991
URL　http://www.utp.or.jp/
印刷・製本　大日本印刷株式会社
URL　http://www.dnp.co.jp/

ISBN978-4-13-009126-8
Printed in Japan